JN037756

ふたりのアンと秘密の恋

シルヴィア・アンドルー 作

深山ちひろ 訳

ハーレクイン・ヒストリカル・スペシャル

東京・ロンドン・トロント・パリ・ニューヨーク・アムステルダム
ハンブルク・ストックホルム・ミラノ・シドニー・マドリッド・ワルシャワ
ブダペスト・リオデジャネイロ・ルクセンブルク・フリブール・ムンバイ

REAWAKENING MISS CALVERLEY

by Sylvia Andrew

Published by Harlequin Japan,
a Division of K.K. HarperCollins Japan, 2024

シルヴィア・アンドルー

英国の有名カレッジで長く副校長を務めていた。初めて小説を出版したのは 1991 年、ハーレクイン・ミルズ＆ブーン社からで、以来、主にヒストリカルを執筆している。男性に求めるのは高潔さだと語り、政治家にそれを求めるのは難しいとも。40 年以上連れ添った夫と愛犬と共にイギリス南西部に暮らす。

主要登場人物

アン……………………………………記憶を失った令嬢。
ジェームズ・オルドハースト…………貴族。
レディ・オルドハースト………………ジェームズの祖母。ハザートン邸の女主人。
ジョン…………………………………ジェームズの弟。故人。
バーバラ・ファーネス…………………ジェームズの友人。
ハリー・バーコム大尉…………………ジェームズの友人。
サム・トロット…………………………ジェームズの馬の世話係。
ミセス・カルバー………………………ハザートン邸の家政婦。
ミスター・コブデン……………………ミセス・カルバーの兄。
ローズ…………………………………ハザートン邸のメイド。

1

　突風が雨粒をジェームズ・オルドハーストの顔面にたたきつけた。ジェームズは厚地の外套《がいとう》の襟をかき合わせ、嵐と、愚かな自分を交互に呪いながら馬を駆った。分別のかけらでも持ち合わせていたら、今ごろはポーツマス街道沿いのノリスの宿で、ぬくぬくと暖炉の前に陣取り、亭主ご自慢のパンチを手に、自分と馬係のサム・トロットの前に結構な夕食が並べられるのを待っていられたのに。満腹になったら、あたたかいベッドに潜りこめたはずだ。その代わり、この一時間というもの、ジェームズとサムは獰猛《どうもう》な風と雨に苦戦し、嵐のせいでぬかるんだ石ころだらけの泥道に神経を使いながら、ハザートンに向かう細い道をのろのろと進んでいるのだった。ノリスの忠告を、もっと真剣に聞くべきだった。今夜、外に出るのは無謀すぎる。背後でサムが何か口走るのが聞こえた。たぶんジェームズと似たり寄ったりの悪態をついているのだろう。いったいどうしてぼくは、祖母に言われるがまま、こんな季節に、こんな場所に来てしまったんだ？　おそらくここ数年でもっとも凶暴な春の嵐に手こずりながら馬を進めるジェームズは、天候の回復を待たずに出発したことを心底後悔していた。

　数分後、ジェームズは見覚えのある四つ辻《つじ》にさしかかったことに気づいてほっとした。ここまで来れば、ハザートンの正門までは二キロ弱。もうすぐこの悪夢じみた旅も終わり、なつかしい祖母の屋敷で、自分を子供のころから知っている面々の歓待を受けられるのだ。沈んでいた気分が浮上したのと同時に、雲の切れ目からひと筋の月光が差した。ついに嵐がおさまる兆候だろうか。馬を励まして進んでいくと、見慣れた私道が右手に出現した。

「元気を出せ、サム！」ジェームズは右に曲がりながら声をかけた。「あと十分もすればハザートンだ。雨とはおさらばできるぞ」

馬係はそれでも不機嫌そうだった。「お屋敷に着いたとしても、わたしと馬たちが雨とおさらばするのはもっと先になりそうですな、ジェームズ様。頭のてっぺんから爪先までずぶ濡《ぬ》れですからね」

主従が広い並木道を進んでいく間にも、上空の黒雲はちりぢりに別れて小さくなり、風と雨も弱まった。視界がよくなったのはもっけの幸いだった。すさまじい嵐に引き裂かれた木が、そこかしこで行く手を阻んでいた。ふたりは慎重に馬首をめぐらせながら進んでいったが、屋敷まであと数百メートルというとき、ジェームズは地面に、明らかに折れた木ではないものが横たわっているのに気がついた。ぱっと見は濡れたぼろきれのかたまりにしか見えない。なんだ、あれは？　どうしてこんなところに？　ジェームズは馬を止めて飛びおり、徒歩で近づいた。サムもあとから追いついた。主従は唖然《あぜん》として顔を見合わせたあと、かがみこんでもっとよく観察した。

それは人間だった。しかも、ぐっしょり濡れた服に顔をうずめてうつぶせになってはいたが、女性だということが見てとれた。

「死人ですかね？」サムが聞いた。

「死んでいるか、意識を失っているかだ。見てみよう」

ジェームズはそっと女性をあおむけにし、顔にへばりついた髪を払いのけた。そして息をのんだ。冷たい月光に照らされた顔は、大理石から彫りだしたようだったが、その清らかな美しさを、こめかみから流れる赤黒い筋が汚していた。

「息はありそうだが」ジェームズは慎重に言った。

「暗くてよくわからないな。家に運ばないと」

「頭にひどいけがをしています」サムが言う。

「ああ。慎重に扱いたいが、動かさないわけにはいかないな。ここに放ってはおけない。ぼくがこの人を運ぼう。おまえは馬たちを頼む」

濡れてごわつく服の重さに閉口しつつ、ジェームズは女性を抱きあげ、玄関に向かって歩きだした。

ドアを開けて迎えたのは、年配の家政婦だった。

「まあ、ジェームズ様！　こんな嵐ですから今夜はいらっしゃらないかと思っていましたよ。さあ、お入りなさいませ。お部屋はあたたかくしてありますからね――」そこで突然、言葉がとぎれた。「坊ちゃま、それはだれです？　後生ですから、事故に遭ったなんておっしゃらないでくださいよ。何があったんです？」

「説明は後回しだ、カリー！　あたたかい部屋というのはそこか？」ジェームズがあごをしゃくると、サムが急いで玄関ホールの右手にあるドアを開けた。景気よく燃える暖炉の左右に、ダマスク織りの布をかけたソファが置いてある。ジェームズは片方のソファに運んできた荷物をそっとおろした。

ミセズ・カルバーは悲鳴をあげて駆けよった。

「なんてことをなさるんです！　ソファがだめになってしまいますよ！　その女のブーツの泥をごらんなさい。服だってぐしょ濡れじゃありませんか」

ジェームズは非難に取り合わず、外套を脱いで馬係に渡すと、ランプをソファの隣のテーブルに置いた。「まだ若い娘さんだぞ！　サム、馬の世話はほかの馬係に任せていいから、ひとっ走り行ってリストン医師を呼んでこい。カリー、後生だ、どこか寝室をあたためておいてくれ。メイドに言ってベッドの支度をさせて、レディ・オルドハーストのナイトガウンも一枚出しておくんだ」

「そんな、ジェームズ様――」

「一秒を争う事態だぞ、カリー！」ジェームズは慎重な手つきで娘の重いブーツを脱がせ、足をこすってやった。「今この人に必要なのは、あたためてやることと、手厚い看病だ。メイドに指示を出したら戻ってきてくれ。ひとり手伝いを連れておいで。いや、待て！　毛布も持ってくるんだ」

家政婦はそれ以上反論せず、ぶつぶつ言いながらも部屋を出ていった。ジェームズはもう片方のソファの掛け布をとって病人の体をくるんでやり、その横に膝をついた。娘は死んだように動かないが、息はある。なるべく早くあたたかなベッドに運んでやりたいが、医者に診せる前にこれ以上動かすのは危険かもしれない。リストン医師の家はここからそう遠くない。まもなくやってくるだろう。

ジェームズは娘の顔をよく観察した。血の気のない青白い顔。長いまつげが頬に影を落としている。こめかみの傷から新たな血がにじみでているのに気づくと不安になり、サイドテーブルのナプキンをとって、そっとふきとった。娘がうめき声をあげて身をよじると、ジェームズははっとした。娘が目を開けた。大きな瞳は焦点が定まらないが、驚くほどあざやかな群青色だ。

娘はおびえたようにジェームズを見あげ、しゃべろうとして何度か失敗したあげく、やっとのことで、かぼそい声を出した。「あなたは……あなたはだれ？」

ジェームズは穏やかに答えた。「ジェームズ・オルドハーストだ。ここはぼくの祖母の家だ。きみが雨の中で倒れていたので、家の中に運んできた」相手が安心できる材料を探しているようだったので、こう付け加えた。「心配しなくていい。ここは安全だ」

娘はまぶたを閉じた。「頭が痛いわ。転んだせいかしら……走っていて……土手で足をすべらせて……」ふたたび目が見ひらかれたが、今回、瞳は恐怖に満ちていた。娘は起きあがろうともがき、絶望したように叫んだ。「だめ……頭が割れそうに痛い！　でも、ここであきらめたら……」娘はジェームズの腕にすがりついた。「助けて。お願い、助けて！　やつらに捕まってしまう！」

せっぱ詰まった声に突き動かされるように、ジェームズは娘の手をとった。「大丈夫、ここなら安全だ。ぼくがきみをかくまうから。安心して眠るといい。すぐに医者が診に来る。医者がいいと言えば、もっと楽に眠れる部屋に移してあげるよ。それまではここで我慢してくれ」

群青色の瞳がジェームズをじっと見つめた。娘は小さくうなずき、眉間に皺《しわ》を寄せてから、また目をつむった。その手が彼の手からすべり落ちた。

ジェームズはいやな胸騒ぎを感じながら相手を見つめた。手が氷のように冷たい。リストン医師はまだなのか？　カリーは何をもたもたしている？　せめてあたためてやろうと、ふたたび娘の手をとったジェームズは、思わず驚きの声をあげた。皮膚が赤くむけた痛々しい跡が、細い手首を一周している。反対の手も見てみたが、同じようにすりむけていた。

ジェームズは左右の手にそっと掛け布をかけてやり、眉をひそめた。どうやら彼女はごく最近まで縛られていたらしい。いましめは残酷なまでにきつかったようだ。いったい何があったのだ？　彼女の正体は？　どういういきさつで、嵐の晩の夜八時に、ハザートンの私道の真ん中に倒れていたのか？　ジェームズは首を振り、もどかしげに立ちあがった。今、考えても答えは出ない。さしあたり優先すべきは、このかわいそうな娘を死なせないことだ！　カリーはいったいどこにいる？　ジェームズは廊下に出て大声で呼んだ。

家政婦は、毛布の山を抱えたメイドを従えて、階段をおりてくるところだった。ほとんど同時に玄関のドアが開き、サムの後ろからリストン医師があらわれた。

「ありがたい！　こっちに来てくれ、リストン。カリーも。ご苦労だったな、サム。行って、濡れた服を着替えておいで」

医者はジェームズのあとから部屋に入ると、足早にソファに向かった。

ミセス・カルバーはメイドに診察の間、付き添うように命じたあと、ジェームズを部屋の隅に引っ張っていき、声をひそめはしたものの、きつい口調で言った。「ジェームズ様、わたしはあなた様をほんの坊やのころから知っておりますし、いたずらも山ほど見てまいりました。困ったはめになったところをお助けしたことも、一度や二度ではございません。そういうわけですから、はっきり言わせていただきます。あなたのおばあ様であり、このお屋敷の女主人でもあるレディ・オルドハーストは、わたしを信用して、この屋敷の留守を任せておられるのです。その奥様が今夜ここで起きていることをお知りになったら、いったいどう思われるでしょうね。あの娘は……だれなんです？」

「知らないんだよ、カリー。サムとぼくは、彼女が屋敷の前の道で倒れているのを見つけたんだ。どうすればよかったというんだ？　そのまま放っておけとでも？」

「あんな小汚い娘を、何も奥様の居間に運びこむことはないでしょうに！　泥棒の手下だったらどうするんです。奥様がなんとおっしゃるか、考えたくもありませんね。だいたいジェームズ様、あなたときたら、あの娘の濡れた服と泥だらけのブーツで奥様の家具を汚したばかりか、上等の寝室を用意させ、奥様のお召し物を貸してやり、おまけにリストン先生までこんな夜更けに呼びだして……いったいどういうおつもりなんです？」

「彼女は泥棒なんかじゃないぞ、カリー。何かの災難に巻きこまれたのだ。大きな謎が目の前にある以上、ぼくは真相を突きとめずにはいられないし、そのためにも彼女を死なせるわけにはいかない。寝室の用意はできたか？ リストンがいいと言ったら、彼女を二階に運ぶぞ」

ジェームズがソファに向かうと、リストン医師が深刻な顔で立ちあがった。

「大きなけがは、こめかみの傷だけのようですが……だいぶ重傷ですな」医者は眉をひそめた。「それから、手首に……」

「ぼくも見た」

医者はうなずいた。「サムは道に倒れていたと言っておりましたが、診察した印象から言うと、だいぶ前からそこに倒れていたようです」首を振った。

「これ以上はなんとも言えませんな、オルドハースト卿《きょう》。現段階で打てる手はすべて打って、明日の朝、また来ることにしましょう。さしあたり熱い煉瓦《れんが》であたためたベッドと毛布を用意してやって、完全に休ませてやることです。おそらく熱も出るでしょう。うちの者に鎮静剤を持ってこさせますから、眠れないようだったら、少しのませるように。だが、できれば水だけ飲ませて、よけいなものは与えないのがいちばんだ。よく体をくるんでやることですな」

「ベッドは用意させてある。ミセス・カルバー？」

家政婦は、青白い顔でベッドに横たわる、こめかみの傷も生々しい娘を見おろしていた。「かわいそうに。二階に運んでやりましょう。男手を連れてきますから、お待ちを」

「ぼくが運ぶ」ジェームズが言った。「丁重に扱ってやらなければ」

ミセス・カルバーは口元を引き結んだ。それから何も言わず、メイドについてくるように合図すると、広い階段を先頭に立ってのぼりはじめた。「あなた様の……お客には、緑の寝室を用意いたしました」堅苦しい口調だった。ミセス・カルバーはすっかり納得したわけではないし、そのことをジェームズに伝えたいのだが、若い使用人の前では自分の意見を胸にしまっておくつもりのようだ。「ベッドまで運んでいただければ、あとはローズとわたしでやりますから」家政婦はジェームズが口をはさむ前に続けた。「できるだけ丁重に扱いますから、どうぞご心配なさらずに」ミセス・カルバーはジェームズが娘をベッドに横たえるまで待つと、せきたてるように寝室から追いだした。「終わったらお知らせします」そしてドアが閉じられた。

ジェームズは自分の寝室に戻った。使用人が乾いた服をそろえて待っていたが、それどころではなかった。助けた娘のことで頭がいっぱいだったのだ。わずかに意識を取り戻したとき、彼女はあなただけが頼りだと言わんばかりに必死に訴え、腕にしがみついてきた。何をあれほどおそれているのだろう？

ジェームズはじりじりしながらミセス・カルバーの知らせを待ち、いざ連絡が来ると、足早に緑の寝室に向かった。意識のない客は顔と手を洗い清められ、祖母の持ち物であるレース飾りのついたナイトガウンに着替えさせられていた。体をすっぽりくるんだ毛布の上に、包帯を巻かれた両手だけが出ている。病人は身じろぎもせず、まぶたは閉じたままだ。

「ひとりにはできませんね」ミセス・カルバーが言った。「夜じゅうメイドをつけておかなくては」

「いいよ、カリー。ぼくが付き添うから」

「いけません、ジェームズ様！　そんな、とんでもない——」

「カリー、黙ってくれ」ジェームズはいらだった。「ぼくを子供のころから知っているなら、一度こうと決めたら引かないことも知っているだろう。寝ずの番はぼくがやる。病人の意識はいつ戻るかわからないし、戻ったときにはそばにいてやりたい。彼女が知っているのは、ぼくの顔だけだから」

「どうしてジェームズ様のお顔を知っているんですか？」

「さっきおまえが二階に行っている間に意識が戻って、少し口をきいたんだよ。心底おびえているようだった。間違いなくおそろしい目に遭ったんだ。包帯を巻いてやったのなら、あの手首も見ただろう。さあ、反論はなしだ。使用人全員に、この客のことは他言無用だと伝えてくれ。だれにもしゃべらないように、と。詳しいことがわかるまで、彼女がここにいることは絶対に秘密だ。わかったか？」

ジェームズがこういう口調になったときは、ミセス・カルバーもあえて逆らおうとはしなかった。

「わかりました、ジェームズ様。箝口令《かんこうれい》を敷いておきましょう。ときどきメイドを来させますから、必要なものがあれば言いつけてください」家政婦は部屋を出ていき、ドアを静かに閉めた。

ジェームズはランプを動かして患者に直接光が当たらないようにしてから、薄暗がりの中に腰をおろし、しばらく相手の顔を観察した。平凡な愛らしさのある顔ではない。低くてまっすぐな鼻に、大きな口、きれいな卵形の輪郭……あごの線は、愛らしいと言うには決然としすぎている。顔はぴくりとも動かない。いきいきと動いたら、どんな表情が浮かぶだろう？　ぼくに紹介された令嬢たちが決まって浮かべる愛想笑いだろうか？　いや、そうは思えない。眉と口元には知性が感じられる。どちらかと言えば少々独立心が強すぎて、たいがいの男がもてあますタイプだ。

ジェームズは首を振り、落ち着きなく立ちあがった。ばかなことを！　青白く、彫像のように動かない顔だけを見て、ひとりの女性の性格を判定できるわけがない。意識が戻れば、どうせほかの令嬢たちと似たり寄ったりの娘だとわかるだろう……。ジェームズは立ったまま、彼女を見おろした。毛布が上下する動きはごくわずかだが、安心材料としては十分だった。彼女は息をしている。

ジェームズは窓辺に歩みよった。嵐は完全におさまり、芝生や生け垣は月光を浴びて銀色に輝いている。ふと、祖母の顔が脳裏に浮かんだ。孫息子がこうして、赤の他人である意識不明の娘にひと晩じゅう付き添っていると知ったら、祖母はなんと言うだろう？　手厳しい言葉を吐くのは間違いない。祖母はぼくに腹を立てていた。くだらない新聞記事のせいで！　ジェームズは窓の外を見るともなく見つめながら、いつしか背後のベッドに横たわる娘の存在すら忘れ、ロンドンの祖母の別宅での一幕を思いだしていた。祖母はいつものように、ブルック通りを見おろす窓のそばの椅子に座っていた……。

未亡人のレディ・オルドハーストは背筋がぴんと伸びた老貴婦人で、銀の握りのついた杖《つえ》を右手に持っていた。背は低いものの、その存在感は圧倒的だった。服装はいつもどおり黒が基調だったが、ドレスの襟には純白のアランソンレースがあしらわれ、ひと筋の乱れもない白髪まじりの黒髪にも同じレースを使った愛らしい帽子がちょこんとのっていた。肩にカシミアのショールをはおっている。椅子の横の小さなテーブルにはマデイラワインのグラスと、ビスケットの皿と、新聞の積み重なった山があり、そのてっぺんに鎮座しているのが『ガゼット』紙だった。

孫息子が姿を見せても、未亡人はにこりともしなかったが、ジェームズが彼らしい悠然とした歩き方で近寄ると、厳しい表情がふとやわらいだ。長身で、肩幅が広く、ダークグレイの瞳と黒髪のジェームズは、レディ・オルドハーストが半世紀以上前に愛して結婚した相手に生き写しだったため、この孫息子はいつでも祖母の特別なお気に入りだった。

ジェームズはかがんで皺だらけの頬にキスし、繊細な香水の香りに気づくと笑顔になった。「ぼくのあげた帽子をかぶっていますね」そう言いながら腰をおろす。「よくお似合いです。日ごとに若返っていかれるようだ」

祖母は孫のお世辞に乗らなかった。「あなたのおかげじゃないことよ！」辛辣な口調だった。

ジェームズはきまり悪そうにほほえんだ。「今回ぼくは何をしたんでしょうか、おばあ様？」

「何もしなかったことが問題なの」祖母は『ガゼット』紙をとりあげた。「社交欄やゴシップ欄がこんなに癪《しやく》に障ったのは初めてだわ。ほら、読んでごらんなさい！」

ジェームズは新聞を受けとって朗読した。「〝パストン卿、愛娘《まなむすめ》とクリストファー・ダロウェイ卿との婚約を発表……〟」片眉をつりあげて新聞を祖母に返し、わけがわからないと言いたげな声を出した。「ぼくは新郎新婦の幸せを願ってやみませんが、どうしてこの記事がぼくに関係するのかはわかりませんね。どうしておばあ様が不愉快になるのかも……」

祖母は孫息子をじろりとにらみ、新聞を取り返した。「その記事だけじゃありません」怒った声だった。「もっと下までお読みなさい！　ほかにも発表があるでしょう。サラ・カータレットはわたくしが名前を聞いたこともない人と結婚するそうよ。サラの母親は喜んではいないでしょうけどね！　おまけに、来月にはメアリ・アバーナルドがフランシス・シャントリーと結婚するというし——」

今度のジェームズの声は、もっと皮肉に満ちていた。「メアリは伯爵夫人になるんですか？　父親がその意味をわかっているといいんだが。シャントリーは最初の奥方の財産を記録的な速さですってしまいましたからね。二番目の妻の財産が同じ速度で蕩《とう》尽《じん》されないように祈るとしましょう」

「アーサー・アバーナルドはそこまでばかじゃありませんよ、ジェームズ」祖母が答えた。「婿にそんなことをさせないよう、ちゃんと手を打つはずです」それから、むっとしたように言った。「話題をそらすのはおやめなさい。何もアバーナルド家の話をしたいわけじゃないわ」

「それを聞いてほっとしました。じつに退屈な一家ですからね。さて、おばあ様はぼくに何をお望みなんでしょうか？　もちろん、ぼくに会えるという喜びのほかにですが」

祖母は指先で新聞をたたいた。「バーバラ・ファーネスから、スコットランド行きの話は聞いているの？『ガゼット』紙によると、バーバラの両親は娘を連れてロスミューア城に長期滞在する予定だそうね。つまりそれは、バーバラがあなたのプロポーズを待ちくたびれて、侯爵を選んだということ？」

ジェームズは椅子の背にもたれ、退屈そうにほほえんだ。「当のバーバラにお聞きになればいいのに」

そして祖母が目をそらさず、答えを待つ構えなのを見てとると、こう付け加えた。「ほかでもないおばあ様に、わざわざ知らせる必要はないと思っていたんですが、レディ・バーバラはぼくからのプロポーズを待ったことなどないはずです。万が一、ぼくが申しこんだとしても、断るでしょう」

祖母は苦虫を嚙《か》みつぶしたような顔をした。「それは世間の印象とは違いますよ、ジェームズ」祖母は杖でテーブルの上に残っている新聞の山を指さした。「ゴシップ欄の意見とも違うわ。記事によると、バーバラは傷心のあまりロンドンを去ったとか。本当なの？」

「見せてください」ジェームズは攻撃的な新聞を手に取り、ざっと一読すると切り捨てるように言った。「バーバラめ！　これがぼくに対する仕返しというわけだ」

「では、やはり本当なのね」

ジェームズは立ちあがって、じれったそうに言った。「もちろん真っ赤な嘘《うそ》ですよ！　バーバラお得意の戦法だ。ぼくの友人に対する態度があまりにもひどいので、そう忠告してやったら、かんかんに怒っていましたからね。こういうやり方で復讐《ふくしゅう》したつもりなんでしょう。母親のレディ・ファーネスは前々からロスミューアと結婚させたがっていたようですが、バーバラが婚約話をうまくかわして今月中にロンドンにとんぼ返りしたとしても、ぼくは驚きません。おばあ様、どうしてこんなくだらない記事を読むんですか」ジェームズは祖母を見つめ、驚いたように言った。「まさか信じていたんじゃないでしょうね？」

「もう何を信じていいのやら、わたくしにはさっぱりわかりませんよ、ジェームズ。そうやって見おろすのはおやめなさい。座りなさいな！　座って、わたくしの目をごらんなさい！」

ジェームズは口を閉じ、一瞬、拒絶しそうなそぶりを見せた。だが祖母と視線がぶつかると、肩をすくめて腰をおろした。

祖母は少し考えてから、ゆっくり言いだした。「あなた、わたくしに腹を立てているのね。おせっかいなおばあさんだと思っているのでしょうけれど、実際、そのとおりなのよ。わたくしはあなたのことが心配なの。オルドハースト家の今後についてはさらに心配が尽きません。由緒正しい立派な家名が、こんな形で取りざたされるのを見ると、いても立ってもいられないのよ」

「どうして世間はぼくの個人的な事情に首を突っこみたがるんでしょう？」

「あらまあ、ジェームズ！　あなたは社交界に出入りする年になってからというもの、理想の結婚相手としてロンドンでも一、二を争う存在なんですよ。この一、二年であなたと噂《うわさ》になった令嬢は無数にいるし、レディ・バーバラだってそのうちのひとりでしょう。ほかの三人もそう――メアリ・アバーナルドも、サラ・カータレットも、パストン卿の娘も。あなたはある種の評判を獲得しつつあるのよ、ジェームズ」

「おばあ様はもっと理性的な方だと思っていましたよ。おばあ様にだけは、実際のところをわかっていてほしかった。ぼくが一回どこかの令嬢と踊ったり、たまたま何度か同席したり、通りで帽子をあげて挨拶したりすると、それだけで大げさな噂が立つんです。カータレット家の娘なんて、他人も同然だ。ぼくとサラのいわゆる関係なるものは、野心たっぷりの母親に吹きこまれた彼女の妄想にすぎません。彼女に結婚を申しこむなんて、ぼくは考えたこともない」

祖母は首を振った。「わたくしの知るかぎりでは、あなたはだれに対しても結婚を申しこむなんて考えたことがないはずですけどね」そしてため息をついて、『ガゼット』紙をテーブルに置いた。「ロンドンが誇る三人の令嬢――パストン卿の娘もいれれば四人だけれど――みんな名家に生まれ、育ちもよく、見目うるわしい娘ばかりです。それがみんな、うちの孫以外のだれかと結婚しようというんですからね」祖母はいらだたしげに杖で床を突いた。「あなた、バーバラとは昔からの知り合いでしょう。わたくしはあの娘に望みをかけていたのよ」

「バーバラはジョンの友達でしたが、ぼくの友達じゃありません」

「でもジョンは亡くなり、あなたは生きているわ。あなたたちならお似合いの夫婦になったでしょうに。バーバラはロスミューアにとられるのよ、五十歳にはなろうかというおじいさんに！　あなたは何をぐずぐずしていたの。世間が言うことにも一理あるのかしら？　自分に釣り合う相手がいないとうぬぼれているの？」

ジェームズはむっとして、ぶっきらぼうに答えた。

「ぼくがそんな男じゃないことは、よくご存じでしょう！　ひどい中傷だ！」そして祖母から視線をそらして窓の外を眺めた。

レディ・オルドハーストの口調は優しくなった。

「だったらどうしてなの、ジェームズ？」

ジェームズは首を振った。「軍を除隊してからというもの、数えきれないほどの令嬢を紹介されました。だれもみな、ぴかぴかに磨きあげて棚に並べた既製品のようでした。みんな品よくほほえみ、知的すぎない程度の話をし、芸術的すぎない程度に楽器を弾く。申し合わせたように一流の仕立屋と一流の帽子屋に通い、あらゆる点で申し分のないふるまいを身につけている。そして、いい結婚をするためにたゆまず努力している……」

ジェームズは言葉を切り、祖母を振り返った。

「問題は、彼女たちはほとんど区別がつかないということですよ、おばあ様」そして自分の言葉を訂正した。「いや、バーバラ・ファーネスだけは例外だ。じゃじゃ馬だけど、すくなくともぼくを笑わせられる……。ジョンの愛した相手ではあるし、あいつが死んでからというもの、何度か考えてみたこともあります。バーバラとぼくは、結婚に踏みこめるほど相手に妥協できるだろうか、と」

「だったら……どうしてレディ・バーバラではいけないの」

「感傷は長続きしませんでした。バーバラはかなりの美人だし、話し相手としても愉快だが、ぼくが妻に求めるのはそれだけじゃない。今後の人生をわかち合おうという相手に、おもしろさや、なまぬるい敬意しか感じられないのなら、そもそも結婚しないほうがましです」

「だけど、結婚しないわけにもいかないでしょう、ジェームズ！　それが一族に対するあなたの義務よ。ジョンがいない今、あなたはたったひとりの後継者なのよ。あなたは息子を作らなくてはいけないの。それとも、家系が絶えてもかまわないと思っているの？」

長い間があった。ジェームズは喧噪《けんそう》に満ちたブルック通りを見おろし、行き交う馬車や馬、呼び売りや使用人を眺めたまま黙りこくっていたが、とうとう苦い口調で言った。「もちろん、おばあ様のおっしゃるとおりです。結婚は一族に対する義務だ。ジョンが亡くなったとき、ぼくは〝一族に対する義務〟として、好きだった軍での仕事を辞めました。父が亡くなると、〝一族に対する義務〟として、一年の数カ月をチャタートンや、オルドハーストや、バドロックなど、父がほったらかしにしておいた領地の視察と再興にあてることにしました」

「いちばん大事な地名を抜かしたわね。あなた、ロードを挙げなかったわ」

「ロードには行っていません。あそこは嫌いです」

ジェームズはそっけなく言った。

「あなたのおじい様とわたくしにとっては愛着のある場所なのよ、ジェームズ」

また間を置いたあと、ジェームズはかたい声で言った。「ロードの館を復興するのも、一族に対する義務だとおっしゃりたいんですね」

「そのとおりですよ！　いいかげん遅すぎるくらいだわ。あなたは結婚しなくてはいけないのよ」

「ぼくは夢見がちな愚か者なのかもしれません。いつか運命の女性にめぐり合えるかもしれないという夢を捨てられないんですよ。おじい様にとっての、おばあ様のような相手に。でも近ごろは、そんな女性はそもそも存在しないんじゃないかという気がしています」

つかのまレディ・オルドハーストは、本来の年にふさわしく老けこんだように見えた。だがジェームズが次の言葉を口にする前に、老貴婦人は気力を奮い起こし、厳しい口調で言った。「それは残念なことだし、気の毒だとも思うわ。だとしても、あなたには十分すぎるほどの猶予を与えました。一から十まで理想どおりの相手でなくても、そろそろ結婚なさいな。あと一カ月もしないうちに社交シーズンが始まるわ。初めて社交界に出る女性《デビュタント》の中にも、花嫁にふさわしいお嬢さんがいるはずです。覚悟を決めて、ひとりを選びなさい！」

ジェームズは悲しげにほほえんだ。「彼女たちはみんな、とても……若いんですよ、おばあ様」

「だからデビュタントなんですよ、ジェームズ」祖母はきっぱり言ったあと、孫息子の顔を見て、いくらか口調をやわらげた。「そのうちのだれかを、思いがけず気に入ることだってあるかもしれないでしょう。ここにもひとり、変わり種のお嬢さんのことが出ているわ」祖母はまた新聞を取りあげ、声に出して朗読した。「〝現内閣の重要な外交官のひとりであるサー・ヘンリー・カルバリーは、社交シーズンに合わせてまもなく帰国の予定。識者の意見によれば、サー・ヘンリーの目的は、令嬢アントニアをセント・ジェームズ宮殿で謁見させることである。ミス・カルバリーはロンドン社交界に華を添える存在になるものと見られている。子供のころにイギリスを離れた彼女は、父の仕事の片腕となり、欧州でもとくに名のある人々と交際してきた〟このお嬢さんなら、あなたの琴線に触れるかもしれないわ。あなたも、彼女がありきたりのデビュタントだとは言わないでしょう」

「そうですね」ジェームズはむっつりと言った。「いかにもきらびやかな社交が得意そうな令嬢だ。外交官の父親の仕事を手伝っていたのなら、夫を操るくらいお手の物というつもりでいるかもしれない。どうも、ぼく向きの相手には思えませんね」

レディ・オルドハーストは孫息子を考え深げに見つめたあと、心を決めたようだった。「あなたが花嫁探しにどれだけ乗り気か、はっきりわかりました」厳しい口調だった。「始める前に、一度ハザートンへ行っていらっしゃい。あなた、あそこへは何年も顔を出していないから、ミセス・カルバーたちも大喜びするでしょう。滞在中にロードハウスを見てくることもできるし、一石二鳥というものだわ。領地の人たちの顔を見ていらっしゃいな。一、二週間ロンドンを離れたからといって、あなたの評判は傷づきやしません。なんなら一カ月でもかまわないわ。社交シーズンが盛況を迎えるころには、十分間に合いますからね」

「本当は、ロードハウスに泊まれとおっしゃりたいところなんでしょう」

「いくらなんでも、そんなことは言いません！　あの館は何年も家を閉めきったままだから、ひと晩でも泊まろうと思ったら、軍隊ほどの使用人を送りこまなければいけないわ。もちろんハザートンにお泊まりなさいな。ミセス・カルバーたちにかいがいしく世話を焼かれる間に、ロードまで足を伸ばして、どういう手入れが必要なのか見てくることはできるでしょう。なんといっても、あの館こそ、あなたの本宅なんですから。結婚したあかつきには、妻子と一緒にロードに住んでほしいというのがわたくしの願いなのよ」

祖母は孫息子を見て、手を振った。

「行っていらっしゃい、ジェームズ。ハザートンとロードを訪ねることで、人生の目的が見えてくるでしょう。明るい未来が見えてくるかもしれないことよ」

2

ロンドンを出発したとき、ジェームズはハザートンに謎めいた客、それも若い女性客が飛び入りするとは夢にも思っていなかった。彼女はどこから来たのだろう？　祖母の屋敷に通じる道は、けっして人通りの多い道ではない。屋敷からいちばん近い隣家でさえ六キロも離れているし、ポーツマス街道は数キロほど西にある。それに、彼女はどういういきさつで、こめかみに醜い傷を負うことになったのだろうか？　あの手首の跡は？

振り返ると、謎の客は目を開けていた。「まだいてくれたのね」かぼそい声だった。

ジェームズはベッドのそばに戻って腰をおろした。

「寒くないかい？」

相手は眉をひそめた。「暑すぎるくらいだわ。水をいただけるかしら？」

ジェームズはグラスに少量の水をつぎ、彼女の体をそっと起こして、グラスを口元まで運んでやった。ひと口飲むと、彼女はまた目を閉じた。

「きみの名前は？」ジェームズは静かに尋ねた。

こちらの声が聞こえなかったのかと思ったとき、返事があった。「わたしは、アン……」言葉がとぎれ、眉間にかすかな皺《しわ》が寄る。沈黙のあと、彼女はもう一度挑戦した。「アン……」今度の沈黙はもっと長かった。「あなたの名前は知っているわ」彼女はようやく言った。「ここは安全だって、そう言ってくれたわね」ジェームズがうなずくと、小さなため息がもれた。「わたしは、アン……」

「名字は？」

彼女の頭が枕の上でもどかしそうに揺れた。「わからない……」

「いいんだ」ジェームズは安心させるように手を握った。「あとで教えてくれればいい。ここは安全だよ。それはぼくが請け合う」

「ありがとう。あなたの名前はジェームズ・オルドハーストね。そして、ここはあなたのおばあ様の家だわ」彼女の目が開いた。「おばあ様はどこにいらっしゃるの？」

「この家にはいない。ロンドンにいるんだ」

アンはまた目をつむり、深い眠りに落ちた。ジェームズはずれた毛布を引きあげてやり、知らないうちに肩に入っていた力を抜いた。しばらくするとメイドがやってきて、必要なものはないかと尋ねた。しばらく付き添いを代わるという申し出もあったが、ジェームズは断った。アンの訴えるような瞳と、必死に安心材料を探す様子が、ジェームズの心を動かしていた。また目を覚ましたときに備えて、自分が付き添っていてやりたかった。

アンは一、二時間静かに眠っていたが、まもなく何事かつぶやきはじめ、枕の上で落ち着きなく頭を動かした。払いのけた毛布をジェームズが戻してやろうとすると、身をよじっていやがった。

「いいの、やめて！　わたし……暑いの。暑すぎる。喉が渇いたわ……」

もう一度彼女の体を起こして水を飲ませてやったジェームズは、病人の熱さにぞっとした。ひっきりなしに口からもれるうわごとは、ほとんどが意味不明だったが、ロンドンという言葉だけは何度か聞きとれた。

突然、アンはかっと目を見ひらき、はっきりと言った。「ロンドンに行かなきゃ！　今すぐ！」

「今は無理だ。きみは頭をけがしているんだ。休まないと」

アンは震えながらも起きあがろうとし、押し戻そうとするジェームズに抵抗した。「ねえ、時間がないのよ、本当に。止めないで。わたし、行くわ。行かないと！」瞳はらんらんと輝き、頬は不気味なほどあざやかに紅潮していた。アンは意外なほどの力でジェームズの手を振りはらい、起きあがろうともがいた。ジェームズが押さえようとすると、アンはさらに興奮した。「邪魔しないで！　言いなりになると思ったら大間違いよ」アンは毛布をはねとばしてベッドから出ようとしたが、立ちあがりかけたとたんに悲鳴をあげた。とっさにジェームズが支えなかったら床に転がり落ちていただろう。ナイトガウンの上質なリネン越しに、肌の熱さが伝わってきた。燃えるような高熱だった。

ジェームズはできるかぎり手早く、そして優しくアンを横たえると、毛布ですっぽり体をくるみこんだ。そしてドアに駆けよって廊下に首を突きだし、ミセス・カルバーを呼べと叫んだ。

家政婦は驚くほどの早さでやってきた。「ベッドには入らなかったんです。こんなこともあろうかと思いましてね」ミセス・カルバーはてきぱきと指示を出した。「さあ、坊ちゃま、その娘さんを支えてくださいませ。リストン先生からいただいた鎮静剤をのませますからね。さあ、いきますよ」

ジェームズが起きあがらせると、娘はいやいやをするように身をよじった。だが、ミセス・カルバーが薬を口に運ぶのには逆らわず、飲み終わるとおとなしく横になった。そしてふたたび眠りに落ちた。

ミセス・カルバーは毛布を直すと、きっぱりと言った。「あとは朝までわたしに任せてもらいます。この人は病人ですし、ちゃんと看病してあげなくちゃいけません。しっかり面倒をみますから、ご心配なく。メイドも呼んでおきましたからね。もしこの人が目を覚まして坊ちゃまを探したら、すぐに呼びに行かせます。それまでは、坊ちゃまも少しお体を休めてくださいませ」

ジェームズは安心して自室に向かった。その昔、自分やジョンが病気になったとき、だれよりも頼りになるのはカリーだった。今、謎めいた客人を任せるとしたら、カリー以上の人材はいない。

予想に反してジェームズは二、三時間眠ったが、夜明け直後に目を覚ました。夜中に呼びだされなかったのはいい兆候だと思ったが、それでも部屋着のガウンをはおるとすぐに緑の寝室に駆けつけた。メイドは隅の椅子で眠りこけていたが、ミセス・カルバーはベッドにかがみこむようにしてアンの顔をふいていた。

「病人の具合は、カリー?」ジェームズは音をたてないようにドアを閉め、声をかけた。

「ひと晩じゅうぐっすり眠りましたし、呼吸も落ち着いたようです。熱も下がりました」

「それはよかった！　おまえも疲れたはずだ。ぼくが代わろう」

「わたしはもともとあまり眠らなくてもいいたちなんですよ、坊ちゃま。それに……」メイドが身じろぎとともに目を覚ますと、家政婦は口をつぐんだ。

そしてジェームズの服装に非難がましい目を向け、声を張りあげた。「病人の具合はいいようですよ、ジェームズ様。心配なさるなんて、お優しいこと。あとでお見舞いに来てやったらいかがでしょう。朝食のあとにでも」そしてメイドに向かって言った。「ローズ、台所に行って、三十分以内にジェームズ様に朝食をお出しするように言いなさい。それからミセス・ゲージが台所にいたら、ここに来るように言って」メイドが行きかけると、付け加えた。「いいこと、ローズ！　わかっていると思うけど、この娘さんのことは他言無用ですよ！」

ローズはうなずいて、部屋を出ていった。

メイドがいなくなると、ミセス・カルバーは叱るような口調になった。「坊ちゃま、こんな時間に、着替えもせずにやってくるなんて、賢明とは言えませんね。突然、見知らぬ娘さんが家に上がりこんだんですから、使用人はみんな興味津々なんです。さらに噂《うわさ》の種をまいてどうします」

ジェームズはその非難を気にも留めずに尋ねた。

「どうしてミセス・ゲージを呼んだんだ？」

「看病が上手ですし、口もかたいですからね。坊ちゃまがいいとおっしゃれば、昼間の付き添いを頼むつもりです」

「それなら、ぼくだってできる！」

ミセス・カルバーは憤慨した。「だから、今申しあげたばかりでしょう！　いけません！　まったくもう、五歳の子供と話しているような気がしますよ。坊ちゃまは昔と少しも変わっておられないんですから。いつだって死にそうな生き物を拾ってきては助けようとなさって」ベッドに横たわる娘を一瞥《いちべつ》した。「でも、今回坊ちゃまが拾ってきたのは、猫でも犬でも鳥でもないんですよ！　相手は一人前の女の人なんですから、もっと慎重になってくださらなくちゃ。坊ちゃまが深入りすれば、世間が何を言いだすことか！　この人には、動けるようになったらすぐに出ていってもらいます。牧師さんにお任せしたっていいんですから」

「だめだ、カリー！　この人を教会の慈悲にすがらせることは、ぼくが許さない」

ミセス・カルバーは眉間に皺を寄せ、鋭い目でジェームズを見た。「この人は坊ちゃまにとっていったいなんなのです、ジェームズ様？」

ジェームズは眠る女性を見た。「昨日初めて会った相手だよ。それがおまえの聞きたいことならね。名前も正体も、どこから来たのかもわからない。だが、この人が泥棒か何かだと思っているのなら、それはおまえの勘違いだ、カリー。彼女はレディだ。誓ってもいい。そして彼女はなんらかの災難――ひょっとしたら命の危険さえある事態の渦中にいる。本人が自分の言葉で詳しいことを語れるようになるまで、彼女はぼくの……いや、ぼくたちの保護下に置く」

ミセス・カルバーは納得のいかない顔つきだったが、あきらめたようだった。「このことがおばあ様のお耳に入らないといいんですが。とにかくお着替えになって、朝食を召しあがってください。もうすぐリストン先生もいらっしゃるでしょう、今朝早くに来るとおっしゃっていましたから。先生がいらしたら、この人も話せるようになるかもしれませんね」家政婦はうなずき、断固とした口調で付け加えた。「どこから来たのかわかったら、元気になりしだい、そこに送り返しましょう」

ジェームズは朝食をとり終えるとすぐに謎の女性を見舞いに行くつもりだったが、いざ二階に行くと、リストン医師の診察中で、待たされるはめになった。何時間も待ったような気がしはじめたころ、ようやくドアが開き、医者が出てきた。

「おはようございます、オルドハースト卿《きよう》」

「彼女の容態は、リストン？」

「危機は脱したと言ってかまわんでしょうが、まだ弱っています。あたたかくしてやって、水分をたくさんとらせて、何よりも静かに休ませてやることです。熱はもう出ないと思いますが、万が一、出た場合はわたしを呼んでください。それでは、ごきげんよう。お宅から連絡がなければ、また明日の同じ時間にうかがいます」

ジェームズはその日、何度も緑の寝室を訪ねたが、いつ行ってもアンはこんこんと眠っていた。付き添いのミセス・ゲージやメイドによれば、彼女はときおり目を覚ますものの、水をひと口飲むとまたすぐに眠りこんでしまうということだった。

「それがいちばんですよ、ジェームズ坊ちゃま」ミセス・カルバーは、あまりにも長い眠りを心配するジェームズをなだめた。「先生もおっしゃったとおり、静かに寝るのが何よりなんですから」

翌朝、ジェームズがアンの様子を見に行くと、ちょうどリストン医師が部屋から出てきたところだった。

「今朝はどうだった、リストン。具合が悪くなってはいないだろうね？」

医者は驚いたようにジェームズを見た。「とんでもない！　あのお嬢さんはもともとすこぶる丈夫なたちですな。熱はすっかり引いたようですし、頭のけがの回復も順調です……」そこで間があった。

「視力のほうも影響はありませんし、話すことも筋が通っていますな。ただし……」

「ただし？」

医者はためらい、ドアノブに手をかけた。「ご自分で話してごらんなさい。彼女はあなたをおぼえているかもしれない」そう言ってジェームズのためにドアを開けた。

ベッドのそばで枕をふくらませていたミセス・ゲージは、最後に枕をぽんとひとたたきすると、ジェームズにお辞儀をして後ろに下がった。枕に背を預けて座っている娘は、面やつれしてはいるものの、頬の紅潮は消え、顔色は元のとおり、頭に巻いた包帯にも負けないほどの白さに戻っていた。澄みきった目がまっすぐにジェームズを見つめたが、表情はおびえ、途方に暮れていた。

ジェームズは彼女を子供のように抱きしめ、恐怖と不安を追いはらってやりたいという衝動に駆られたものの、カリーの忠告が頭にあったので、あえてゆっくり歩みよって穏やかな声で尋ねた。「おはよう」ベッドのそばに腰をおろす。「具合はどうだい？」

娘はジェームズを見つめたまま言った。「あなたのことは知っているわ。名前はジェームズ・オルドハースト。そして、ここはあなたのおばあ様の家」ふと、目に不安が浮かんだ。「合っているかしら？」

ジェームズはうなずいた。「大正解だ」

娘は小さなため息をもらした。「それだけはおぼえていたみたいね」そう言うと、あらたまった顔になった。「おはよう、ミスター・ジェームズ・オルドハースト」

「ああ、おはよう。名前をおぼえていてくれてうれしいよ。今度はきみの名前を教えてくれないか」

「前に……言わなかったかしら？」

「全部は聞いてない」

「どういうこと？　わたしはなんて名乗ったの？」

ジェームズは相手が自分の名前を言いたがらない理由に配慮し、慎重に言葉を選んだ。「ぼくのことは信じてくれて大丈夫だ。きみはファーストネームだけ教えてくれた。アンだ」

一縷《いちる》の望みをかけるようだった彼女の表情が、さっと曇った。「アン……」彼女は言い、眉根を寄せて考えこんだ。首を振ったときには、元の途方に暮れた顔になっていた。「だめだわ。出てこない。何度も思いだそうとしたけれど、だめだったの」声がうわずった。「アン……そのあとは？」ジェームズを見あげた瞳はおびえていた。「あなたの名前は知っているのに、自分がだれなのかわからない！　わたし……記憶喪失になったのかしら？」

ジェームズはアンの両手を包みこむように握った。「そんなことはないさ。きみはぼくをおぼえていたし、自分がどこにいるかもおぼえていた。そうだろう？　頭をけがしたから混乱しているんだ。きっとすぐに思いだすよ。くよくよ心配するのがいちばんよくない。自然に出てくるのを待とう。大丈夫、すぐに思いだせるさ」そして励ますようにほほえんだ。

彼女はジェームズの手を握りしめ、お返しにぎこちない笑みを浮かべた。「ええ、思いだせるはずよね。ごめんなさい、いつもはこんなに弱虫じゃないんだけど。きっと頭のけがのせいね」

「ほら、さっそくひとつ思いだしたじゃないか。きみは弱虫じゃない。それを聞いてほっとしたよ！　ぼくは意気地のないレディは苦手なんだ」

アンはほほえもうとして失敗した。「何があったのかしら？　わたし、どうやってここに来たのかもおぼえていないの」

「この屋敷の前に倒れていたきみを、ぼくたちが中に運びこんだ。きみはずいぶん前からそこにいたらしい。嵐の最中で、ずぶ濡《ぬ》れだった」

「嵐？　それも思いだせないわ」彼女は心細そうに言い、うつむいた。

リストン医師がやってきた。「オルドハースト卿、そろそろ患者に休んでもらいましょう」そしてミセス・ゲージに目で合図した。「こちらのお嬢さんに何か持ってきてくれるかね、ミセス・ゲージ。薄いスープか、オートミール粥《がゆ》がいい」

「すぐに用意いたします」ミセス・ゲージはそう言って出ていった。

医者は患者に優しく語りかけた。「明日も診察に来ますが、これといった治療をする予定はありません。一時的な記憶喪失に陥るのは、あなたのような場合、珍しいことじゃない。くれぐれも気に病まないように。記憶が戻るまでの居場所は、オルドハースト卿が探してくれるでしょうから、安心して頼るといい」

「彼女はここに泊まるんだ、リストン」ジェームズは断言した。

リストン医師は驚いたようだった。「レディ・オルドハーストはご親切ですな……」

「祖母は留守だ。だが、ミス……ミス・アンをハザートンに泊めることについては、きっと賛成してくれるだろう」

医者は疑わしそうな顔をしながら言った。「わかりました。また明日、参りましょう。ところで……レディ・オルドハーストはいつお戻りになるんですか？」

「戻る予定はない」そう言いながらジェームズは医者を寝室から押しだした。「レディ・オルドハーストはロンドンにいるし、しばらく向こうで暮らすつもりでいるはずだ」

「それなら、あのお嬢さんは――」

「安心してくれ。祖母がいようといまいと、ミス・アンは安全だ。病人を誘惑するのは趣味じゃない」

医者は仰天し、職業人らしい態度を忘れた。「そんな！」悲鳴のような声だった。「そんなことを勘ぐったわけではありません！　ただ、常識的には教区牧師に預けるほうが……」医者はジェームズの表情を見て言い直した。「お望みなら、妻にうちでひと部屋をあけられるかどうか聞いてみますが」

「いいんだ、リストン。あのレディにはぼくが責任を持つ。ぼくが見つけた以上、ぼくが世話をする。それに、陰謀の渦中にいるかもしれない人物を家にあげたら、奥さんはきっと喜ばないぞ」

「陰謀？」

「あの手首を見ただろう。彼女は意思に反して捕らえられていたんだ。縛りあげた犯人一味が、今ごろ捕虜の奪還計画を練っていてもおかしくないし、その場合、穏健な手段をとるとはかぎらない」

「なるほど……それでしたら……あなたの保護下に置くのがよさそうですな、オルドハースト卿」

「そのとおり」

リストン医師は明らかに動揺しているようだった。

「それでは……その……明日また来ます。あなたさえよろしければ」

「ぜひ来てくれ」ジェームズは言った。

ジェームズが寝室に戻ると、娘は手首の包帯をほどいて傷跡を調べていた。

「聞いていたんだね」ジェームズは言った。

「ええ。ドアがきちんと閉まっていなかったのよ。わたし、あなたに大変な迷惑をかけているようね」

娘は群青色の目でジェームズを見あげた。「あなた、リストン先生の言うとおりにするべきだったわ」

「ばかなことを」

「ばかなことじゃないわ。もしもおばあ様がお戻りになって、自分の家に知らない人間が入りこんでいると知ったら、なんとおっしゃるかしら？　赤の他人で、名前さえわからないのよ！」

「名前ならあるじゃないか。アンだ」

「アン」彼女は言った。「すてきな名前だわ。でもどういうわけか、しっくりこないの」

「しばらくはそれで間に合わせるさ」ジェームズは断言した。

「それだけじゃないのよ、オルドハースト卿……」

「なんだい？」

「ご自分でおっしゃったでしょう……わたしを家にあげたら危険な目に遭うかもしれないって。あれはどういう意味？」

「きみをどこに泊めるかという議論を打ち切りたかっただけだ」

アンは首を振った。「お願いだから、わたしには本当のことを言って！　この手首に残った跡はなんなの？　あれはリストン先生を黙らせるための口実じゃないわ。わたしは縛られていた――そうでしょう？」

「そう思えるね」

「やっぱり、何かおそろしいことが起きているんだわ……。そんな気がしていたの。緊急事態が起きて……それだけじゃない……何か、わたしに任せられた仕事がある……でも、それがなんなのかわからないわ！」アンはしばらく頭を抱えてうつむいていたが、ぱっと顔をあげた。「どうして思いだせないのかしら？」

ジェームズはその声にパニックの兆候を聞きとった。「今はそこまでだ。気に病んじゃいけないよ、アン。それに危険な事態のことは忘れていい。昨日の夜、言っただろう。ここは安全だ。それとも……ぼくのことは信用できないとでも？」

「もちろん信用するわ。信じないわけにはいかないもの。あなたしかいないのよ」

「そのとおり。だったらぼくの言うことを聞いてくれ！　きみはもうすぐ自分の名前も、ここに来た事情も思いだすよ。思いだせなかったら、ぼくと一緒に調べればいいだけだ。さしあたり集中すべきは、体力を取り戻すことだ。いいね？」

うなずきが返ってきた。

「だったら笑ってみせてくれ」

アンはためらいながらもほほえんだ。

「勇敢なお嬢さんだ！　きみはちっとも弱虫じゃない」ジェームズは相手の顔色の悪さに気がついた。

「ミセス・ゲージはどこかな？　リストンは何か食べて休まなければいけないと言っていたのに。おや、来たようだね。足音がする。もう少し体を起こさなきゃ」ジェームズは前かがみになり、アンを抱きかかえるようにして座り直させた。

ところが部屋に入ってきたのはミセス・カルバーで、家政婦は派手なせき払いをしてみせた。

「先生が食べ物を持っていくようにとおっしゃいましたのでね、ジェームズ様。メイドがスープも運んできますよ」

「やあ、カリー」ジェームズは家政婦のとがめるような表情を無視してあっさりと言った。「ちょうどよかった。ミス・アンの準備もできた」そして悪びれずににっこりと笑った。「枕がずれていたんだよ、カリー。だから直した。それだけだ」

ミセス・カルバーはむっとしたままだった。「何もお手をわずらわすことはなかったんですのに。それはわたしどもの仕事です。そのために来たんですからね」ぷりぷりしながら言ったあと、間があいた。「そちらのお嬢さんは、自分の名前を思いだしたんですか？」

「いや。だが、思いだすまでは〝アン〟と呼ぶことにしよう」

「わかりました」家政婦は続いて入ってきたメイドからトレイを受けとり、ベッドに置いた。「さあ、ミス・アン、これをきれいに召しあがって、よくお休みなさい。ジェームズ様はお忙しい身ですが、夜にはまた顔を出してくださると思いますよ。そうでしょう?」そしてジェームズに警告するような一瞥を投げた。「少しの間だけですよ」

「もちろん仰せに従うよ、カリー」ジェームズはアンを見た。「なるべく気楽にしておいで。そのスープが口に合うといいんだが。ぼくも子供のころによく食べさせられたよ。大好物じゃなかったし、今さらおいしくなったとも思えないが」

「とっても体にいいスープですし、召しあがって体に悪いことなんてなかったはずです」ミセス・カルバーがぴしゃりと言った。「坊ちゃまの弟さんだってよく召しあがっていたじゃありませんか。本気にしちゃいけませんよ、お嬢さん」

ジェームズが行ってしまうと、アンはスープをひと口味わった。「まあ、本気にしなくてよかったわ! これ、とてもおいしいもの」そしてひとさじ残らず飲んだが、お代わりは断った。

ミセス・カルバーはトレイを下げるようにメイドに命じると、ベッドを整え、ひとしきりアンの世話を焼いてから近くの椅子に腰をおろした。「お休みになるまで、ここにいますからね」

アンはありがたく枕に頭をのせた。「オルドハースト卿はとても優しい方ね。あなた、昔からあの方を知っているの、ミセス・カルバー?」

「ほんの坊やでいらしたころからですよ。ジェームズ様とジョン様のご両親は、しょっちゅう旅行に出ておいでだったので、ご兄弟はここでおばあ様と暮らしておいででした」

「ジョン様?」

「ジェームズ様の弟さんです」ミセス・カルバー様はため息をついた。「ジョン様は亡くなられてしまったので、お身内はふたりきり――レディ・オルドハーストとジェームズ様だけなんですよ」

「オルドハースト卿は独身なの？」

「ええ」ミセス・カルバーはちらりとアンを見た。「わたしに言わせれば、婚約中も同然ですけどね。レディ・オルドハーストはロンドンに出発される前、じきに本決まりになるとおっしゃっておいででした」

「つまり……彼には決まった人がいるのね？」

ミセス・カルバーはうなずき、誇らしげに言った。「もちろんジェームズ様は結婚相手をよりどり見どりに選べるお立場ですけれど、なんといってもレディ・バーバラは幼なじみですからね。それはもうお似合いのおふたりなんですよ」少し間があいた。「ジェームズ様が結婚なさったら、わたしどもはみんな大喜びいたします。もうとっくに、オルドハースト家の次世代のお子様たちが、屋敷じゅうを走りまわってもいいころですからね」家政婦は椅子から立ちあがった。「そろそろお休みにならなくちゃいけませんよ。ときどきメイドに様子を見に来させますが、起こしはしません。眠りがいちばんの特効薬ですからね」


だが眠りは、ベッドに横になった娘のところには訪れなかった。彼女はジェームズ・オルドハーストに婚約者がいるという情報にがっかりしていた。無人の荒野も同然の世界で、ジェームズだけが彼女のよりどころであり、安全な避難所だったので、たとえ筋が通らないとしても、彼がだれかと結婚するという考えはどうしても受けいれがたかった。

彼女は目を開けたまま、恩人のことを考えた。ジェームズはわたしに対して優しくしてくれるけれど、もともと辛抱強い性格というわけではなさそうだ。彼は爪の先まで貴族的だし、自信にあふれ、ときおり暴君の一歩手前のような態度を見せることもあった。それでも使用人には愛されているらしい。それに、グレイの瞳には笑みがあった。長身で、たくましくて、髪は黒く、瞳はグレイ、ユーモアのセンスもある。ジェームズ・オルドハーストはとても魅力的な男性だわ。でも……。彼女は自分に言い聞かせた。ジェームズはもうすぐ結婚する身。彼がどんなに魅力的かを考えるのはやめたほうがよさそうだわ。

彼女は気をそらそうと部屋を見まわし、ベッドの向かいにある鏡台に目を留めた。そして自分がどんな外見をしているのか、まったく思いだせないことに気づいて愕然《がくぜん》とした。わたしは美人なの？　それとも不器量？　髪は何色だろう。目の色は？　髪をすくって眺めてみると、栗色《くり》だった。でも、目は？　斜視なのかしら？　鼻は曲がっているの？　すきっ歯かしら？　彼女は鼻を撫《な》でてみて、まっすぐなことにほっとした。舌を歯列に這《は》わせてみると、歯も全部そろっているようだ。残るは目の色だが、そればかりは鏡を見なくてはわからない。

じれったいことに、鏡は手を伸ばしても届かない位置にある。彼女はベッドに身を沈めた。どうせ見ないほうがいいわ。今はとうてい最高の状態とは言えないだろうから。包帯は魅力を増す小道具とは言えないし、目のまわりには黒いあざがあるかもしれない。彼女は横たわり、たっぷり一分間悩んだあと、心を決めた。それでも、あの鏡のところに行かなくちゃ！

床におりてみると脚が震えたが、立ちあがって少し待つと、おさまった。一歩ずつ慎重に足を運び、椅子の背に手をかけて、そろそろとベッドの脚板に近づく。ここまでは上出来だ。そしてテーブルに向かって手を伸ばした瞬間、足元がぐらりと揺れた。

どすんという音を聞きつけて飛んできたローズは、病人が床に倒れているのを見て悲鳴をあげ、無我夢中でミセス・カルバーの名前を連呼した。

領地の管理人と連れだって外出していたジェームズは、ちょうど帰宅したところだった。玄関ホールでメイドの悲鳴を聞きつけると、階段を二段飛ばしで駆けあがり、寝室のドアを勢いよく開け、アンが鏡台のそばで倒れているのを見てぞっとした。ジェームズがそばに駆けつける寸前、なんとか自力で立ちあがろうともがいたアンは、ナイトガウンに足をとられてまた転び、悔しそうな声をあげた。ジェームズは口をきく暇も惜しんでアンを抱きあげ、ベッドまで運んだ。そして体をおろす前に、彼女の顔をのぞきこんだ。

「何があった？」ジェームズの声は真剣そのものだった。「だれがこんなことを？」

3

ジェームズの手の感触は、アンにおかしな影響をおよぼし、口がまわらなくなった。「わ、わたしが悪いの」

「なんだって？　きみを床に放りだしたのはだれだ？」

「転んだだけ。自分のせいよ。ほかにはだれもいなかったわ」

「転んだって？　どうして付き添いがいなかったんだ？」

「みんな……わたしが眠っていると思っていたのよ」

「もちろん眠っているべきだったんだ！　いったい

あそこで何をしていた?」

アンはためらいながらうつむき、ぼそぼそとつぶやいた。「その……自分の顔を見ようと思って」

「自分の顔……」ジェームズは鏡台を見やった。「ああ、鏡か!」そしてあっけにとられたようにアンを見た。「鏡を見たかっただって? まったく、わかっているのかな。きみはぼくを死ぬほどぞっとさせたんだぞ! だれかに襲われたのかと思ったよ」ジェームズは笑いはじめた。「こんなときに自分の外見を気にしてどうするんだ? 目のまわりにあざでもできたと思ったのかい?」

「笑わないで!」アンはきっとにらんだ。「自分がどんな顔か知りたいと思うのは当たり前のことだし、わたしはそんなことも知らないのよ」間を置いてから続けた。「あざなんてべつに気にしないわ、一生治らないわけじゃないもの。でも……わたしは……斜視なの?」

その質問は新たな笑いを誘ったが、ジェームズはすぐにまじめな顔をした。「ごめん……気づかなかったよ。いや、きみは斜視じゃないね」そしてアンを見つめてから、ゆっくり言った。「実際のところ、きみの瞳は、ぼくがこれまで見た中でいちばんきれいだ」

アンは驚いた。「えっ?」

ジェームズはアンの顔をじっと観察しながら続けた。「きみの瞳は大きくて、ラピスラズリのような群青色で、まっすぐ前を向いていて、奥まで澄みきっている。目のまわりに黒いあざもない。これでいいかい?」

アンの頬がうっすらと薔薇《ばら》色に染まった。「わかりすぎるほどわかったわ、ありがとう」アンは小さくほほえんだが、心をかき乱すようなジェームズの視線を受けとめきれず横を向いた。「ミセス・カルバーが来る前に、おろしてくれたほうがよさそうよ。

あなたがここにいることを知ったら、きっとご機嫌を損ねるもの」

ジェームズは笑った。「その前にご褒美をもらいたいね」そう言ってから、けげんそうに顔をあげたアンにキスをした。軽くて短い、挨拶めいたキスだったが、アンの目が見ひらかれ、びっくりしたようにジェームズを見つめた。一瞬、彼は手に力をこめたが、緊張はすぐに解け、アンをベッドにおろした。そして、ぶっきらぼうな声で続けた。「鏡を……とってきてあげよう。それからミセス・カルバーかローズを呼んでくるよ」ジェームズは鏡をとってくるとアンに手渡した。「これで満足かな」そう言うと彼はぎこちない笑みを残して出ていった。

数分後、緑の寝室にやってきたミセス・カルバーは、自分が看病している女性が放心状態でベッドに座っているのを発見した。「遅れてすみません。ローズがわたしを探すのに手間取ったのでね。あら、もうだれかにベッドに戻してもらったのね、でも、どうしてちゃんと毛布をかけていかないのかしらね？　ほんとにもう、ときどき愚痴りたくなりますよ。最近の若い子たちはいったい何を考えてるんだろうって！　さあ、直してあげましょう」ミセス・カルバーは鏡を拾いあげた。「これはどうしたんです？」

「鏡を見たかったのよ」

「ミス・アン、今はそんなこと気にしちゃいけません。はっきり言って、今はきれいとは言えませんよ。髪は汚れているし、もつれ放題だもの。よく洗えばほどけるでしょうけど。ちょっとばかりやつれて見えるのだって、べつにおかしいことじゃ……」

「そういうことじゃないわ。わたしは記憶がないの……。わたしは自分がどんな顔をしているのかも知らないのよ！」

ミセス・カルバーはまじまじとアンを見つめ、ふと表情をやわらげた。「それはたしかにぞっとするでしょうね、ミス・アン。考えてもみませんでしたよ……。でも、ほら、くよくよしないで。もうじき、今鏡に映っているよりも、ずっときれいにしてあげましょう。さて、さしあたりは、どうしましょうね？　メイドがシーツを替える間、椅子に座っていられそうですか？」

ジェームズは混乱したまま、新鮮な空気を求めて屋敷を出た。〝安心してくれ〟リストンにはそう言っておいた。〝病人を誘惑するのは趣味じゃない〟冗談半分でご褒美のキスを求めたときも、その方針を返上する気はなかった。だが、あの群青色の瞳を見てしまうと、アンをひとりベッドに残していくためには、意志の力を総動員する必要があった。

ジェームズ・オルドハーストはめったに感情的にならないたちだった。ハンサムで、裕福で、夫としてもまさに理想的な男性であるジェームズは、社交界に出入りを始めたその日から、婿探しに余念のない母親や、退屈した有閑夫人たちの格好の標的になった。結果として、ジェームズはごく若いうちに慎重さを身につけた。期待に胸をふくらませた母親によって定期的に目の前に突きだされるうぶな令嬢たちは、彼の心を毛筋ほども動かさなかったし、経験を積んで酸いも甘いもかみ分けた美女たちとの関係においても、分別や理性を失いそうな隙はまったく見せなかった。社交界が思い知ったのは、オルドハースト卿《きょう》はじつに魅力的ではあるものの、自分自身や状況を見失うことのない、難攻不落の砦《とりで》だということだった。

だが、アンを腕に抱きあげたとき、ジェームズの胸にわきあがったのは、不安になるほど新鮮で、彼自身にも説明のつけようのない感情だった。カリーなら、それは同情だと言うだろう。実際、最初にアンを発見したときにジェームズが感じたのは同情にほかならなかった。だが、ついさっきこみあげたのは、同情とは無縁の感情だった。その感情はまったく予想外に、突然どこかから出現したもので、ジェームズはそれが自分の心に立てるさざ波が好ましいものなのかどうかも判断できずにいた。その感情は目新しいばかりでなく、危険だった。頭がすっかり冷えるまでは、なるべくアンに近づかないでおくのが、だれにとってもいいことに違いない。

そういうわけで、ぶらぶらと厩舎《きゆうしや》にやってきたジェームズは、すぐに調査すべきことを思いついてほっとした。二日前の嵐の被害は、すでに領地の男たちの手である程度片づけられており、まもなく元の状態を回復できそうだった。サム・トロットを連れたジェームズは、アンが倒れていた場所を難なく見つけた。すぐそばに古びた丸太橋があり、小川が流れている。

ジェームズは小川沿いに細長く延びている小道を指さした。「あれがポーツマス街道に通じる道だ。ひょっとして彼女はあっちから来たんじゃないか?」

主従は近くで観察しようと、土手をおりていった。「おっしゃるとおりですよ! ほら!」サムが指さしたのは、丸太橋の支えの一部になっている大きな岩だった。雨で地盤がゆるんだせいか、小道にはみだしている。「あのお嬢さんはこの道を走っているときに、あの岩に頭をぶつけたんでしょう。それでも土手をのぼって——いや、這《は》いあがったんだな——お屋敷の前の私道まで来たところで、とうとう気を失っちまったんですよ」

ふたりは娘が必死で土手を這いのぼった痕跡を眺めた。

「いやはや、気丈な娘さんだ」サムは嘆息した。「具合はどんなふうです？　何があったのか話せるようになりましたかね？」

「屋敷に運びこまれる前のことは、何も思いだせないらしい。だが、だれかから逃げていたらしいな。手首に縛られた跡があった」

サムはぎょっとしたようだった。「だれに捕まっていたのかも、どうやって逃げたのかも、おぼえてないんですか？」

「今のところは。彼女の危険はまだ去っていないのかもしれない。みんなに伝えてくれ。見慣れない人間がこのあたりで何か嗅ぎまわっていないか、ぼくが知りたがっていると」

「任せてください」サムは地面の痕跡をあらためて見つめた。「だれだか知らないが、とにかく勇敢なお嬢さんですな」

私道を歩いて屋敷に戻る主従は、それぞれ深いもの思いに沈み、ほとんど言葉を交わさなかった。

だが屋敷が見えてくると、サムが切りだした。

「あのお嬢さんがだれにも姿を見られずに、お屋敷まで何キロも歩いてきたとは考えにくいですな。たしかにあの晩はひどい天気だったが、ひとりくらい見かけた者がいたっておかしくない。ノリスの宿と、近くの農家を二、三軒まわって聞いてみましょうか」

「それは名案だ。ノリスの耳に入らないことはほとんどないからな。まあ、あの晩、街道を旅していた人間がそれほど多いとは思えないがね。何しろひどい嵐だったから」

「まったくです」サムは実感をこめて言った。「ノリスが言っていたそうです。あんな嵐の中にわざわざ出ていくのは、頭のおかしい人間だけだって」

ジェームズはにやりとしたが、まじめな声で言った。「もしもぼくがあの夜、まっすぐハザートンに行こうと決めなかったら、おまえの言う勇敢なお嬢さんは死んでいただろうよ、サム」

「いやはや、危ないところでした。さて、ひとっ走り、行ってくるとしましょうかね」

ジェームズはひとり屋敷に戻りながら、自分はアンの影響を過大評価していたという結論を出した。なまじアンの安全を保証したために、彼女がまるで襲撃されたように寝室の床に倒れているところを見て逆上してしまった。ただ、それだけだ。自分の名前すら思いだせない哀れな宿なし娘に、名門の令嬢たちですら成し遂げられなかった、ジェームズ・オルドハーストの心を動かすという難業が達成できるはずがない。だから、べつにアンを避けることはないのだ。というよりも、それは残酷で不必要なことだ。アンはぼくを信用している。ぼくに会えるものと期待している。玄関に入るころには、ジェームズは今晩会いに行くという約束を守ろうと決めていたーーカリーは渋い顔をするに違いないが。

アンが次に目を覚ましたのは、午後も遅い時刻だった。暖炉は赤々と燃えており、アンはしばらく揺れる炎が部屋じゅうに躍らせる影をぼんやりと見つめていた。そこへミセス・カルバーと、トレイを持ったローズが入ってきた。

「起きていらしたのね！」ミセス・カルバーはランプをともした。「お起こししようかと思っていたところでしたよ。これをきれいに召しあがったら、しばらく暖炉のそばの椅子に座らせてあげますからね」

アンが食事をする間、ミセス・カルバーは席を外していたが、すぐに青いガウンを持って戻ってきた。

「明日にはあなたの着てきた服も用意できますけど、とりあえずわたしの独断で、レディ・オルドハーストの古いガウンを拝借してきました」

　まもなくアンは暖炉の前に座り、ローズがくしゃくしゃの髪を少しでも見栄えよくしようと奮闘する間、顔をしかめたくなるのをこらえていた。だが、ローズは器用な手の持ち主で、痛さの頂点が過ぎてしまうと、アンの髪はひと筋の乱れもなく、頭のうしろできちんと結われてリボンでまとめられた。

「できました、お嬢様」ローズが言った。「とってもきれいにおなりです。ずいぶんお変わりになりましたから、ジェームズ様がご覧になったらきっと驚かれますわ」

「そこまでですよ、ローズ」ミセス・カルバーは厳格だった。「ジェームズ様はそんなことをお気に留めたりしません！　午後はずっと外出して、ミス・アンがどこから来たか調べていらしたんですから、今日はもうお見舞いには来られないでしょう。何しろお忙しいお体ですから」

　ミセス・カルバーは間違っていた。ジェームズは玄関ホールで家政婦を見かけるなり、アンの容態を尋ねたのだ。

「ずいぶんいいようですよ。目を覚まして、滋養のあるものを召しあがりました」

「じゃあ、会ってこよう」

「今はローズが付き添っているんです。それに、坊ちゃまのご夕食を一時間後にお出しするように言いつけてしまいましたからね」ミセス・カルバーは意味ありげな視線をジェームズの泥だらけのコートと膝丈のズボン《ブリーチズ》に向けた。「お着替えになりたいでしょう」

「わかったよ、カリー。ミス・アンには夕食のあとで会いに行く」

「そのころにはぐっすり眠っているでしょうね」ミセス・カルバーは牽制《けんせい》した。

ジェームズは自分の寝室に向かいかけた足を止め、家政婦を見た。それから彼女の腕をとって、玄関ホールの横にある小さな客間に引っ張りこんだ。「カリー、ぼくはこの屋敷におけるきみの権力に挑戦する気はないが、ミス・アンには今夜のうちに会うつもりでいるよ。さぞかし不安だろうし、会いに行くと約束したからね」

ミセス・カルバーは首を振った。「いつだってお好きなようになさるんですから、坊ちゃまは。もっと慎重になっていただきたいものですね」沈黙のあと、少しいらだたしげな口調で付け加えた。「あのお嬢さんには、一刻も早く出ていってもらったほうがいいんです！」

「どうしてそうやっきになって追いだしたがるんだ、カリー？　そんなに不親切だなんて、おまえらしくないぞ」

「ここにいる間は、せいぜい気分よく過ごしてもらえるようにつとめますから、どうぞご心配なく。だとしても、わたしは謎めいたことは好きになれないたちなんですよ。あの娘さんときたら、まるきり謎だらけじゃありませんか。小汚い服とブーツを身につけていたくせに、そのほかの衣類は最上等のものばかりですし、ローズたちメイドに対する態度を見ても、使用人の扱いに慣れていることは間違いありません。それに、たった二晩前に死にかけていたにしては、やけに回復が早いですしね……」ミセス・カルバーは大きく息を吸った。「あの人について、何かはっきりしたことはわかりましたか？」

「ミス・アンはポーツマス街道から来たらしいが、歩くには遠すぎる距離だ。サム・トロットがノリスたちのところに聞きこみに行っている。とにかく、彼女の身が安全になったとぼくが確信できるまで、ミス・アンはこの家でかくまう」家政婦の表情を見ると、ジェームズは厳しい声で付け加えた。「おまえとぼくは古い友達だ、カリー。でも、おまえの言動で彼女が危険な目に遭うようなことがあれば、その友情に終止符が打たれることになる。疑問はおまえひとりの胸にしまっておくように」

ミセス・カルバーはよそよそしい口調になった。

「これは驚きましたね。オルドハーストご一家に関わることで、わたしの分別が問題になったことは一度たりともありません。ご安心いただいて結構です」

「よろしい！」

「お着替えがすんだころに、夕食をお出しします」

ミセス・カルバーはいかめしく言い放ち、膝を曲げて一礼すると出ていった。

ジェームズはきまり悪そうに首を振った。ハザートンに来たのは、静かに将来を考えるためだった。その代わりに自分は謎に首を突っこみ、この屋敷で育まれた古い友情をおびやかし、同時に祖母のもっとも信頼する使用人の機嫌を損ねてしまったのだ。カリーの言うことが正しいのかもしれない。アンは不穏分子であり、できるだけ早急に出ていってもらうべきなのかもしれない。二、三日中にアンの記憶が戻るようなら、安全に家族のもとに帰れるようにとりはからおう。それより時間がかかりそうなら、快適に過ごせる場所を探して送り届けてやろう。そうすれば自分も、ハザートンの屋敷の面々も、アンを忘れることができるのだ。

その夜、ジェームズが緑の寝室に入ると、アンは暖炉のそばの椅子でうたたねしていた。着ている青いガウンは祖母のものだ。子供のころに見たおぼえがある。髪は後ろで結ばれ、痛々しいあざと、哀れにもこけた頬と、目の下のくまがあらわになっていた。ジェームズは足音をたてないように近づき、アンの隣の椅子に腰かけた。手首の包帯は外されていて、治りかけの傷が見えた。華奢《きやしや》な手首に残る残酷な赤い線は、ジェームズの怒りをかきたてた。どれだけ痛かったことだろう。

ふと視線をあげると、アンの目が開いており、うつろな目でジェームズを見つめていた。

「大丈夫」彼女の声は、はっきりとしていた。「あの人たちには見られなかったはず……」

「何をだい、アン？」

群青色の瞳がさらに見ひらかれた。「どうしてわたしをアンと呼ぶの？　それはわたしの名前じゃないわ」

「そうか！　思いだしたんだな。きみの名前はなんというんだい？」だがジェームズの切迫した声は、アンを混乱させたようだった。

完全に目覚めたアンは叫んだ。「もちろん、おぼえているわ！　わたしはアン……」集中するあまり、眉間に皺《しわ》が刻まれた。「わたしは……」だが、一瞬後、アンは両手に顔をうずめ、すすり泣いた。「もう少しだったのに！　すぐそこだったのよ。でも、また消えてしまった」

ジェームズは自分の愚かさを呪い、アンの手をとった。「すまなかった。無理強いするべきじゃなかったよ。夢を見ていたのかい？」

「そうだと思うわ。わたしは書類をだれかに渡して、駅馬車に押しこんだ……」アンはいらいらと首を振った。「それだけしか思いだせないわ――これって何かの役に立つかしら」

「時間がたてば自然に思いだすよ。無理に思いだそうとしないほうがいい」

「でも思いださなくちゃいけないのよ！　あなたにはわからないんだわ……」アンは言葉に詰まり、自分の体を抱きしめた。「あなたが助けになってくれようとしているのはわかっているの。ミセス・カルバーが言っていたわ。あなたは今日、午後じゅう調べていたって――わたしがどこから来たかを」視線でジェームズの表情を探ったあと、アンはため息をついて横を向いた。「わからなかったのね」小さな声だった。

「まだわかってはいない。でもいくつか気になることがあるから、それを足がかりに動きはじめたところだ。落ちこまないでくれ。きみのほうは大幅に進歩したじゃないか。だれに起こしてもらったんだい？　ミセス・カルバーかな？」アンがうなずくと、ジェームズは続けた。「祖母はぼくが子供のころ、そのガウンを着ていたよ。その青はきみによく似合う」

「レディ・オルドハーストは、わたしが着たことをいやがるんじゃないかしら」

「きっと喜ぶさ。アン……」ジェームズは口ごもった。「はっきりしたことがわかるまでは、アンと呼ばせてもらうよ。いいものを持ってきたんだ」そしてポケットから本をとりだした。「これも祖母のものだ。初版が出たときにぼくが贈ったんだが、今では祖母のお気に入りの一冊になっているみたいだ。きみも楽しめるといいんだが。アンという娘がヒロインなんだよ。外に出られない間は、この本が慰めになるかもしれない」

アンは本を手にとった。『説きふせられて』ジェーン・オースティン作」アンはおそるおそるページをめくり、それからおずおずと顔をあげてほほえんだ。「よかった！　わたし、読めるわ！　それすら忘れているんじゃないかと心配だったのよ」

弱々しいほほえみはジェームズの心にきりきりと食いこんだ。ジェームズは思わずアンを抱きしめ、頬に自分の頬を押しあてた。それからそっと椅子に座り直させ、自分も元の姿勢に戻って炎を眺めた。

「やっぱりぼくは、こんな夜中に来て、きみを抱きしめたりするべきじゃなかった……。世間のだれが聞いたって、それが無邪気な行為だなんて信じないだろう。ぼくはきみを守る立場なのに。ミセス・カルバーの言うとおりだ。きみが自分の正体を思いだすまで、安全に過ごせる場所を見つけなくちゃいけないな」

アンはきまじめな顔でジェームズを見つめた。

「あなたと一緒にいると、わたしは安全ではないの？」

「もちろん安全さ！」ジェームズは断言した。「そういう意味じゃないんだ」

短い沈黙のあと、アンはためらいつつ口を開いた。

「フィアンセに誤解されるのが心配なの？　わたしがあなたのそばにいることを知ったら、彼女が傷つくか、怒るかもしれないから、わたしを遠ざけたいの？」

ジェームズは驚いてアンを見つめた。「ぼくの、なんだって？」

「ミセス・カルバーは、あなたがまもなく結婚すると言っていたわ」

「なんというでたらめを！　その幸運な娘がだれなのか、こっちが教えてほしいくらいだ。ミセス・カルバーはそれも言っていたかい？」

「レディ・バーバラという名前が出たような気がするわ」アンは遠慮がちに言った。

「バーバラ？　そんなことを言ったのか」ジェームズは息をのみ、険しい声で言った。「それはミセス・カルバーの勘違いだ」

アンはジェームズの眉間の皺を見て、急いで言った。「ごめんなさい。言うべきじゃなかったわね」

「言ってくれてよかった。ぼくは婚約していない。過去に婚約したこともないし、もし許されるのなら未来永劫《えいごう》に婚約しないだろう。バーバラのことは祖母の入れ知恵だな。祖母とカリーの悲願は、ぼくが結婚して、ロードハウスを受け継ぐ子供たちが生まれることだからね。だけどぼくは、たとえ祖母にだろうと、結婚する時期や相手を指図されるのはごめんだ。違うんだよ。ここを出たほうがいいというのはきみ自身のためであって、架空のフィアンセのためじゃない」

アンは椅子から立ちあがり、ジェームズの腕に手を置いた。「では、ここにいさせて」勇気を振りしぼったような声だった。「今のところ、あなたはわたしが信頼できるたったひとりの人なの」そして、ためらいがちに続けた。「いずれ出ていかなくちゃいけないことはわかっているわ。でも、心構えができないうちに世間に出ていくのは、怖くてしかたがないのよ」

「どうしてそんな……出ていかなくちゃいけないだなんて言うんだ？　だれかにそういうことを吹きこまれたのか？」

「ずっとここにいるわけにはいかないわ。ミセス・カルバーは、できるだけ早くわたしの背中を見送りたいと思っているはずよ。もしも記憶が永久に戻らないようなら、どこかほかに生きていく場所を見つけなくては。記憶がなくても生計を立てられるような場所を。でも、今は……自分が臆病なのはわかっているけど、お願い、すぐに出ていけとは言わないで」

ジェームズはアンの顔の青白さと、疲れた様子に胸をつかれた。「もしもきみの記憶が戻らないとしてもだよ、アン」思いやりをこめて言う。「ぼくはきみをひとりで放りだして、自活の道を探させるようなことはしない。ぼくを信じてくれるかい？」

アンがうなずくと、ジェームズは言葉を継いだ。「さあ、今日のところはそれで十分だ。ローズかだれかを呼んで、寝支度をさせよう」

アンは腰をおろす前に、おずおずと言いだした。

「あの……明日は会えるかしら？」

ジェームズは首を横に振った。「明日はだめだ」

がっかりしたアンを見て、付け加えた。「明日はロードハウスに朝から晩までいなきゃいけないんだが、あさってには会いに来るよ。きみの体調がよければ、庭を散歩してもいい。それまでは、ぼくの留守中はこの部屋から出ないと約束してくれ。少し歩いて、本を読むといい。そして心配しすぎないようにね」

ジェームズはドアのところに行き、おやすみと言うつもりで振り返ったが、気がついたときにはこう口にしていた。「できたら明日、出かける前に顔を出すよ。お眠り、アン。よく休んでくれ」

4

ローズがやってきて、また行ってしまうと、アンは目を覚ましたまま横たわり、おとぎ話をつむぎだすことで未来への不安を忘れようと試みた。

自分の記憶がよみがえり、どこから見てもオルドハースト家にふさわしい花嫁であることが判明する。アンは伯爵、いや、公爵の娘だった。ふたりは恋に落ちて結婚し、ハザートンでいつまでも幸せに暮らしましたという結末を迎えるのだ。

愛する男性の横で眠るのはどんな気分かしら？　彼の腕にすっぽりくるまれて、優しい手で髪を撫《な》でてもらうのは……？　眠りに落ちる寸前、アンが悟ったのは、現実には自分と恋に落ちるはずもないオルドハースト卿《きょう》を、自分がすでに愛しはじめてしまっているということだった。

だが、甘い夢想に浸ったつけは、立てつづけの悪夢として返ってきた。目の前によく知っている黒みがかった赤いドアがあり、アンはそのノッカーをつかもうと悪戦苦闘していた。すると不意に、いかにも夢らしい無秩序さで、ドアは赤黒い血だまりに変わり、アンは血だまりの中央に倒れている男を助けようと必死になっていた。心臓が早鐘のように鳴り、苦しい息をつき、自分をその場から引き離そうとする残酷な手にあらがいながら……。突然、その手はジェームズ・オルドハーストの手に変化した。彼の腕にしっかり抱かれてから目をやると、血だまりも、倒れた男も消えていて、アンは安堵《あんど》のあまりすすり泣いた。だが、感謝の気持ちを伝えようと振り返って見あげると、ジェームズの表情は冷ややかでよそよそしかった。ジェームズはアンを押しのけて悠然と去っていき、彼女の叫び声には耳を貸そうともしなかった。

アンは倦怠《けんたい》感とともに目覚めると、頬に涙の跡を感じながら、そのまま横たわっていた。夢の中のさまざまな場面が頭にこびりつき、おびえと混乱を巻きおこしていた。悪夢のどこかに自分の身元を知る手がかりがあっただろうか？　アンはもつれた糸を解きほぐそうとしたが、なにひとつぴんとくるものはなかった。ハザートンの私道で発見される以前の暮らしは、あいかわらず灰色の霧に包まれたままだ。

そればかりか、朝の冷たい光の中では、昨夜の甘い夢想も常軌を逸した妄想としか思えなかった。悪夢の結末がいい証拠だ。オルドハースト卿はアンの決心がつくまでは安全を保障してくれるだろうけれど、それはけっして彼女を花嫁候補だと思っているからではない。ミセス・カルバーは、おそらくわざと、ジェームズに婚約者がいると誤解させようとしたのだろうが、言いたいことは十分に伝わった。由緒ある名門の末裔《まつえい》であるジェームズに期待されるのは、彼にふさわしい花嫁を見つけることだ。裕福で、ハンサムで、育ちがよく、オルドハースト家の跡取りであるジェームズ。そんな彼が、どこの馬の骨とも知れない一文なしの娘に惹《ひ》かれるはずがあるだろうか？　絶世の美女でもない娘に……。

アンは悲しくなったが、すぐに自己憐憫《れんびん》に浸ったことを恥ずかしく思った。そろそろくよくよするのをやめて、自分の人生の舵《かじ》取りを始めなければ！

一時間後、寝室に入ってきたミセス・カルバーは、アンが真剣な顔で部屋の中を歩きまわっているのを見てぎょっとした。

「何をしているんですか？」詰問するような声だった。「すくなくとも、あと一時間は横になっていなくちゃいけませんよ。それじゃ疲れきってしまいます。椅子に座って休みなさい。ローズが朝食を運んできますから」

アンは心地よい疲れを意識しながら椅子に座った。「わたしはもう病人じゃないわ。脚は弱っているけれど、使わないと強くならないものね。そろそろ体を動かしはじめてもいいころだわ。必要以上にあなた方のごやっかいになりたくないの」

ミセス・カルバーは満足そうにうなずいた。「それはいい考えですね。お望みなら、ご自分の服を着せてあげましょうか。ここに持ってきましたからね。洗ってアイロンをかけたから、こざっぱりしましたよ」

「ありがとう。でも結構よ。着替える前に、水とタオルを持ってきてほしいわ」

その要求は合理的だったので、ミセス・カルバーは娘の声に命令の響きを聞きとって腹を立てたとしても、それを表にはあらわさなかった。「隣の化粧室にバスタブがありますよ。メイドにお湯をためさせます。ローズが髪を洗いますからね」

一時間後、アンが暖炉の前の椅子に座り、ローズがその髪を乾かしているところに、ジェームズが入ってきた。「どんな具合かと思って来てみたんだ」

「あ、ありがとう」アンは口ごもった。「今日は……会えないものと思っていたわ。あなたは来るとおっしゃったけど……」声がとぎれた。なんて支離滅裂なの。アンは気を取り直して立ちあがり、かすかに膝を曲げてお辞儀をした。「おはようございます」

ジェームズの目は、アンの背中に滝のように流れる栗《くり》色の髪に釘《くぎ》づけだった。「見違えたよ」

「もちろん、そうであってほしいわ！　ここにいるローズが大変な苦労をして、わたしの髪を洗ってくれたのよ。わたしもずいぶん気分がよくなったわ」

ジェームズはアンに近寄ると、真剣な顔で、彼女の髪をすくいあげた。「こんな色だったのか……。もっと黒いかと思っていたよ」

アンは笑いを噛《か》み殺し、彼の手から髪を取り返した。「いいえ」そしてまじめな顔をしてみせた。「汚れていたのが、きれいになっただけ。この色がお気に召さないのなら申し訳ないけど、これが本来の色ですからね」彼女はにっこりして付け加えた。「子供のころはもっと赤かったし、性格のほうもそれにぴったりだったわ」

突然、沈黙が訪れた。

アンはかすれた声で言った。「そんなこと、いつから知っていたのかしら？」

ジェームズはうなずいた。「わからないけど、いい兆候じゃないか。記憶が戻りかけているんだよ。

それが断片的だというだけだ」

「なんてつまらない断片なの」アンはみじめな気持ちで言った。「名前のほうがよかったわ」それから笑顔を作り直そうとした。「でも贅沢《ぜいたく》は言えないわね。どんな記憶だってありがたいと思わなくちゃ」

また短い沈黙があった。

アンはあらたまった口調で続けた。「来てくださってありがとう。具合はずいぶんよくなりました。あなたもいい一日を過ごされますように」

ジェームズは一瞬ためらってから言いだした。

「朝食は食べたかい？　まだなら、一階におりてきてぼくと一緒に食べないか？」

心底びっくりしたアンは、なんと答えていいかわからなくなった。「あなたと？　でも……部屋から出ないようにって言わなかった？」

「ぼくの留守中は出ないでほしいね。でも一緒にいれば階下《した》でも安全だ。もちろん、気が進まなければ……」

「いいえ！　喜んでご一緒させていただくわ。でもこんな髪じゃ、おりていけないわね」

「十分後でどうだい？　ミセス・カルバーに話しておくよ。その間に髪のほうはローズがなんとかしてくれるだろう」ジェームズは会釈して部屋から出ていった。

ローズは目にも留まらぬ速さで二種類の櫛《くし》を操り、アンの髪をねじったり巻いたりして、頭の後ろで優雅に結いあげた。

仕上がった髪を、ローズは満足げに撫でた。「できましたわ、お嬢様！　なんておきれいなんでしょう。ジェームズ様がお喜びになりますわ」そして間を置いてから付け加えた。「ミセス・カルバーは喜ぶかどうかわかりませんけど」

アンは内心その意見に賛成だったが、表向きは澄まして答えた。「オルドハースト卿は、わたしがひとりでここを出ていけるくらいに元気になったのを見たら、ほっとなさるわ。それはミセス・カルバーも同じでしょう。ありがとう、ローズ。朝食用の部屋まで案内してもらえるかしら」

かりにロードハウスの管理人のアグニューが、ジェームズが朝早くやってくるものと期待していたとしたら、待ちぼうけを食ったことだろう。ジェームズは朝食に一時間以上もかけ、最終的に席を立ったのは、午前も半分が終わったころだったのだから。

朝食の席でジェームズの向かいに座ったアンは、頬の血色もよく、つやつやした髪がひと筋、頭のてっぺんでまとめた髪からこぼれ落ちていた。助けたときの瀕死《ひんし》の宿なし娘とはまったく別人のようになったアンは、ジェームズの興味をかきたて、うれしがらせた。着ている服はカリーの指摘どおり、粗悪な素材を使った地味な仕立てだったが、アンが着ると不思議に品よく見えた。アンは不安でもあり、おびえてもいるはずだが、落ち着いた態度はみじんもそういう弱さをにおわせなかった。アンが提供できる話題はもちろんかぎられていたが、話しぶりはいきいきとして、ときおりジェームズの好みに完璧に合う辛辣な皮肉を飛ばし、またユーモアに対する鋭い感覚を示して彼を大笑いさせることもあった。

アンのほうも、会話を彼と同じくらい楽しんでいた。ジェームズは愛情をこめて祖母のことを語った。ふたりの絆《きずな》の強さはアンにもよく伝わった。レディ・オルドハーストは強烈な個性の持ち主らしいが、孫息子のほうは自分の人生にちょっかいを出そうとする祖母の企てを、いやがるというよりもおもしろがっているようだ。アン自身も、自分とジェームズをふたりきりにさせまいとするミセス・カルバーの決意をおもしろく思っていた。

ミセス・カルバーは、厳密に言えば用事もないのに朝食室に出たり入ったりし、明らかにこの合同の朝食に不賛成の様子だった。だがジェームズは家政婦のしかめっ面を気にも留めず、しょっちゅう呼びとめては、ハザートンでの子供時代の話を確認したり、補足させたりした。アンは家政婦があっさりとジェームズの魅力に屈するさまを興味深く観察した。朝食が終わる前に、ミセス・カルバーの顔にはほほえみが戻っていた。

最後にジェームズはしぶしぶ立ちあがった。「ああ、いけない。アグニューとの約束を守ろうと思ったら、いいかげんに出なきゃいけない時間だ。今日は何をするつもりだい、アン？」

アンはミセス・カルバーを見た。「お手伝いができるくらいには回復したと思うわ。ミセス・カルバー、何かわたしにできることはないかしら？」

「ありがたいお申し出ですけど、ジェームズ様はあなたが部屋でお休みになることをお望みだと思いますよ。わたしも同意見ですね」冷ややかな言い方だった。ジェームズに対しては矛をおさめたものの、客に対してはまだ抗戦するつもりらしい。

ジェームズは顔をしかめたが何も言わず、アンに笑顔を向けて手を差しだした。「いつもながらミセス・カルバーの言うとおりだ。ぼくが寝室まで送っていこう。階段は急だし、きみはまだ健康体じゃないからね。ぼくがあげた本はまだ読みはじめていないんだろう？」

「ええ」アンは言い、ミセス・カルバーの背中を見送った。「今日、読むのが楽しみだわ」ふたりでゆっくり階段をのぼりながら、アンは遠慮がちに切りだした。「ミセス・カルバーをからかうのはよくないと思うわ、オルドハースト卿。あの人は何よりもあなたのためを思っているのよ」

「どういう意味だい？」

「二階まで腕を貸してくださるのはうれしいけれど、

使用人に頼もうと思えば簡単に頼めるわけだし、そのほうがずっと……穏便にすむわ。おかしな話だけれど、ミセス・カルバーはわたしを脅威だと見なしているの。わたしが信用できないのよ」

緑の寝室に着くと、ジェームズはドアを開け、穏やかな声で言った。「きみが思うほどおかしくもないさ、アン」

アンはぎくっとしてジェームズを見あげた。「あなたもわたしを信用していないの？」

「いや、もちろん信じているよ！　だが、きみがぼくの心をかき乱す脅威だというのは本当のことだ」それから、ぶっきらぼうに付け加えた。「もう行くよ。そろそろアグニューがぼくに何かあったんじゃないかと心配しだすころだ。いい一日を！　本を読んで部屋でおとなしくしておいで。いいね？」ジェームズは階段に向かう途中で立ちどまり、振りむいた。「本が気に入ったかどうか、夜に聞きに行ってもいいかい？」

「いいわ」アンはしかめっ面をしてみせた。「おとなしく引きこもっていますから大丈夫よ、オルドハースト卿」

アンはジェームズが階段を駆けおりるのを見届けてから寝室に入り、ドアを閉めて窓辺に急いだ。玄関の前に二頭の馬が、馬係に手綱をとられて立っていた。ジェームズがあらわれ、片方のたくましい雄馬にまたがると、主従は出発した。アンはジェームズの姿が私道を曲がって見えなくなるまで見つめていた。それからため息をついて振り返り、本を持って椅子に座った。そして一時間後、ローズがトレイを持って入ってきたときには、心優しいアン・エリオットの物語に没頭していた。

日が暮れかけたころ、アンは無性に体を動かしたくなって本を置いた。精力的に部屋を歩きまわっていると、両腕いっぱいに服の山を抱えたミセス・カルバーが入ってきた。家政婦はアンの回復ぶりを褒めてから、こう言った。「ミス・アン、あなたの着替えを見つくろってきましたよ。この調子でよくなられたら、これをひととおり着終わる前に、お別れを言うことになりそうですね。おいやでないといいんですが……。これは古着で、レディ・オルドハーストのお召し物なんですよ」

アンはしんみりと言った。「ありがとう、ミセス・カルバー。迷惑をかけてごめんなさいね」

ミセス・カルバーはためらったあと、思いきったように言った。「下着類は、あなたの着慣れたものよりも、ずっと素朴ですけどね……」

アンはきょとんとした。「わたしの下着はそんなに凝っているの？　考えてもみなかったわ……」そしてスカートのすそを持ちあげ、ペチコートを縁取るレースを見てみた。「本当ね。きれいだわ。どこのものかしら」顔をあげると、ミセス・カルバーが不審そうな目で見ていた。「わたしが知っているはずだと思っているのね？　そうだったら、どんなによかったか。あの、これはわたし自身の下着なのかしら？」

「ええ、そうですよ。たいそうな高級品です」非難するような口調には、敵意がにじみでていたし、目つきも厳しかった。

アンはため息をついて言った。「あなたはわたしを疑っているのね、ミセス・カルバー。どうしてなの？」

「お気に障ったのならすみません。あいにくわたしはレディ・オルドハーストの最大のお望みが、ジェームズ坊ちゃまが結婚して家族を持たれることだと存じあげておりますもので」

アンはとまどった。「それはごく自然なことだわ。同時に、お孫さんの幸せも望んでいらっしゃるといいけれど」

「当然そうですよ。それに坊ちゃまが幸せになれないわけがありません。同じ階級の中から、身分も育ちも本物のレディで、自分自身のすばらしい名前をお持ちの方をお選びになって、お嫁さんになさればいいんですから」ミセス・カルバーの言わんとすることは、今やあからさまにはっきりしていた。

アンはむっとしたものの、穏やかに答えた。「あなたが警戒しているのは、わたしがオルドハースト卿を堕落させることなのね？　そんなことは起きないから安心してもらって結構よ。そのことと、わたしの服がどう関係しているのかしら？」

「あなたはここに運びこまれたとき、このお屋敷では台所のメイドさえ着ないような服とブーツを身につけていました。言うなら酒場で働く女みたいな格好ですよ。ところが、下着は間違いなく高級品でしょう」

アンは笑いだした。「あなたはわたしのシュミーズとペチコートが、服とブーツに釣り合わないから警戒しているの？　ばかばかしい言いがかりだわ！」

ミセス・カルバーは珍しく顔を赤くしていた。

「あなたはジェームズ坊ちゃまが連れてきた方ですから、わたしどもも誠心誠意お世話しています。ですけど、正直言って、あなたはいまだにどこのだれともわからない人ですから」

アンは無理に笑顔を浮かべた。「それはわたしも同じよ」ぎこちない、意味深長な沈黙が落ちたあと、アンの頬がさっと燃えあがった。「まさか、あなた！」火を吐くような声だった。「わたしが芝居をしているとでも言いたいの？」

「違うんでしょうね。でも、本当のところはだれにもわかりません」

アンはつかつかと窓辺に歩みより、怒りが落ち着くまで家政婦に背を向けておいたあとで振り返った。「わたしは自分がだれなのかも、どうしてこの屋敷の私道に倒れていたのかも思いだせません。それでも約束しましょう。世間に立ち向かう決心がつきしだい、記憶が戻っていようといまいと、わたしはハザートンを出ていきます。それでいいかしら？」

ミセス・カルバーは気まずそうな顔をした。「何もあなたに意地悪をしたいわけじゃないんですよ。でもわたしはジェームズ様をよく存じあげておりますから、坊ちゃまがあなたに惹かれているのだってわかるんです。これ以上、黙って見ているわけにはまいりません。もし坊ちゃまがふさわしくない結婚をされたら、おばあ様の心は粉々に砕けてしまいます。レディ・オルドハーストにはもう坊ちゃましかおられないんですから」

「そういうことであれば、わたしほどふさわしくない相手もいないでしょうね」アンはてきぱきと言った。「けれど、彼がわたしのために道を誤ることはありません」そう言って本をとりあげた。「この話はもう終わりにしましょう。服をありがとう。オルドハースト卿が戻ったら、頭痛がするから今夜は会いたくないと伝えてください」

ミセス・カルバーはアンの威厳ある声に気圧《けお》され、思わず膝を曲げて一礼した。そして自分が思い違いをしているのだろうかと首をかしげながら、部屋を出ていった。最後の言葉は、みすぼらしい服の持ち主というよりも、高貴な人間から発されたように聞こえたからだった。

ローズが入ってきたとき、アンは青いガウンを一枚はおったきりの姿で、不安そうに自分の下着を調べていた。

「ちょっとこれを調べるのを手伝ってくれるかしら、ローズ」アンは言った。「これがどういう由来のものか、知りたいのよ」

「これはお嬢様のために特別にあつらえたものだと思いますわ。形を見ればすぐにわかります。でも、ほかにこれといった特徴はないようですね。こっちの服は、村の女の子たちが着ているようなものと変わりませんわ」

アンはぐったりしたように衣類を押しのけた。

「もうくたくたよ。横になることにするわ。ミセス・カルバーには言っておいたけれど、今夜は……だれにも会いたくないの」

ローズはわかりますと言うようにうなずいた。

「今日は盛りだくさんの一日でしたものね。ジェームズ様はがっかりなさるでしょうけど」

ローズはそれ以上は何も言わず、かいがいしくアンの寝支度を手伝った。そして部屋を出る直前、あとでミルクを持ってきましょうかと尋ねた。

「朝までずいぶん時間がありますよ。ミルクが一杯ほしくなるかもしれません。もしも眠っておられたら、起こさないようにいたしますから」

疲れきったアンは反論する気にもなれずにうなずいた。ローズが暖炉の火をおこし、カーテンを引いて、静かに出ていったときには、アンはすでにうとうとと眠りかけていた。

アンは夢も見ずに眠ったが、数時間後、ドアが開く音に気づいて目を覚ました。暖炉の火は小さくなっていたが、部屋に入ってきてベッドに近づいてくる人影は見えた。

「ローズ?」

「残念ながら、ローズじゃない」ジェームズ・オルドハーストがミルクのカップをベッド脇のテーブルに置き、燭台《しょくだい》をとりあげて暖炉のそばに行った。まもなく、ろうそくのやわらかな輝きがベッドのまわりをおぼろげな光の輪で切りとった。

5

「来ちゃだめじゃないの！」アンは声をひそめた。

「そんなに遅い時間じゃないよ。昨日より早いくらいだ。頭の具合はどうだい？」

「頭？　ああ、そう、頭ね！　おかげさまですっかりよくなったわ。どうして来たの？」

「また体調を崩したのかと思ったんだ。だからローズがミルクを運んでいくのを見かけたとき、代わりに持っていくと言った」

「どうしてそんなことを？　ミセス・カルバーが――」

「カリーは頭痛で早く寝た。さあ、起きるのを手伝うよ」ジェームズは片方の手でアンの背中を支え、枕を直した。「これでいい！　さあ、飲んで」そしてミルクのカップを渡し、ベッドの端に腰かけた。

アンは飲みながらも、カップの縁越しに不安そうな目を彼に向けた。

ジェームズはカップを受けとると言った。「ひとつ情報が入った」

アンは身を乗りだした。「わたしがだれかわかったのね！」

「いや、そこまではいかない」アンががっかりしたように枕にもたれると、ジェームズは続けた。「でも、その糸口にはなるだろう。ぼくらがきみを見つけた晩、ある四輪馬車が事故を起こしていたんだ。御者はおそらくポーツマス街道で曲がる道を間違えたんだろう。そして道路が冠水している場所で立ち往生した。橋を渡って街道に引き返そうとしたが、この橋はファーランドクロス橋といって、地元の人間ならだれでも知っていることだが、荷馬車がかろうじて通れるくらいの幅しかない。大型の四輪馬車なんてもってのほかだ。結局、車輪が外れて、馬車は川に落ちた」

「御者ってだれなの？　今どこにいるの？」

「それがわかれば苦労はないんだが。ともかく、ひどいけがをしたわけじゃないようだ。馬車はめちゃくちゃに壊れていたから、御者は馬でその場を去った。それからの行方はわかっていない」

アンは答えなかった。暗闇を見つめるその目は恐怖に満ちていた。

ジェームズは続けた。「御者のほかにもうひとりいた可能性もあるんだが、そうだとすると、その男も行方をくらましたことになる。馬は二頭いた。二頭の馬と、ふたりの男だ」

「ふたり組よ。片方は御者台に、片方は中にいたわ」アンがつぶやいた。大きく見ひらかれた目の焦点は合っていない。「ふたりだけなのよ。御者台と、中に。あきらめちゃだめ！　敵はふたりだけ。ひとりは御者台に、もうひとりは……」突然アンは悲鳴をあげ、両手を突きだして逃げるようにもがいた。「ああ！　神様、助けて！」

「アン？　アン！」ジェームズはアンの肩をつかんで揺さぶった。

アンは体を硬直させ、ぼんやりとジェームズを見つめた。それから肩の力を抜き、震える息を吐くと、ジェームズの腕の中に倒れこんだ。ジェームズに抱きよせられると、アンはかすれ声でつぶやいた。

「馬車が落ちて、中に水が流れこんできたの。ここで死ぬんだと思ったわ。でも夢中でもがいていたら……突然、体が自由に動くようになって……川の水は冷たかったけど、岸まではそう遠くなかった……そのあとは、ひたすら走ったわ。体がちぎれそうに痛かったし、どこに向かっているのかもわからなかったけど、とても止まる気にはなれなかった。あの人たちが追ってくるのが聞こえたから……そのとき足がすべって転んで、また捕まってしまうと思って……」

アンは震えていた。ジェームズは彼女をしっかりと抱き、髪を撫《な》でてやった。「よし、よし。きみは死ななかったんだ。そいつらにも捕まらなかったし、ぼくがいれば絶対に安全だ」

腕の中にくるみこむように抱きしめていると、アンの震えはしだいに弱くなり、やがておさまった。

アンはとうとう記憶の一部を取り戻したわけだが、ジェームズは素直に喜ぶ気にはなれなかった。事故の衝撃に、馬車の中でみるみる水位が上昇していく絶望感。そしてハザートンの私道で気絶するまでの、死にものぐるいの逃走。アンは何度も死の恐怖を味わったに違いない。一貫していたのはアンの不屈の闘志であり、生きようとする意思だった。アンを勇敢なお嬢さんだと褒めたサムも、その闘志の半分も知っていたわけではない。ジェームズの胸に熱い想《おも》いがわきあがった。ぼくはアンを守る。そして彼女に死の恐怖を味わわせた悪党どもを見つけだし、報いを受けさせるのだ。

翌日、ジェームズは早めに朝食をすませ、サムを連れて、事故の現場に向かった。春らしい、あたたかな一日になりそうだった。ジェームズは馬を駆りながら、帰ったらアンを散歩に誘おうと決めた。新鮮な空気と目新しい環境は、きっとアンのためになるだろう。四方を石壁に囲まれたハザートンの庭は安全だし、冷たい風や物見高い視線からも守ってくれる。きっとアンは喜ぶだろう。

もしも今日、アンの記憶が戻ったら、自分はどう感じるのだろう？　もちろん喜ぶべきことだ。現在の状態が永遠に続くはずはない。アンが自分の属する世界を思いだしたら、そこへ無事に戻れるように手伝ってやらなければ。その考えが意外なほど憂鬱に思えたので、ジェームズはそれを頭から払いのけ、橋で何が見つかるかという問題に意識を集中した。

馬車はすぐに見つかった。道路にあふれだした水はとっくに引いていたし、川の中の馬車の残骸は、だれかが岸に引きあげておいたようだ。

「めぼしいものはありませんね」サムはがれきの山によじのぼりながら言った。「これじゃ、まるごと売りはらったって、ギニー金貨一、二枚がいいとこだ。かりに壊れていなかったとしても、こんなおんぼろ馬車じゃ、快適な旅とはいかなかったでしょう。両手を縛られてりゃ、なおさらですがね」そして中をのぞきこんだ。「空っぽだ。何も残っちゃいませんし」

川岸に目を配りながらゆっくり歩いていたジェームズは、しゃがみこんで声をあげた。「おや、ここから馬がのぼったんだな。雨のあとだから、まだひづめの跡が残ってる。われらが勇敢なお嬢さんも、ここから岸にのぼったらしい。見えるか?」

サムの返事はなかった。ジェームズが顔をあげると、サムはがれきからおりて地面に立ち、油断のない目で坂の上をにらんでいた。視線の先には、銃を構え、確固たる足取りで近づいてくる男がいる。

ジェームズはすぐさま調査を中断してサムの横に立ったが、ずんぐりした田舎者らしい人影がいよいよ近づくと、思わず笑い声をあげた。「大丈夫だ、サム。あれはうちの祖母の借地人だよ。ファーランド農場のホルフォードだ。最後に会ったときよりもずいぶん太ったな。おはよう、ホルフォード!」

「こいつはたまげたな。ジェームズ坊ちゃんじゃありませんか! ご機嫌いかがです?」ホルフォードは銃をおろし、握手のために手を伸ばした。それから大声で笑って言った。「てっきり、あの怪しいやつらが、また馬車を見に戻ってきたのかと思いましたぜ」

「怪しいやつら？　どんな連中だい？」ジェームズは熱心に尋ねた。

「二、三日前、ナットとおれは、怪しい男たちがこの馬車のまわりをうろついてるのを見たんですよ。ナットのことはおぼえておられんでしょうな？　うちの末のせがれですが」

「おぼえているとも。今は十四、五歳になってるはずだね」

「ええ、なりだけは一丁前にでかいんですが、まだ十四歳です」

「その怪しい男たちだが、前にも見かけたことはあるかい？　話したことは？」

「見かけない顔でしたな。そのときだって話すも何も、やつらはおれとナットがあらわれたとたんに逃げちまいましたからね。どうも捜し物をしてたような様子でしたが、見つかるはずもありません。ナットがその前日に、仲間と一緒に馬車を川から引きあげたんですが、中には何も残っちゃいませんでしたからね。あったのは空っぽの財布と、ロープの切れ端だけでしたよ」

「その連中がまたあらわれたら、知らせてくれ。それから、その財布が手元にあったら、見せてくれないか？」

「ここにありますよ。入り用なら持ってってください。ロープのほうは、捨てちまいましたがね」

　ジェームズは受けとった財布を引っくり返してみた。ホルフォードの言ったとおり空っぽだが、広げてみると、隅に図案化した組み合わせ文字が刺繍《ししゅう》されていた。AとCが一文字ずつ――A・C……アン・Cだろうか？

　ホルフォードの声が、ジェームズを現実に引き戻した。「ほかにも何か見つけたら、ナットに届けさせましょうか？」

「そうしてくれるとありがたい」ジェームズはうわの空でホルフォードに別れを告げた。財布は大きな手がかりとは言えないが、アンが記憶を取り戻すきっかけになるかもしれない。帰ったら見せることにしよう。

その一方、アンは目を覚ました瞬間、昨夜記憶が戻ったことを思いだし、期待で胸をふくらませた。もしかしたら、今朝も……？　だが、名前も、そのほかの過去も霧に包まれたままだとわかると、興奮はすぐに落胆に変わった。今日もまた名なしのまま一日を過ごすと思うと気が滅入《めい》ったが、ローズがやってきて着替えが終わると、少し元気が出た。昨日はジェームズが朝食に誘ってくれた。今日も一緒に朝のひとときを過ごせるかもしれない。すくなくとも、顔を見せるくらいはしてくれるだろう。ローズが行ってしまうと、アンは座ってジェームズを待った。

だが、入ってきたのはミセス・カルバーだった。アンがおそるおそるジェームズの居場所を尋ねると、とっくにお出かけになりましたよ、という満足げな返事が返ってきた。お忙しい体ですし、そもそもハザートンにいらしたのも目的あってのことですからね、という意味ありげな言葉も添えられた。

すっかり気落ちしたアンは、ひとりで朝食をとったあと、くよくよするのはやめて、息が切れるまで室内を歩きまわろうと決めた。ジェームズにはジェームズの人生があるのよ、と歩きながら自分に言い聞かせる。もう十分すぎるほど親切にしてもらったのだから、これ以上のことを期待してはいけない。ひょっとしたらジェームズは、昨日わたしが見せた醜態にしらけて、距離を置く気になったのかもしれない。それとも近所の知り合いを訪ねているだけかしら。その知り合いの家には、たぶん美人で、結婚適齢期の令嬢がいて……。アンは足が止まっていることに気づき、いらいらと首を振って、また歩きだした。こんなことじゃだめだわ！　ジェームズ・オルドハーストのことはきれいさっぱり忘れて、一刻も早くハザートンを出ていかなくては！　今後は体力をつけることに専念して、よけいなことは考えないようにしよう。ジェームズがどんなに楽しくて、魅力的で、ハンサムかなんて……。気づくとアンはまた立ちどまり、ぼんやりと宙を見つめていた。まるで恋に恋するおばかさんだわ！　アンは気を引きしめ、すっかり頭が冷えるまで、さらに室内を何周かした。それから冷静な気持ちで本を手にとり、読みはじめた。

ジェームズがやってきたとき、アンは本を膝の上に置き、ぼんやりと窓の外を眺めていた。ジェームズが声をかけるとアンはぎくりとし、その拍子に本が床にすべり落ちた。

「『説きふせられて』が趣味に合わなかったのなら、悪かった」ジェームズは本を拾いあげて彼女の膝の上に戻した。「てっきり好きだろうと思いこんでいたんだ。具合はどうだい？」

「とてもいいわ、ありがとう」アンはジェームズに会えたうれしさを必死に隠そうとした。「『説きふせられて』も、とてもおもしろかったわ。ミス・オースティンの本がもっと読みたくなったもの」

「もう読んでしまったのかい？　よかった。もう一冊、お薦めの本があるんだが、それはあとにしよう」ジェームズは近づいてアンをよく眺めた。「ぼくが入ってきたとき、驚いたようだね」

「来ると思っていなかったからよ」

「どうして？　昨夜《ゆうべ》あんなことがあったあとだ、様子を見に来るに決まっているじゃないか。ぼくに話した内容をおぼえているかい？　おそろしい話だったよ」

「ええ。全部思いだせるわ——ひとこと残らず。でも、それだけ」彼女は間を置いたあと、悔しそうに付け加えた。「名前は忘れたままよ」

ジェームズは励ますように手をアンの肩に置いた。「そうがっかりしないで。きっかけになるかもしれないものを持ってきたから、見てくれないか」そして例の財布を出してみせた。「何か気になるところは？　このイニシャルはきみのかもしれない」

アンは財布を手にとってじっと見つめた。それから引っくり返して指でなぞり、目の前に掲げてみた。「A……C……。Aはアンかしら？　アナベル？　アリス？　エイミー？　そしてCは……Cは何かしら？」首を振って、財布をジェームズの手に押し戻す。「わたしのイニシャルかもしれないけれど」投げやりな言い方だった。「見覚えがないような気もするの」アンは急に立ちあがり、二、三歩歩いていって、ジェームズに背を向けて立ちどまった。「思いだせないわ！」苦しそうな声だった。

ジェームズは黙ったままその背中を見守っていたが、ふと言いだした。「今日は家の中で過ごすにはもったいないくらいのいい天気だ。庭に出てみないか？　ハザートンには名物の花園がある」アンはどう答えていいかわからないようだった。「悪くない考えだと思うな」ジェームズは説きふせるように続けた。「寒くはないよ。庭には風が吹きこまないようになっているから。ショールだけはおれば十分だ。じつはもう借りてきてあるし、帽子もローズに借りてある」ジェームズは黙ったままのアンの肩にショールをかけ、鏡の前へと引っ張っていった。「ほら、どれだけかわいいか、見てごらん！　目のまわりにあざなんてひとつもない。さあ、行こう」

ジェームズばアンを一階に連れていき、廊下を通って勝手口から、あたたかい春の日差しが降りそそぐハーブ園に足を踏みだした。

アンは立ちどまり、ハーブがほのかに香る新鮮な空気を胸いっぱいに吸いこんだ。気持ちがぱっと明るくなり、自然に笑みがこぼれた。「ありがとう」

ジェームズはほほえみ返した。「まだまだ、これからだよ」石敷きの歩道を進んでいくと、突き当たりに高い壁があり、門扉が見えた。「この先は、ぼくの祖母が作った花園だ」ジェームズは門扉の鍵を開けながら言った。「祖母にとっては特別な場所でね。今は手仕事は庭師任せで、座ったまま指示を出すだけだが。祖母はハザートンにいる間、季節にかかわらず、たいていここにいる」

ジェームズが開けた門扉を通り抜けたアンは、その先に広がる光景に目を奪われた。灰色の石壁と緑したたる樹木という平和そのものの風景を背景にした庭は、今がまさに春たけなわだった。黄金色のキズイセンに、乳白色のラッパズイセン、緋《ひ》色のチューリップの群れ。アンは悩みも憂いも忘れ、雲の中を歩くような足取りで進み、ときおりかがみこんでは淡い黄色のサクラソウを愛《め》で、濃い紫のスミレの香りを吸いこんだ。石壁を這《は》うラベンダーやローズマリー、薔薇《ばら》、ライラック、そしてスイカズラの蔦《つた》は、やがてくる歓喜の夏の気配を抱えこみ、春の饗宴《きょうえん》が終わったあとの庭を、自分たちの色彩と香りで彩る日を待っているかのようだった。

ジェームズはベンチに腰をおろし、小道をゆっくり歩くアンが、ときどき足を止めて花の香りを楽しみ、やわらかな新芽や蕾《つぼみ》に触れる姿を満足げに見守っていた。まるで園遊会や、友人の家で紹介された相手を見るように、遠くからアンを眺めるのは初めてのことだった。アンの服は地味だったし、ブーツは美しさより実用性を重視したものだったが、祖母の花園を散策するその姿には優美さと天性の品があり、高貴な生まれをおのずと明らかにしていた。

アンはベンチまで戻ってくると、うれしそうにジェームズの横に座った。「ありがとう。あなたのおばあ様は天才だわ。それに、あなたは信じられないほど優しいのね」彼女は口をつぐんだあと、目をそらして言った。「謝りたいことがあるの。今朝、あなたが何も……言わずに出かけたから、わたしはてっきり、あなたがわたしにも、わたしの持ちこんだ問題にもうんざりしたんだろうと思っていたのよ。昨日の夜……あんなことがあったあとでは、もうわたしのために貴重な時間を使う気にはなれないだろうって。あなたが弱気な女性を軽蔑していることは知っているし、昨夜のわたしはきわめつけの弱虫だったから。本当に申し訳ないと思っているわ――あなたのお荷物になってしまって」

「お荷物だって？」ジェームズは自分の想いがそんなふうに誤解されていたことに心底驚いた。「そんなわけがないだろう！　ぼくはきみに会えば会うほど、その勇気を尊敬せずにはいられないのに」

「勇気なんか、ないわ……」アンは口ごもった。

「いや、きみは勇敢だよ。それにしても、どうしてぼくがきみを見捨てたなんて思ったんだ？」

「それは……わたしが落ちこんでいたから。そして、ばかだからよ。ミセス・カルバーに、あなたが今朝早くから出ていったと聞いて……」

「ああ！　そういうことか。きみは朝食をぼくと一緒にとるつもりでいたんだね？　ぼくは例の馬車を捜しに行くつもりで早起きしたから、挨拶に行けなかったんだ。でも……」ジェームズはほほえんでアンの手をとった。「帰ったら、きみをここに連れてくるつもりでいた。そうだとわかったら、少しは元気が出たかい？」

ジェームズの手のぬくもりに慰められ、アンはうなずいた。「あなたが馬車を捜しに行ったことくらい、気づいていてもよかったんだわ。それで、見つかったの？」

「簡単だったよ。農民たちが川から引きあげておいたんだ。そのときに財布も見つかった。それからロープの切れ端も」ジェームズは親指でアンの手首に触れながら言った。「ロープの使いみちは見当がつく。財布のほうは、記憶を取り戻すきっかけにはならなかったようだね」

アンはつかのまの安堵《あんど》を忘れ、うつむいた。「そのとおりよ。何を見ても思いだせないわ！」アンは立ちあがり、気持ちを静めようと歩きだした。「どうしてなの？」こらえていたものが爆発したかのようだった。「花の名前は思いだせても、自分の名前は思いだせない。自分すら頼れない心境なんて、あなたにはわからないでしょう。まるで地獄よ！」

ジェームズはアンのあとを追い、手をとって引きとめた。「ばかなことを！　きみがいるのは地獄じゃなくてハザートンの庭だし、ぼくを頼ってくれていい。頼りない男だが、いないよりはましだろう？」

アンは思わず笑いだした。「ええ、ずっとましよ！」

「今日は何をしていたのか、話してくれ。カリーはぼくがどこに行ったか言わなかったのかい？」

「知らないようだったけど」

「やれやれ、カリーには参るよ！　どこで何をする予定か、ちゃんと伝えておいたのに」

「ミセス・カルバーは、わたしがあなたに悪影響を与えると思っているのよ。あなたがここに来たのは目的があってのことなのに、わたしがその邪魔になるって。そういえば、あなたはどうしてハザートンに来たの？」

「ロードハウスには何が必要かを決めるためさ」

「ロードハウス？」

「谷の向こうにある、ばかでかい館だ。ああ、ベンチに座るといい。長い話になるからね。ロードハウスを建てたのはぼくの曾祖父でね。曾祖父はもともと裕福だったうえ、結婚相手のクリスティアナ・ロードも女相続人だった。ふたりはハザートンが自分たちには小さすぎるし旧式すぎると考えて、ここから谷を越えて一キロ弱のところにある丘の斜面に、大きな館を新築してロードハウスと名づけた――」

ジェームズは言葉を切った。

アンはどうして彼は苦々しい顔をしているのだろうといぶかしんだ。

「ロードハウスは……祖母が夫に先立たれたあとハザートンに移ってからは、使われていないも同然だ。だいぶ改装が必要だろうな」いかにも気が進まないという口ぶりでジェームズは言った。「見たいかい？　明日も天気がよければ案内してあげるよ。体調はどうだい？」

「大丈夫だと思うわ」

「そうだ、きみは馬に乗れるかい？」

アンは首をかしげ、怒った顔をしてみせた。「そんなことを知っていると思う？」それから笑って、元気よく言った。「でも、乗れたらいいと思うわ。試してみたいわね」

ジェームズはアンのいきいきとした表情を見て、記憶喪失から気をそらすことに成功した自分をひそかに褒めた。「じゃあ、明日だ。母の乗馬服が屋根裏にあるんじゃないかな。カリーに探させるよ」

「ミセス・カルバーは喜ばないわ」アンは淡々と言った。

「カリーならすぐに機嫌を直すよ」

「そうはいかないわ。あの人は、わたしが大事な坊ちゃまを堕落させると思っているんだもの！　ミセス・カルバーはオルドハースト家に長く仕えているの？」

「ああ、娘時代に新婚の祖母に仕えはじめてから、ずっと忠実に世話をしてくれている。乗馬服のことは気にしなくていい。明日の朝にはカリーが見つけてくれるさ。じゃあ、行くかい?」

「お天気と、乗馬の能力と、ミセス・カルバーが許せば、行きたいわ。ありがとう!」

「じつは、もうひとつ提案があるんだ」

「どんな?」

「きみがチェスをするかどうか、あえて聞くのはやめておくよ。怒るだろうからね。でも、できるかどうか試してみようじゃないか」

「いつ? 今すぐ?」

「今夜だ。ぼくはもうすぐ知り合いの農民に会いに行かなくちゃならないし、たぶん彼らと一緒に夕食をとることになるだろう。帰ってきたあと、一局どうだい? そんなに遅くはならないよ」

「やってみたいけど、大丈夫かしら。どこで対戦するの? 寝室でできたらいいけれど、ミセス・カルバーがうんと言うとは思えないわ」

「じゃあ、それは避けよう。図書室の暖炉に火を入れるように言っておくよ。それでいいかい?」

「ええ、もちろん!」

アンがショールをかき合わせるのを見たジェームズは、庭に落ちる影が斜めに伸びていることに気づいた。「そろそろ中に入ろうか。寝室まできみを送ったら、カリーを探してチェスのことを言っておくよ」

6

アンはひとりになると、庭の散歩が思ったより体にこたえていることに気がついた。窓辺の椅子に腰をおろすと、思いは勝手にジェームズのほうにさまよっていく。彼の優しさ、気配り、そしてわたしを絶望させまいとする辛抱強さ。ロンドンの友人たちは、彼にそんな一面があることを知っているのかしら。美貌と家柄に恵まれたレディ・バーバラは、きっと知らないだろう。朝食をともにしたとき、ジェームズはロンドンについて語ってくれた。混雑した通りに、壮麗な屋敷、連日の舞踏会や夜会。アンは目を閉じ、白い絹のドレスを着た自分がジェームズと腕を組み、感嘆のまなざしを浴びながら、部屋に入っていく姿を思い描いた……。

「ミス・アン！　起きてくださいな」肩を揺さぶっていたのは、夕食を運んできたローズだった。「今日の午後は充実してらしたんですね。ずいぶんお疲れのご様子ですもの」

「本当ね、すっかり眠りこんでしまったわ。でも、新鮮な空気が吸えてよかった」

「奥様のお庭はいかがでしたか？」ローズはてきぱきと部屋を片づけながらも、なんのかのとアンに話しかけ、仕事がすんでしまうとこう言った。「図書室の暖炉にはもう火が入れてあります。あたたかくて気持ちがいいですよ。ジェームズ様がいらっしゃるまで、向こうでお待ちになりますか？」

アンは目に笑いをにじませてローズを見た。「ありがとう。そうさせてもらうわ」そして穏やかに言った。「この家の人たちはみんな、わたしたちが今夜チェスをすることを知っているのね」

「そうなんです、ミス・アン。あたしたちの間では、たいていのことが筒抜けなんですよ。だいたいが親戚どうしですし、そうでない人も昔からご奉公してますから。あ、でも、よその人にはぺらぺらしゃべったりしませんから。あのう、階下《した》におりていかれる前に、ドレスにブラシをかけるのと、髪を結うのをやらせていただけませんか？」アンがうなずくと、ローズは続けた。「本当のことを言うと、あたし、ほかのドレスをお出しできないのが悔しくって……。三階の衣装戸棚には山ほどすてきなドレスが入っていますのに。お嬢様は奥様よりも少し背が高くていらっしゃるけど、ジェームズ様のお母様の服だったら、ぴったりだと思うんです」

「わたしはこのドレスで十分よ、ローズ。あなたがブラシをかけてくれればなおさらだわ。ミセス・カルバーも服を持ってきてくれたけど、あなたの言うとおり、ちょっと丈が短かったわ」

「あら！　あんなの、あたしに言わせればぼろ同然です。三階にしまってある衣装は、比べものにならないほど豪華ですよ」ローズは意味ありげにアンを見た。「たぶん、ミセス・カルバーは、あなたがおきれいになるのがいやなんです」

「わたしはミセス・カルバーの持ってきてくれるもので満足よ。わがままを言える立場じゃないもの。でも、あなたが髪を結ってくれるのはうれしいわ。とても上手だものね」

「ついでに、お持ちのペチコートのレースを少し切りとって、あの黒いドレスの襟にしてつけてもかまいませんか？　三十分もかかりませんし、ずっと見栄えがよくなると思うんですけど。どうでしょう？」

アンは思わず口元をゆるめた。ローズの張りきりぶりは、心を和ませてくれる。「ぜひ、お願いするわ」

一時間後、ドレスを着てみたアンは、その変わりように目をみはった。やぼったく喉元までボタンが並び、ぶかっこうな長袖がついた安物のドレスは、すっかり別物になっていた。襟元とカフスについた純白のレースのおかげで、アンは信心深く清純なひと昔前のクエーカー教徒の娘のように見えた。ローズはアンの髪を丁寧にとかしてから、きっちり編みあげて頭に巻きつけ、つやつやした栗《くり》色の冠のように仕上げた。「ほら、絶対に似合うと思ってました！　ジェームズ様がなんとおっしゃるか楽しみです」

「わたしはミセス・カルバーがなんと言うか心配だわ！　さあ、ローズ、あなたはもう行かなくちゃ。ここで長居をしたら叱られるわよ。でも、本当にありがとう」

「ミセス・カルバーは出かけましたし、あと一時間かそこらは戻ってきませんから大丈夫ですよ。あたし、ずっとレディ付きの侍女になるのが夢だったんです。ここ何日か、あなたのお世話ができて、夢がかなったような気がしてるんですよ」

「あら」アンは笑った。「万が一わたしがレディだと判明したら、侍女が入り用なときには真っ先に声をかけるわね」

ローズはおかしそうに笑った。「そんなことを気軽におっしゃらないほうがいいですってば、ミス・アン。もしかしたらあなたは公爵家のご令嬢かもしれないし、そうだったら、あたしみたいな侍女がいたらお困りでしょう？　さあ、階下にご案内しますね」

アンは図書室に足を踏みいれたとたん、はっとした。膨大な蔵書をおさめた棚が四方の壁を埋め、革と、暖炉で燃える松の木の香ばしいにおいが漂っている。色あざやかな東洋の絨毯《じゅうたん》に、金色の液体を満たしたデカンタ、光を浴びてきらめくグラス。この図書室に入るのは初めてだったが、部屋全体が醸しだす雰囲気には、胸に迫るなつかしさがあった。いつか、どこかで、わたしはここととよく似た部屋で、幸せな時間を過ごしていた。正確な時間や場所は、頭の中の霧の向こうに沈んだまま判然としなかったが、アンは落ちこむまいとした。今夜は悩み事を忘れて楽しむ晩だ。

時刻は早く、ジェームズが姿を見せるのはまだ先になりそうだった。アンはゆっくり室内を歩き、陳列されている品々を興味深く見てまわった。暖炉の上には一六四五年に王党派のオルドハースト家の者によって使われた剣が掲げられ、ガラスの蓋付きテーブルには一五一〇年にオルドハースト家の赤ん坊がかぶった小さなリネンの帽子や、アン女王からジェームズの四代前のオルドハースト家の当主に送られた手紙がおさめられている。見るものを見てしまうと、アンは本棚から本を一冊抜きだし、暖炉のそばの椅子に身を沈め、枝付き燭台《しょくだい》のまばゆい明かりのもと、幸せな気分で『高慢と偏見』を読みはじめた。

そういうわけで、あとから図書室にやってきたジェームズは、オランダの名画と見まがうような光景を目にすることになった。純白のカフスからのぞく華奢《きゃしゃ》な両手が本を支えている。ろうそくの光が栗色の髪に茜《あかね》色のつやを与え、横顔の美しい頰の線は華奢な喉元へとおり、ほの白い襟の中に消えていく。

ジェームズはこの瞬間を永久にとどめたいと思った。今すぐ画家を呼び、あたたかな栗色とひんやり冷たい白、静寂の人物と躍るろうそくの炎を――明暗と対照の美を一枚のスケッチに閉じこめたい。だが、アンが顔をあげると、息をのむような静寂は失われた。

「まあ！」アンは本を置き、にっこり笑いながら手を差しだし、ジェームズに近づいた。「思っていたよりも早かったわね」

ジェームズは彼女の手をとった。「なんとか早めに抜けだしてきたんだ。外出の疲れが残っていないようでよかったよ。その新しいドレスはどうしたんだい？」

アンは笑った。「ありがとう！　いつもの着古しに、ローズがペチコートからとったレースをつけてくれたのよ。気に入ってくれたのならうれしいわ」

「どういうわけか、とても気に入ったよ。ふだんは清教徒ふうの女性は趣味じゃないんだが」そう言ってアンを元の椅子に座らせた。「あまり夢中で本を読んでいるようだったから、声をかけようかどうか迷ったよ。まだチェスをする気はあるかい？　それとも、読書のほうがいいかな？」

「本はひとりのときにいくらでも読めるわ。チェスをしましょうよ」

ジェームズは本と燭台をテーブルからどけた。テーブルの蓋が開かれ、中から黒白の四角いマスを彫りこんだ盤があらわれる様子を、アンは魅せられたように見つめた。ジェームズは駒を盤上に並べながら、キングにクイーン、ビショップにルーク、ナイトにポーンといった名前を教え、実際に駒を動かしてみせ、それぞれの動き方を説明した。

「よし」ジェームズが言った。「これでわかったかな。まずは練習のつもりで動かしてみようか」

アンはジェームズの顔をちらりと見た。自信に満ちた表情だ。わたしがチェスに相当詳しいことを話すべきかしら？　本当は、駒を見た瞬間、すべてを思いだしていた。でもきっと、話さないほうがおもしろいわ。今夜はなんといっても、楽しむための夜だもの。

ジェームズは自分のポーンを前進させて待った。アンはためらうそぶりを見せ、自信なげにジェームズを見あげてから、自分の駒を動かした。ときどき、やりすぎない程度に間違えてみせ、正しい動かし方を指南するジェームズの解説をまじめな顔で聞いた。しばらくすると、ジェームズは本番の開始を宣言した。

序盤の動きは緩慢だった。アンは毎回、駒を動かす前に考えこみ、ジェームズの講義を頭の中で反芻《はんすう》しているようだった。いっぽうのジェームズは、トランプであれチェスであれ、長考する対戦者には手厳しい意見を吐くことがロンドン中に知れ渡っているくせに、今夜は少しもいらだった様子を見せなかった。自分の番がくると粛々と駒を動かし、それ以外の時間は椅子の背にもたれ、対戦者を眺めることですっかり満足していた。午後の新鮮な空気はアンにいい影響を与えたらしい。頬にほんのりと薔薇《ばら》色が差し、瞳は澄んで、くるくるとよく動く。健全な美しさだったが、ジェームズが何よりも魅了されたのは、編んだ髪が少しほつれ、肩に垂れているところだった。暖炉の躍る炎に照らされて、髪そのものが生きているように見える。かつての赤い髪の少女の面影が、ジェームズにはたやすく想像できた。

時がゆっくりと流れた。アンは集中のあまり眉間に皺《しわ》を寄せて盤とにらめっこをした。ジェームズは彼女が駒を動かすたび、唇からのぞく舌の先端に興味をそそられていた。これほど無邪気で、しかも色っぽいものには初めてお目にかかる。そう思いながらジェームズはビショップを動かした。

「ええと……次はどうすればいいかしら」アンが言った。

ジェームズは盤に目を走らせた。「クイーンが危ういんじゃないか？」

「このナイトであなたのビショップを奪えば大丈夫よ。こんなふうに。これ、〝詰み《チェック》〟っていうんじゃないかしら？」

ジェームズは今度はもっと真剣に盤を点検した。

「おや、きみ、ぼくのキングを追いつめているじゃないか！　どうしてこんなことが起きるんだ？」仰天しきった声だった。

「ひょっとして、あなたはあまり集中していなかったんじゃないかしら？　ねえ、ジェームズ、あなたのキングはもうどこにも動かせないわね。これって、ほら――あればなんて言葉だったかしら。〝キングが死んだ〟っていう意味の」

「〝王手詰み《チェックメイト》〟だよ」ジェームズは自分に腹を立てながら詫《わ》び、もう一戦しようと提案した。

「喜んで受けて立つわ！　おぼえておかなくちゃ。チェックメイトね！」アンは目に浮かぶいたずらっぽい輝きを隠そうとしながら言った。

ジェームズは駒を並べ直しながら、今度はもっと真剣にやれと自分に言い聞かせていた。こんな不注意なミスをするとは、アンに対して失礼じゃないか。

だが、敗北の原因がどうやら不注意だけではないらしいとジェームズが気づいたときには、手遅れだった。アンはまたもや優勢に立っていた。

ジェームズはアンの目をのぞきこんだ。「ぼくの負けだ、お嬢さん。当然の結果だな、子供のころ以来の初歩的なミスを犯したんだから」

「どんなミスなの？」アンは無邪気そうに聞いたが、目には今にも笑いだしそうな色があった。

「対戦相手を見くびることさ。どこでこんな戦術を教わったんだ？　お父さんの膝の上か？　だれだか知らないが、きみの師匠はチェスの達人だったに違いないな！」

「残念ながら、だれに教わったかは思いだせないわ。

でも、相当やりこんだのはたしかよ。じつは、駒を見たとたんに知っているってわかったの」アンは口元がゆるむのを抑えきれなかった。

「最初からぼくをからかっていたんだな？」ジェームズは非難するように尋ねた。

その憤慨した表情がおかしくてたまらず、アンはあふれだそうとする笑いを必死で噛《か》み殺した。目は笑みくずれ、無言でうなずくのが精いっぱいだった。

ジェームズはテーブルをまわりこんで、アンを椅子から立たせた。そして苦しそうに笑いをこらえるアンをにらみ、厳しい声で言った。「悪い子だな！これは罰だ」そして軽く揺すぶった。アンがたまらずに噴きだすと、ジェームズも大声で笑いだした。

やっと笑いがおさまると、アンは言った。「ごめんなさい！　でも、すごくおもしろそうで我慢できなかったの」

ジェームズはアンの体に手をかけたまま、笑みの残る顔で言った。「許してあげよう。きみがこんなふうに笑うのを見られたんだから、だまされただけの価値はある」そして、言葉を続けた。「ところで、ぼくに実力を知られた以上、二度と勝てると思わないほうがいいぞ」

きらりと目を輝かせてアンが答えた。「そうかしら？　試してみなくちゃ！　もう一戦、いかが？」

こうして三局目が始まったが、ふたりの実力は伯仲しており、刻々と時計の針が進んでも、どちらの勝ち目もいっこうに見えてこなかった。追加のろうそくと軽食を運ばせたあとも熱戦は続き、真夜中近くになって、ようやくジェームズが宣言した。「きみはよく戦ったが、どうやら疲れが出てきたらしい。これでチェックメイトだ」

アンはため息をついてうなずいた。「とても巧妙な罠《わな》だったわね。ちっとも気づかなかった。ありがとう！　とてもいいゲームだったし、楽しかったわ。

でも、この次は……」

ジェームズはにやりとした。「次回は先入観なしで戦おう、嘘《うそ》つきのお嬢さん！　そのときが待ち遠しいよ」ジェームズは立ちあがり、彼女に手をさしのべた。「明日ロードハウスまでぼくに付き合ってくれるつもりなら、今日はもう寝たほうがいい。二階まで送るよ」

アンの寝室の前まで来ると、ジェームズは立ちどまった。「ありがとう……楽しい夜だった。また明日。きみの乗馬の腕は未知数だが、今夜の教訓を生かして、競争を申しこむのはよく考えてからにするよ。すくなくとも、金をかける場合にはね。じゃあ、おやすみ」

ジェームズがわずかに顔を下げ、アンは一瞬、心臓が止まるかと思った。キスするつもりかしら。

だがジェームズは曖昧にうなずいただけで、廊下を歩きだした。

アンは今の仕草の意味を考えながら、呆然《ぼうぜん》と立ちつくしていたが、どこか遠くで別のドアが閉まる音にはっとした。ミセス・カルバーが見張っていたんだわ……。

翌朝、アンが目を覚ますと、窓から明るい日差しが差しこんでいた。昨日に続いてすばらしい晴天だ。悪い夢も見ずにぐっすり眠れた。アンはベッドに座り、わくわくしながらロードハウスへの小旅行に思いをはせた。まずはジェームズの亡き母の乗馬服が着られるかどうか、たしかめなくちゃ。いちばん重要なのはブーツだ。ブーツが履けなかったら、馬に乗れない。

アンはベッドから出ると、さっそく化粧室に向かった。ジェームズの母親は大変な着道楽だったらしい。衣装戸棚にかかっていた異国ふうの濃緑の乗馬ドレスは、明らかにその道の匠《たくみ》が仕立てたもので、大胆な印象を、身ごろの前面を縦に飾る組みひもと、小粋な白い飾り襟がやわらげていた。かたわらの椅子にはビーバーの乗馬帽と、やわらかな革手袋が置いてあり、床の上には焦げ茶色のなめらかな革のブーツがそろえてある。どれもこれも、一流の職人の手仕事だ。何日も足に合わないブーツと、ローズが苦心して手を加えてくれたものの、根本的には粗末なドレスで過ごしたあとだったため、贅沢《ぜいたく》で華麗な衣装を前にして、アンの乙女心は浮きたった。

アンがブーツに足を押しこんでいると、ミセス・カルバーがやってきた。

「おや、ここでしたか」ミセス・カルバーは言った。「ずいぶん探しましたよ」

アンは顔をこわばらせたが、当てこすりは無視しようと決めた。「ご覧のとおりよ、ミセス・カルバー」澄まして言う。「この乗馬服は、あなたが用意してくれたのね。ありがとう。着替えを手伝いに来てくれたの?」

「そういうご用なら、ローズがもうすぐ参りますよ。ジェームズ様が、着替えがすんだら朝食室で会いたいとのことです」

「ありがとうと伝えてください。三十分もしたら行くわ」

あいかわらず敵意まるだしのミセス・カルバーが行ってしまうと、アンはため息をついた。だが数分後、ローズがいつもの笑顔とはりきりぶりを見せてやってくると、すぐに元気を取り戻し、三十分もたたないうちに着替えをすませた。

ローズは仕上がりに大満足だった。「これは二十年も前の服ですけど、ちっともそんなふうに見えません。ジェームズ様の亡くなったお母様は、いつも流行の最先端をいく装いをなさっていたそうですが、お嬢様にもあつらえたようにお似合いですよ。とくに色味がお顔にぴったりですし、その飾り襟のかわいいことといったら！」

「馬に乗ったら衣装が台なし、なんてことにならないように祈っていてね。わたし、たぶん乗れるとは思うけど、上手とはかぎらないわ」

「きっと上手に乗りこなせますってば。あたしが請け合います。でも、今日は無理をなさらないでくださいね。まだすっかり体力が戻ったわけじゃありませんし、ロードハウスには見るものがたくさんあるんですから。ハザートンよりもずいぶん広くて、とってもきれいな館なんですよ。ずっと空き家だったのがもったいないくらい。あたしたちはみんな、ジェームズ様が結婚されてあそこにお住まいになる日を、首を長くして待ってるんです」

アンは〝ジェームズ様が結婚されて〟という言葉に動揺すまいとしながら、階下に向かった。どうしても気おくれしてしまう。今日はいつもの安物のドレスではなく、レディと呼ばれた人の華麗な衣装に袖を通しているのだ。アン自身は上等な服の着心地になつかしさを感じていたが、ジェームズの反応を考えると不安にならずにはいられなかった。亡き母の美しい衣装を、名前も身分もわからない宿なし娘がずうずうしく着こんでいるのを見たら、乗馬に誘ったことを後悔するのではないかしら？

ジェームズはすでに食卓についていたが、おずおずとドア口にあらわれたアンを見ると、すぐに席を立ってやってきた。そしてまじまじとアンを見つめ、手をとってキスをした。「おはよう」笑みがこぼれた。「昨日はよく眠れたようだね。今日は今までになく元気そうだ」

「ええ、ありがとう。夢も見ずにぐっすりよ」

「チェスがよかったのかな。さあ、食事だ。元気をつけなくちゃ。蜂蜜は？　トーストは？　肉は？」

前回と同じように、朝の食卓の会話が弾んだが、ジェームズはしぶしぶといった様子で切りあげた。

「ロードハウスには見どころがたくさんある。往復の時間もあるから、そろそろ出かけたほうがいい。準備はいいかい？」

　十分後、ふたりが屋敷の正面玄関を出ると、サム・トロットがジェームズの鹿毛の馬のほかに、二頭の雌馬を引いて待っていた。

「注文どおりの馬を見つけてくれたな、サム」ジェームズは丁寧に雌馬たちを調べた。一頭は小柄な栗毛、もう一頭はジェームズの馬と同じ鹿毛だった。

「ミス・アンの意見を聞いてみよう」ジェームズはアンを振り返り、馬係の横に辛抱強く立っている栗毛の首を軽くたたいてみせた。「こっちを試してみるかい？　かわいいだろう。レディ向きのおとなしい馬だ」

「もう一頭は？」

「こっちはフルラだ。いい馬だけど、鼻っ柱が強い。だれが主人なのか、わからせてやらないといけないんだ」

「だったら、フルラにしてみたいわ」

　ジェームズはサムと顔を見合わせてにやりとした。

「言ったとおりだろう？」サムがうなずき、アンに手を貸して馬にまたがらせた。

　フルラがいらだったように後ろ脚で立ち、踊るようなステップを踏みはじめた。男性ふたりはいつでもアンの救出に駆けつけるつもりでいたが、心配は杞憂《きゆう》に終わった。アンは一、二分、フルラの好きなようにさせたあと、しっかり手綱を握って、おとなしく私道を歩かせた。

「なんていい子なの！」ふたりの前でフルラを止めると、アンは叫んだ。「ぜひともこの子に乗りたいわ」

ジェームズは自分の雄馬にまたがった。「きみならやれると思っていたよ。さあ、行こう！　その前に、ひとつおぼえておいてくれ。怪しい人間を見かけたら、ぼくたちはすみやかにその場を離れる。あとはサムに任せることだ」

ふたりは私道の脇道に折れた。道はすぐに、森や牧草地を抜けて谷に向かう乗馬用の道に変わった。さわやかな春の朝の田園風景のあちこちに、冬眠から覚めて活動を始めた小動物の姿が見え隠れした。森に入ると、アンは歓声をあげた。ウマグリは早くも緑の若芽を出し、猫の尾のようなシラカバの花はそよ風に揺れている。枯れ葉の寝床を突き破るように頭をもたげているのは、青紫のイトシャジンだ。

「見て！　ほら、そこ！　向こうもだわ！」アンがうれしそうに叫ぶたび、ジェームズは笑いを誘われた。開けた野原に出ると、アンはリンボクの茂みや、道の両側の岸にひっそりと咲いている花に目を留めては、ジェームズが答えきれないほど矢継ぎ早に質問を浴びせた。道がうねりながら林の中を続いていくのぼり坂に入ると、アンは顔をあげ、あたたかな日の光を浴び、風が運んでくる香りを堪能しているようだった。

林を抜け、ハザートンと街道を結ぶ広い馬車道に出ると、フルラは思うさま駆けられるチャンスを嗅ぎつけてそわそわしはじめた。

「好きにさせてみるかい？」ジェームズが尋ねた。「ここからロードハウスまでの道は、全力疾走にぴったりだよ」

アンは答える手間すら惜しんだ。ジェームズの言葉が終わらないうちに、フルラはもう飛びだしていた。ジェームズもすぐに追いつき、ふたりは行く手に見えはじめた広大な館に向かって、競うように馬を駆った。

「ああ……すてき！」とうとう馬たちが疲れ果てる

と、アンは息を切らしながら叫んだ。「乗馬がこんなに楽しいなんて、すっかり忘れていたわ。ジェームズ、あなたには千回ありがとうを言っても足りないわ！　ねえ、わたしが弱すぎると思わないでね。でも、一、二分休まないと、息がもたないわ」

ジェームズは返事に詰まった。ここまでのアンの見たもの、感じたものに対する伸びやかな反応は、彼を愉快がらせ、感動させていた。そして今、アンは自分を見あげ、天真爛漫《らんまん》に笑っている。目が離せなかった。アンはジェームズが知っているどの女性とも違っていた。青白く憔悴《しょうすい》していた病人が、陽気で独立心に富んだ、笑顔のとびきり魅力的な女性に変身したことを、ジェームズは驚きもし、喜んでもいた。ふつうの人間なら心身ともに弱りきってしまうはずの状況で、アンは笑いを忘れずにいる。いたずらで、勇敢で、情熱的で、無邪気で、誇り高くありつづけている。そして一瞬一瞬の生きる喜びを謳歌《おうか》している。アンと人生をともにする男は、けっして退屈しないだろう……。

「ジェームズ？」アンはいぶかしげな顔で言った。

ジェームズは自分があまりにも長くアンを見つめつづけていたことに気づいた。「ごめん」気を取り直して言う。「さあ、そろそろロードハウスに行こう。アグニューが待っている」

館が見えてくると、アンは三代目のオルドハースト卿《きょう》が、ありあまる富だけでなく、優れた審美眼の持ち主でもあったのだと気づいた。ロードハウスはローマ時代の邸宅をモチーフにしたパラディオ様式の建築で、はるばるドーセット州の島から――間違いなく大金を費やして――運ばれた象牙色のポートランド石が惜しみなく使われている。館は隆起する大地に堂々とそびえ、古典的な黄金比を誇る壮麗な建物の正面《ファサード》は、列柱に支えられた三角形の切り妻装飾と、左右対称な窓の列、そして優美な欄干で構成されていた。

ジェームズの曾祖父は、自分の建築物にふさわしい背景を用意することも忘れていなかった。館を囲むのは景観が隅々まで計算された大庭園で、まるで標本のような木や茂みが見事に配されていた。庭園内には湖まであり、ハザートンへ通じる谷へと下っていく川の支流が流れこんでいる。細い支流が泉に変わる手前には、趣深い橋までかかっていた。

アンが驚いたのは、どこにも荒廃のしるしが見られないことだった。この館が空き家だとは信じられない。「きれいというだけじゃないわ。念入りに手入れされているのね！　だれも住んでいないのに」

ジェームズは眉間に皺を寄せた。「今のところはね。ぼくはいつかまた住まなきゃいけないらしいが、まだその気になれない。ここはきれいかもしれないが、ぼくにとっては幸せな思い出が詰まっているわけじゃない」ジェームズはいつになく暗い顔で口をつぐみ、思い直したように続けた。「管理人のアグニューはこの庭に誇りを持っているし、実際いい仕事をしているよ。建物の管理も彼の仕事だが、庭に対するほど熱心じゃないようだ。きみも中を見れば、また違った感想を持つんじゃないかな」

ジェームズはのろのろと、アンにはしぶしぶとさえ見える速度で馬を進め、風格ある正門を抜けて、館の前庭に入った。

正面玄関前のポーチで、アグニューがふたりを待っていた。短い挨拶のあと、ジェームズはアンを中に案内した。アンは中に入るなり、息をのんで立ちつくした。白と金を配した絢爛《けんらん》豪華な天井に、凝った彫刻を施した両開きのドアをはさむコリント式の柱、そしてドアの上に掲げられた絵画を見あげ、アンは声をひそめた。「壮観ね」

「曾祖父がそれを聞いたら喜ぶよ」ジェームズは短

く笑った。「ロードの玄関ホールは、人を圧倒するために造られた。曾祖父は、ほかの部屋での時間を全部合わせたよりも多くの時間を、ここで過ごしたんじゃないかな。きみも気に入ったかい？」

　アンはためらった。「気に入ったというよりも、感銘を受けたと言うべきかしら。圧倒されたのはたしかよ」

「子供のころのぼくは、威圧されていたよ。おびえていたと言ってもいい」

「何か印象をやわらげるものが必要そうね。でも、もし家族が住んだら、花瓶には花がいけられるでしょうし、テーブルにはその人たちの持ち物が無造作に置かれるようになるわ」アンはそう言いながら、あたりを見まわした。

「ぼくが両親と暮らしていた時代には、そんなことは一度もなかったよ。さあ、おいで、ほかの部屋を見せてあげよう」

　ふたりはゆっくりと館の内部を見てまわった。

　アンはほこりと蜘蛛《くも》の巣のほかは、見るものすべてに感嘆した。主寝室の窓からの眺めに歓声をあげ、代々の女主人が使った愛らしい居間にうっとりし、図書室の華麗な装飾の一部である子ネズミの彫り物をいとおしげに撫《な》でた。

　ジェームズはそんなアンの目を通して館を見直すことで、凍りついていたものがしだいに溶けていくような気分を味わった。そして、いつかロードハウスが、子供時代の自分の目に映っていたような、寒々しい場所ではなくなる日がくるかもしれないとさえ思いはじめた。

　音楽室に入ると、アンははっとしてジェームズの顔を見た。「ここは、もしかして……。ちょっと聞いていて」アンが一連の音階を口ずさむと、声が部屋じゅうに反響した。「やっぱり！　完璧な音響よ！　あのピアノはどうかしら……」アンは許可を求める暇も惜しんで、部屋の奥で沈黙したまま存在を主張するピアノに駆けより、椅子に座って和音を奏でた。「少しも音が外れていないわ」うれしそうに宣言すると、心が浮きたつようなワルツの小曲を弾きはじめた。ジェームズがごく最近、ロンドンでもとくに流行に敏感な人々が集まるサロンで耳にしたメロディだ。女主人はそれが二日前にウィーンから届いたばかりの新曲だと言っていたものだ。

「だれに教わった曲だい？」

アンは手を止めずに首を振った。「もう、ジェームズ！　わたしが、そんなこと知っているはずがないでしょう」

弾き終わるとアンは立ちあがった。

「音楽を愛する人が設計した部屋ね」彼女は羨ましそうに部屋を見まわした。「わたしがここに住めたら……」あわてて言葉を切り、明るく言い直した。「ほかに見る部屋はあるかしら？」

ジェームズはふたたび玄関ホールへとアンを連れていくと、こう言った。「お楽しみは最後にとっておいたんだ。次の部屋はもっと気に入ると思うよ」

7

ジェームズは両開きのドアを片方だけ開け、アンの肩に手をかけて一緒に中に入った。室内は暗く、アンはドアのそばに立ったまま、ジェームズが奥にある三つの窓の鎧戸《よろいど》を開けるのを待っていた。さっと光が差しこんだとたん、部屋に対する印象が固まった。陽気、そして優美。窓の間にも、その左右の壁にも、繊細な彫刻が施された燭台《しよくだい》付きの鏡がしつらえてある。石膏《せつこう》細工の天井を飾るのは古典的な人物像と花輪で、白大理石の暖炉にも同じモチーフが彫りこまれている。窓辺に近寄ると、湖が目に飛びこんできた。湖の手前には例の絵のような橋があり、その奥に谷が、そしてさらに遠景には森と草原が広がっている。

だが、細かく見てまわると、ほかの部屋と同様、この部屋にも長いこと見捨てられていた証《あかし》があった。黄金色の鏡は曇り、暖炉にはほこりが積もり、部屋の中央につりさがる巨大なシャンデリアは白い布で覆われている。鎧戸が閉まっていたのはカーテンがないからだったし、数少ない家具類には薄汚れた亜麻布がかかっていた。がらんとした部屋にうつろに響く自分の足音を聞きながら、アンはこの部屋もまた、だれかがふたたび命を吹きこんでくれる日を待ちながら、まどろんでいると感じた。

「本当に残念ね」彼女は思わず口にしていた。「こんなふうに無人のまま放っておくのは、もったいない部屋だわ。人であふれかえっているのが、本来の姿なのよ。だれもが楽しんで、踊って、笑いさざめいて……」

「祖父が生きていた時代は、そのとおりだったと思う。祖父も祖母も、楽しい催しが大好きだったからね。だが、ぼくの父がロードを継ぐと、何もかも終わってしまった。客が来ることはめったになかった。両親はほとんど国にいなかったからね」

「旅行をしていたの？」

「いつでもね。あらゆる場所を旅していたよ」

「あなたもご両親と一緒に？」

ジェームズは短く笑った。「まさか！　子供は旅の足手まといだからね。ぼくと弟が使用人に任せきりにされていたのを見かねて、祖母が手元に引きとってくれたんだ。だから、ぼくはハザートンのほうがずっと好きなんだよ。弟のジョンもぼくも、ハザートンでは幸せだった。この館の印象といえば、孤独と、冷ややかさと、よそよそしさと……」

親に見放された幼い少年を思うと、アンの胸は痛んだ。悲しい記憶を忘れさせてあげたい。アンは熱っぽい口調で言った。「違うわ！　この館が悪いわけじゃないのよ。この部屋を見て。まるで肩の力を抜いてごらん、踊ってごらんと誘っているみたいだわ。ほら、早く、あの曲がわたしの頭に残っているうちに！」アンは誘うようにほほえむと、手を差しだした。

ジェームズはためらったが、彼女の手をとった。そのまま一礼し、まじめな口調になったが、目は笑っていた。「お嬢さん、次のワルツをぼくと踊っていただけますか？　その……乗馬靴で」

アンは架空の扇の陰から上目づかいで見あげた。「ええ、もちろんですわ！　ロードではいつも乗馬靴で踊りますの。この館の伝統ですのよ」

ジェームズが笑ってアンの腰に手をまわし、うなずきかけ、部屋の中央に進みでた。

ふたりはすぐに、相手のステップが完璧なときは音楽など必要がないことに気づいた。アンの足さばきは乗馬靴を履いているとは思えないほど軽やかで、ジェームズが手にかすかな力をこめると即座に反応した。不思議な魔法がふたりを魅了していた。がらんとした部屋で踊っていることも、音楽が流れていないことも、乗馬服を着ていることも、何ひとつ気にならなかった。

とうとうアンが手をあげて叫んだ。「また息が切れてきたわ！」

ジェームズは立ちどまったが、すぐにアンを放す気にはなれなかった。ジェームズの手がアンの腰を抱いたまま、ふたりは長い間無言で見つめ合い、最後に彼がゆっくりと頭を下げた……。

ふたりの初めてのキスは、アンが想像していたものとは違っていた。それは冗談まじりの気軽な挨拶でも、笑いや怒ったふりに乗じた衝動的な行為でもなかった。この口づけは明確な意図のもとになされたもので、しかも、とても甘かった。

アンはじわじわとわきあがる喜びに、全身が溶けていくのを感じた。

唇が離れると、ジェームズはアンの瞳の奥をのぞきこみ、顔を人さし指で撫《な》でながら、優しい声で言った。「ぼくはどうかしているのかな。ほんの少し前まできみの存在すら知らなかったのに、今はきみのいない人生なんて想像もつかない。きみはぼくを笑わせ、興味をかきたてる。きみが笑うと目が離せなくなるし、その澄んだ目に見つめられると心臓が止まりそうになる。きみはぼくの少年時代の不幸な記憶を、優しさと明るさで魔法のように消し去ってしまった。おまけに妖精みたいにワルツを踊る。この手を放したら、きみはこの部屋に永久に住み着いてしまいそうな気がする」

不意に魔法が解けた。ほんのわずかな時間、アンは過酷な現実を忘れ、光と笑いに満ちた世界に住んでいた。愛と、ジェームズと歩む未来を夢見ることが許される世界に。だが、現実が戻ってきた。「それでも、放さなくちゃ」アンはつぶやいた。「もう少ししたら、わたしは出ていくんだもの」

「どうしてだ、アン？」

「わかっているはずよ。わたしは……あなたにふさわしい女じゃないもの。あなたは名門一族の家長になる身だし、わたしは記憶すら持っていないのよ！」

アンはジェームズの腕から逃れ、窓辺に立って彼に背を向けた。

「あなたはとても優しくて、辛抱強かった。あなたと一緒にいると、ときどき自分に欠けているものを忘れてしまう瞬間があったわ。昨日も、今日も、わたしは現実から目を背けて、甘い夢を見ていたの。もしもわたしが……あなたにふさわしい令嬢だったらって。でも現実に戻ってみれば、わたしには過去も、家すらもない。もちろん、どこかでだれかと暮らしていたとは思うけれど、わたしを捜そうとする人はだれもいないらしいわ。わたしを捕らえていた男たちでさえね」アンはくるりと振りむいた。「自分がだれなのか、永久に思いだせない可能性だってあるのよ」

「そんなことはありえない。きみはもう過去のことをいくつか思いだしたじゃないか」

「ええ、思いだしたわ！」アンは涙声で言った。「悪夢としか呼べない記憶をね。チェスの戦術も、馬の乗り方も、ピアノの弾き方も、ワルツの踊り方も思いだした。でも、自分の立場がわからなければ、そんなもの意味がないわ」アンは爆発させた感情を引っこめようとしたが、声はうわずるばかりだった。

「わたしの未来は真っ暗よ！　だれにも寄りかかりたくないけれど、この状態でどこへ行けというの？わたしに何ができるの？」

「やめるんだ！」ジェームズはつかつかと歩みよって荒っぽく抱きしめた。

アンはまた身をもがいて逃れようとしたが、すぐに悲しそうな声をあげて彼にすがりついた。

ふたりは感情のおもむくままに強く抱きしめ合い、自分たちを包囲する世間のことをすべて忘れた。

ジェームズは口ごもりながらささやいた。「アン！　いとしいアン！　きみはぼくと一緒にいればいい。そうするんだ」

アンは目を閉じ、彼の腕の中でつかのまの安らぎに浸った。それからため息をついて離れた。「はい、と言いたいわ。でも、だめ」

「どうして？」

「ハザートンは、わたしたちにとって隠れ家のような場所だったわ。でも、あなたはこれからの外の世界での暮らしをどうするつもり？　社交界での立場は？　あなたがスキャンダルを呼ぶような関係を結んだら、おばあ様の胸はつぶれてしまうわよ。わかっているでしょう？　そんな目に遭わせるには、あなたはおばあ様を愛しすぎているわ」

「何か、方法があるはずだ……」ジェームズは苦しそうな顔になった。

「わたしには、そうは思えない。あなたの愛人になる気はないもの。だけど、これ以上あなたと一緒にいたら、そうなってしまう」ジェームズが制止しようとしたが、絶望に駆りたてられたアンの言葉はとめどなくあふれでた。「だってそうでしょう。わたしはだれかの婚約者なのかもしれないし、人妻かもしれないし、未亡人かもしれない……。ひょっとしたら、馬車の男たちと同じような犯罪者かもしれない。わたしにはわからない……」アンは声を詰まらせ、目をそらし、絞りだすように言った。「これ以上話してもむだね。喧嘩《けんか》をしたいわけじゃないけれど、あなたを破滅させるわけにはいかないのよ。わたしはあなたのもとを去って、どこかよそに行かなければ」

「だめだ！」ジェームズはアンの手を握りしめた。「アン、聞いてくれ。もう少しでいい、きみの身元を調べる時間をくれ。ほんの少しの猶予でいいから」

分別を失わないでいるのは、アンが予想していたよりもはるかに難しかった。だが、ここでジェームズの言葉にほだされて、ずるずると長居するわけにはいかない。早くハザートンを出なければ。たとえ彼の協力が得られなくても。

「あと二、三日だけね」アンは言った。「ねえ、ジェームズ、ロードハウスはもう十分に見せてもらったわ。そろそろハザートンに戻りましょう」

すでに日が傾き、谷を下る道は影に覆われていた。帰り道は、行きとはだいぶ雰囲気が違っていた。馬上のふたりは黙りこみ、それぞれ自分の考えに没頭していた。ジェームズは今後の計画を立てるのに忙しかった。何よりの急務は、アンが何者なのかを調べだすことだ。アンの頭もめまぐるしく回転していたが、彼女の計画は明るいとは言えなかった。今日の午後はっきりしたのは、数日以内にハザートンを離れなければならないということだった。自分がジェームズと一緒に暮らしたくてたまらず、愛と引きかえなら世間を捨ててかまわないとまで思っているとしても、いつか必ず、ジェームズが家名にふさわしい結婚を迫られるときがくる。自分自身のためにも、たぶんジェームズのためにも、そして、もちろん彼の将来の花嫁のためにも、落とし穴が待ち受ける道を選ぶわけにはいかない。だから、残された短い時間をめいっぱい楽しんで、姿を消すほうがずっといい。アンは顔をあげ、ハザートンまであと少しのところまで帰ってきたことに気がついた。そして憂鬱を振り切るようにジェームズを見た。

「ジェームズ、今夜は悩むのはよしましょうよ。昨日のチェスは楽しかったわね。あなたを負かす喜びをもう一回味わいたいわ」

ジェームズはほっとしたようだった。「試してみようか。喜んで受けて立つよ。でも、あまり期待しないほうがいいぞ」

そしてふたりはチェスと、ロードハウスと、その庭園について語り合ったが、始まったばかりの現実との戦いについては触れなかった。

ハザートンに着くと、アンはジェームズの手を借りて馬をおり、家に入った。

アンの寝室の前でジェームズが言いだした。「チェスの前に、夕食を一緒に食べよう」

「でも……」

「〝でも〟はなしだ、アン」ジェームズはドアを開け、アンと一緒に中に入った。「夕食の席では口論も、情熱的な場面も、強い感情もなしにしよう。ぼくはきみと一緒にいると楽しいし、きみもそうだと思う。ぼくたちは上品に食べ、理性的にふるまい、ロンドンの流行や社交界について話し合う。ひょっとしたら、何かがきみの記憶を刺激するかもしれない」

アンは皮肉っぽく言った。「わたしのほうはロンドンの流行も社交界も記憶にないから、会話は一方的なものになるでしょうけど、最善を尽くしてお返事するわね」

ジェームズは笑い、アンの肩に手を置いた。「それでこそ、ぼくの勇敢なお嬢さんだ」そう言って頭を下げ、キスをした。

立派な決意はもちろん大事だわ、とアンはしびれる頭の隅で思った。でも、それを破る喜びがこんなに甘いのなら、決意なんて……とても守れなくなってしまう……。

ミセス・カルバーの声が割って入った。「失礼します、ジェームズ様」

ふたりはぱっと身を離し、まごついたアンは顔を真っ赤にしてそそくさと窓辺に移動した。

ジェームズはいらだちを抑えようと苦労したあげく、なんとか穏やかな声で答えた。「どうした、カリー？」

「お邪魔して申し訳ありませんが――」

「そうだろうな、カリー。当然だ。どうして部屋に入る前にノックをしないんだ？」

「わたしはミス・アンに、坊ちゃまの居場所を聞くつもりで来たんですよ。ここにいらっしゃるとは夢にも思いませんでしたから。それに、坊ちゃまのおばあ様のお宅で、お客様の部屋に入るのにノックが必要だったことは、いっぺんたりともありませんでした」ミセス・カルバーは窓辺に立つ人影を、不満そうにひとにらみした。

「それで、ぼくに用事なのか？」

「お客がいらしてますよ。ミスター・ホルフォードの息子さんが来ています」

ジェームズはうなずいた。「すぐに行く」それから窓辺に向かった。「アン、夕食はぼくと食べてくれるね？」

敵意のかたまりのようなミセス・カルバーの視線を意識しながら、アンは小声でええと答えた。

ジェームズは励ますようにほほえんだ。「心配しなくていい。カリーにはぼくから言っておく」彼はアンの手にキスをした。「じゃあ、今夜」そして部屋を出ていく直前、こう言った。「カリー、ミス・アンが今夜着られるように、母のドレスを一着出してくれ。特別な場合のための、とっておきのやつをだ。さて、ホルフォードの坊主はどこだ？」

「食堂にいます」ミセス・カルバーはジェームズについて階下におりていったが、アンには家政婦がすぐに戻ってくるつもりでいるとわかっていた。ミセス・カルバーは明らかに、ついさっき目撃した光景にショックを受けていたし、ジェームズの〝特別な場合〟という言葉にも戦々恐々としているだろう。大切なジェームズ坊ちゃまが、ずうずうしい小悪魔の罠《わな》にかかる一歩寸前だと警戒しているはずだ。

アンはひたいを窓に押しつけた。こんなときこそ冷静に、合理的に考えなくては。わたしが目の前にある幸せをつかみとれば、ふたりは破滅してしまう。その道を選んではいけない。たとえジェームズがわかってくれなくても。皮肉なことに、今はミセス・カルバーのほうが頼りになりそうだ。あの家政婦は、愛するジェームズ坊ちゃまの敵を排除するためならなんでもするだろう。

ジェームズは階下で、ナット・ホルフォードが持ちこんだものを吟味していた。「旦那様が帰ったあと、おれが見つけたんです」ナットは言った。

「どこにあった？　馬車の中か？」

「いいえ！　川のもっと上流です。指輪には字が彫りこんであります」

「そのとおりだ」ジェームズは考えこみながら言い、華奢《きゃしゃ》な金鎖をそっと撫でた。まるでだれかの首から引きちぎられたように、留め金の一方が壊れている。だが、黒い宝石をはめこんだ重厚な金の指輪は、しっかりと金鎖に結びつけられている。金鎖はどう見ても女性の持ち物だ。そして、指輪はどう見ても男の持ち物だ。

ジェームズは無言で指輪を調べた。〝ＨＪＣ〟という飾り文字が彫りこまれている。目の高さに掲げ、内側の文章を読んでみる。〝心からの愛をこめて、あなたの忠実なＡＣより〟文章の意味するところは、腹立たしいほど明快だ。

「馬車に乗っていた人物の持ち物に違いないな」ジェームズはようやく沈黙を破った。「これはぼくが預かっておこう」

「おやじも、旦那様に渡しとけって」ナットはものほしげに指輪を見つめながらしぶしぶ言った。

ジェームズは苦笑した。「ナット、選べ。こっちか、それともギニー金貨かだ」

金貨を握りしめた少年がご満悦の表情で帰っていったあと、ジェームズは深刻な顔で指輪を見つめた。品のある指輪だ。両親が息子の功績をたたえて贈るような。または、名づけ親がお気に入りの名づけ子に贈るような。だが、内側の文章が示唆するのは、ACという女性がHJCに贈ったという状況だった。婚約か……結婚の記念に。ジェームズは口の中で悪態をつくと、指輪と鎖を机にたたきつけるように置き、二階の自室に向かった。

予想どおりミセス・カルバーが緑の寝室に戻ってきたとき、アンはまだ窓辺にたたずんでいた。家政婦はドレスを一着抱えていた。

「持ってきましたよ。たたんだ状態で長年衣装箱にしまってありましたから、あとでローズにアイロンをかけさせます。丈は短めですが、そろいのペチコートを合わせれば長さが出ます」そう言ってミセス・カルバーはドレスを広げてみせた。金糸と銀糸で織りあげた縞《しま》模様のシルクのドレスは、四十年の歳月を経た前世紀のスタイルで、ウエストは細く、襟ぐりは深く、スカートはたっぷりふくらんでいた。

「きれいすぎてもったいないわ。わたしが着るわけにはいきません！」アンは叫んだ。

「ジェームズ様のお言いつけですから。これはジェームズ様のお母様のものではありませんけれど」ミセス・カルバーはベッドに置いたドレスをしばらく見つめたあと、アンを振り返った。「レディ・オルドハーストは――亡くなったお母様ではなく、わたしのお仕えする奥様のほうですが――ご主人が生きておられた当時、よくこれをお召しでした。そのころのわたしはただのハウスメイドでしたけれど、このドレスのことはよくおぼえています……」言葉がとぎれた。「ご夫妻はあの大きな館で、それは陽気にお暮らしでした。おふたりともロードハウスをこよなく愛しておられましたよ。とても仲むつまじいご夫婦でした。あまりに絆《きずな》が強かったので、ご主人が亡くなると、奥様はハザートンにお移りになって、何カ月もの間だれにも会わなかったほどでした」

沈黙が流れたので、アンが尋ねた。「その間に、あの壁に囲まれた花園が作られたのね?」

ミセス・カルバーはうなずいた。「それから、小さなお孫さんふたりがロードで見捨てられたように暮らしているという話がお耳に入ると、奥様はご兄弟をこちらにお引きとりになりました」家政婦はためらったあと、続けた。「ご兄弟のお父上は……奥様にとっては失望の種でした。もちろん口に出しておっしゃいませんでしたが、わたしどもはみんな、お察ししていました。若夫婦は自分たちが旅行さえできれば、オルドハースト家の領地が荒れようが滅びようがかまわないという方たちだったのです。息子さんたちにも無関心だったので、ご兄弟の教育は奥様が一手に引き受けました……」

ミセス・カルバーはしばらく沈黙したあと、首を振って話を続けた。

「しばらくして、ご兄弟の両親はいっぺんに命を落とされました。さらに弟のジョン坊ちゃまが亡くなり、オルドハースト家の領地の再興は、オルドハーストの名を継いだジェームズ様ひとりに託されたのです。以来、奥様がどれだけ胸を痛めてこられたことか」

ミセス・カルバーはドレスに目を落とし、皺《しわ》を撫でて伸ばそうとした。

「奥様は健康とは言えません。今ロンドンにいらっしゃるのも治療のためなんです。ですが、オルドハースト家の血筋が途絶えないことが保証されるまで、お気が休まることはないでしょう。ジェームズ様は、奥様のたったひとつの希望です。ジェームズ様が結婚してロードの主人になる日を、奥様は今か今かと待っていらっしゃいます。あなたも今日、あの館を見てきたのでしょう。あそこには主人が必要なんです。オルドハースト卿《きょう》と、その奥様が来て、住まうことが。それはわたしども全員の願いでもあります」

ミセス・カルバーがアンの前にやってきた。顔は青ざめ、両手は関節が白くなるほどかたく握りしめられていた。アンは次にくるものを待ち受けた。

「わたしは、いまだにあなたをどう考えたらいいかわからないんですよ、ミス・アン。あなたは自分でおっしゃるとおりの人――事故で記憶を失った娘さんかもしれません。だとしても、十分に回復したらすぐにハザートンを出ていくと約束したはずです。いよいよそのときがきたんじゃありませんか？　それはわたしの勘違いでしょうか？　それとも何かほかに計画があるんですか？」

「計画なんてありません」アンは穏やかに言った。「言いたいことがあるなら、はっきり言ってください」

「あなたの見た目やふるまい方は、レディそのものです。でも、そういうよけいな印象を差し引いてみれば、しょせんは帰る家もない宿なしでしょう。さっきの場面から想像をたくましくすれば、あなたは、ほかでもないこのお屋敷を自分の家にしようとたくらんでいるのかもしれません。ジェームズ様はあなたに夢中ですから、そういう関係に誘いこむのは難しくないはずです。それはジェームズ様を不幸にするばかりか、おばあ様のお命まで奪いかねないことなんですよ」

不当な非難に胸をえぐられたアンは、あとで悔やむような言葉を口にしそうになったが、かろうじてこらえた。状況が違ったら、あくまで女主人に忠実な家政婦のひたむきさに感動したかもしれない。アンは気を静めてから言った。「わたしはたしかに記憶をなくしたけれど、人としての信条までなくしたわけじゃないわ。ハザートンを出ていくと言ったのは本気だし、オルドハースト卿にもそう言いました」

ミセス・カルバーはしぶしぶ言った。「わたしの誤解でしたら謝ります。それでも、あなたとジェームズ様は、どう見ても……日ごとに離れがたくなっていくようです。長くいればいるほど、出ていくのがつらくなりますよ」

「出ていく手段も行く当てもないのに、ただ消えるわけにはいかないわ」

「あなたはロンドンに行きたいんじゃありませんか？　ここに運びこまれた晩、あなたはうわごとのようにそう口走っていたとか」

アンは首を振った。「おぼえていないわ」

「それは残念だこと。でも、もしそうお望みなら、わたしが力になれそうですよ。うちの兄が、週に二度、ロンドンに行く途中にここに寄って、奥様にお届け物や伝言がないかどうか聞いてくれるんです。ちょうど、明日がその日なんですけどね。兄にあなたを連れていってもらうように、わたしのほうで段取りをつけましょうか」

「明日！」

「早すぎるようなら、三日後でも」

「明日は……行けないわ。ロンドンに着いてからの当てもないのに」アンは唐突に、自分がどれだけみじめな存在なのかを理解した。

ジェームズの庇護《ひご》がなかったら、飢え死にしていてもおかしくないんだわ！

アンはミセス・カルバーを見て、かたい口調で言いだした。「先立つものがないんです。わたしが着の身着のままでここに着いたことは、あなたもよく知っているでしょう」

ミセス・カルバーの心が動かされた様子はなかった。「兄にまっとうな仕事を見つけてもらいましょう。社交シーズンの幕開け寸前ですから、ロンドンも景気がよくなるはずです。わたしからも、一日か二日しのげるくらいの金額はお渡しできます」

「結構です!」アンは叫んだ。「あなたのお情けは受けません」

「お情けで渡すんじゃありません。これもハザートンのためですから」

アンは窓辺に戻り、ぼんやりと外を眺めた。敵意に満ちた視線を受けとめるのは、とてもこたえる。身におぼえがないだけに、なおさらだ。だとしても、ミセス・カルバーがハザートンを出るための比較的安全な手段を提供してくれようとしているのは事実だ。

「わかったわ」アンは疲れたように言った。「ありがとう、ミセス・カルバー。ローズを呼んでくださるかしら」

ローズはドレスに感嘆の声をあげてから、心をこめてアイロンをかけ、アンの身支度を手伝い、髪を結い、最後にドレスを着せた。

「まあ、なんておきれいなんでしょう」ローズはうっとりと言った。「食堂に飾ってある奥様の肖像画みたいですわ。真珠がないのが本当に残念です。絵の中の奥様は、見事な真珠をつけてらっしゃいますのに」

ローズの素朴な褒め言葉に慰められ、アンはにっこりした。「宝石の代わりに、リボンを首に巻いたらどうかしら。わたしのおばあ様がそんな格好をしている肖像画があるのよ――」不意に黙りこんだ。「おばあ様の肖像画……」のろのろと言う。「思いだしたんだわ……」

　ローズが目を皿のように丸くして見守っていた。「やりましたね」ローズが言った。「いよいよ記憶が戻るんですわ！」

　アンは眉間に皺を寄せて集中したが、すぐにため息をついた。「だめね。一瞬だけだったの。肖像画しか思いだせなかったわ」

　ローズもしゅんとした。「お気の毒に……。でも、お嬢様が絵みたいにおきれいなのはたしかですからね。あたし、リボンを持ってきます」

　アンは階下に向かう前に、鏡で自分の姿を点検した。ローズが持ってきてくれた黒いベルベットのリボンは、華奢な首筋と気品のあるあごを強調している。頬はほんのりと赤く、群青色の瞳はろうそくのやわらかな光に照らされてほとんど漆黒だ。自分がこんなにきれいに見えるのは初めてだわ、とアンは思った。別れのあと、ジェームズの記憶に残るのが、今のこの姿でありますように。

「準備ができたわ」アンは言った。

8

玄関ホールで待っていたジェームズは、階段の下までやってきて手を差し出した。「じつに……きれいだ」そして小さく一礼すると、腕を組んで、アンを食堂に案内した。

アンはまごつき、ジェームズの態度が微妙に変化したことを不安に思った。二階に駆け戻って、いつもの粗末な服に着替えたいという衝動に駆られた。ぱりっとしたイブニングと純白のシャツに身を包んだジェームズは、まるで他人のようによそよそしかったし、話し方もどこかかたい。アンの動揺に気づいた様子がないのも、いつものジェームズらしくなかった。それでも、他人行儀な仮面の下に、素顔のジェームズが隠れているはずだ。わたしの恩人であり、支えであり……愛する人が。

まもなく彼のもとを永遠に去らなければならないアンは、今夜を完璧な夜にするつもりでいた。そこで顔をあげ、にっこり笑って陽気に言った。「馬子にも衣装って言うでしょう。借り物の、少し時代後れの衣装だけど」

ジェームズはかすかに笑った。「美しさは時代に左右されない」

まただわ。アンはジェームズの態度に寒々しいものを感じた。やけに礼儀正しいというだけでは表現しきれない違和感がある。午後と夜の間に、何があったのだろう？

食堂のテーブルはふたりのために調えられていた。枝付き燭台《しょくだい》の明かりが銀器とグラスをきらめかせ、花瓶にあふれる花からは華やかな香りが漂い、アンの皿にはピンクのカメリアが一輪添えてあった。恋人たちのためのテーブルね。でも、肝心の恋人たちはどこに消えてしまったの？

ジェームズはアンが座るのを待ってから、自分も腰をおろした。ふたりのメイドが給仕をする間、彼は礼儀正しくほほえんだ。「申し訳ないが、ハザートンには従僕が足りないのでね。祖母は使用人を十分に雇っているが、そのほとんどを引き連れてロンドンに行ってしまった。だが、公平に見てミセス・カルバーはよくやっているようだ。昔からの使用人で、祖母の信頼も厚い」

アンはジェームズに引けをとらないくらいよそよそしい口調で答えた。「こちらのお屋敷は驚くほど上手に切りまわされていると思いますわ、オルドハースト卿《きょう》。昨日見せてくださったお庭も、目を楽しませてくれましたし……。ところで、ロードについてはどんな計画をお持ちですの？　可能性に満ちた館だと思いますけれど」

短い沈黙のあと、そっけない答えが返ってきた。「今のところは、べつに。あそこはしばらく放っておけばいい」

アンはたじろいだ。ロードに関することは話題にしないほうがいいのかしら？　アンがその疑問を咀《そ》嚼《しゃく》し、どうにかのみこむまで、ぎこちない沈黙が続いた。アンは気を取り直して明るい声を出した。「ロンドンでの暮らしについて、話してくださる約束だったわね。社交シーズンはまもなくでしょう？　正確にはいつから？」

ジェームズは社交の催しをいくつか例に挙げて説明した。アンはときおり質問したり、感想を述べたりして、当たり障りのない会話を交わした。だが、朝食のときに活発に飛びかった冗談や笑いは、この晩餐《ばんさん》の食卓には皆無だった。使用人たちが下がると、さっきよりも長い沈黙が訪れた。

ついにアンは、これ以上は無理だと決めた。「わたしは上流社会になじめないらしいわ、ジェームズ……いいえ、オルドハースト卿。こんな会話しかできないのなら、社交界になんか出ないほうがずっとましだわ。ロンドンの社交界って、おそろしく退屈などころらしいもの」

ジェームズの態度はさっきよりもやわらいでいたが、まだかたさが残っていた。「ぼくもしょっちゅうそう思うよ。ところで、きみの会話の巧みさからすると、かなり社交の訓練を積んできたようだね。それでいて、きみは社交界のことをひとつも思いださせないという。不思議じゃないか？　じつに不思議だ」

「わたしの記憶は、思ったよりもずっと深いところに埋もれているんじゃないかしら。これまでにわかったことといえば、子供のころは髪が赤かったこと……チェスとピアノと乗馬ができること。あとはついさっき思いだした、おばあ様の肖像画くらいね。それだけじゃ、どうにもならないわ」

「きみのおばあ様だって？　どんな絵だったか説明できるかい？」

「ふつうの肖像画よ。今わたしが着ているようなドレスを着て、こんなリボンを巻いていたわ。なんてきれいな人だろうって見とれたことも思いだしたの……」

「きみもだよ、アン」考える前に口に出されたようなその言葉には、アンが望んでいたとおりの血の通ったあたたかみがあった。ジェームズは視線をそらした。「すまない」

「ジェームズ、いったいどうしたの？」

ジェームズはためらったあげく、覚悟を決めたようだった。「見せたいものがある」そう言って小さなテーブルに歩みより、じっと卓上を見つめたあと、鎖を指にぶらさげて戻ってきた。「これに見覚えは？」

アンは鎖を受けとって真剣に眺めてから言った。「金でできているようね。それに留め金が壊れている……。いいえ、見覚えはないわ。どこで見つけたの?」

「近所の農家の息子が持ってきた。馬車が発見されたところからそう遠くない川の中にあったらしい」

アンは首を振った。「あの財布と同じね。たぶん、わたしのものなんでしょうけど、ぴんとこないわ」

彼女が顔をあげると、ジェームズは小さなテーブルの前に戻り、またその上に視線を落としていた。

「ジェームズ、あなた、様子がおかしいわ。何を見ているの?」アンは立ちあがり、ジェームズの視線をとらえて放さないものを見ようとした。だがテーブルに近づこうとしたとたん、ジェームズが振りむき、アンを抱きよせた。アンの頭を彼の胸にぴたりとくっつけ、彼女の髪の上に頬をのせる。「どうしたの?」アンはジェームズの顔に手を伸ばした。

彼はその手を握ってから、すぐに離し、アンをうながして食卓に戻った。「座ったら、見せてあげよう。もしかしたら、なんでもないのかもしれない」

アンが座ると、指輪を彼女の前に置いた。「さっき見せた鎖に、これが結んであった」

指輪に目をやったとたん、アンは強い焦燥に駆られた。指輪をとりあげ、間近で観察する。「これは……なんだか、とても……」ろうそくの明かりに照らして頭文字の組み合わせに見入る。

ジェームズがかがみこむと、ふたりの視線がぶつかった。ジェームズはひどく緊張している。まるで痛烈なパンチを覚悟しているかのようだ。

「やっぱり、きみにとって意味のあるものなんだな?」

「はっきりとは言えないわ」アンはのろのろと言った。「でも、これは大事なものだという気がするの……。とても重要なものだわ。もちろんわたしの指輪ではないけれど。これは男の人の……」アンは黒い宝石に指を這《は》わせた。すると、ジェームズがこぶしを食卓にたたきつけたので、彼女は驚いて飛びあがった。

「アン、そんなことはぼくだってわかっている！内側の文字を読んでみろ！」

アンは指輪を目の高さに掲げた。「心からの……愛を……こめて……あなたの……忠実な……A……C」そして顔をあげた。「あなたの忠実なAC……」そして宝石に刻まれたイニシャルはHJC……」アンの目がショックで見ひらかれた。「ジェームズ、あなた、わたしがACだと思っているのね？」

「思うに決まっているさ！　ほかにだれがいる？あのいまいましい財布にもACという刻印があったじゃないか。財布は馬車の中にあったし、指輪は馬車の数メートル先にあった。きみが逃げだした馬車のすぐ近くに。もちろんきみがACだ――」ジェームズは言葉を切り、大股で歩いてからくるりと振り返り、荒々しく言った。「それが大事なものだと言ったな。扱い方から見てもよくわかる。きみは愛情をこめて指輪を撫《な》でた。まるでそれが愛する人の持ち物だとでもいうように。その理由を教えてくれないか！　どうしてそれを鎖につけて首にかけていたんだ？　その癪《しゃく》に障る文字の意味も知りたい！きみの指摘どおり、それは男ものの指輪だ、アン。そいつはだれなんだ？」ジェームズはアンを強い視線で見つめた。「思いだせ！」火を吐くような声だった。「やってみるんだ、さあ！」

人が変わったようなジェームズのふるまいにアンは愕然《がくぜん》とし、まじまじと彼を見つめた。最初の衝撃が薄れると、徐々に今夜の彼の奇妙な態度と、怒りの理由が見えてきた。「あなた、わたしがこの指輪を男の人にあげたと思っているのね。わたしにとって大事な人に……婚約指輪として」

「結婚指輪かもしれない」

「違うわ！」アンははじかれたように立ちあがり、頭を振りながら歩きだした。「そんなこと、あるわけないわ！」そう言い、きびすを返してジェームズの前に戻った。「わたしは結婚していないわ、ジェームズ。ありえない話よ！」

ジェームズはアンの手をとり、痛いほどきつく握りしめた。「どうしてわかるんだ？」

「それは……あなたに対する気持ちからよ。ほかのだれかと結婚しているはずがないわ」

ジェームズは悪魔を追いはらおうとするように頭を振ったが、失敗したらしい。アンの手を放して彼女から離れ、かすかに険のある声で言った。「きみは本当に、そんなに信じがたいほど純情なのか？世慣れしていないのか？　夫に愛を誓いながら平気で愛人を作れる妻なんてロンドンでは珍しくもないことを、本当に知らないのか？　このぼくだって、そういうレディのひとりやふたりと関係を持ったことがないとは言えない」

「ジェームズ！」ショックを受け、傷つき怒ったアンは、部屋の隅に逃げた。

ジェームズはわれに返ったのか、悪夢から覚めたように呆然《ぼうぜん》と立ちつくしていた。そして自己嫌悪に駆られたように首を振り、悔恨でいっぱいの声で言った。「本当にすまない。そんなことを言うべきじゃなかった。ぼくはどうかしてしまったんだ。あの指輪を見てから、自分が自分でなくなってしまった。こんなことは初めてだ。こんなふうに……嫉妬するのは。さっき、きみが大事な指輪だと言ったとき、ぼくはＨＪＣに猛烈に嫉妬した。地獄に落とされたような気分だったんだ！」

「ジェームズ、聞いて」アンは静かに切りだした。「わたしがあの指輪を大切に思う理由は説明できないのよ――記憶の欠けた部分だから。だけど、これだけははっきり言える。わたしはあなたが思うような意味でＨＪＣを愛しているわけじゃないわ。ＨＪＣがだれなのかは思いだせないけれど、あなたを忘れるなんて想像できないもの」苦笑がもれ、嗚咽《おえつ》に変わった。「でも、あなたの言うとおりかもしれない。わたしはＨＪＣの妻なのかもしれないわね」

ジェームズは悪罵を噛《か》み殺した。「そうさ。結婚生活が不幸だったから、夫を忘れたいだけかもしれない！」ジェームズはいらいらと室内を歩きまわった。「こんなことじゃだめだ。真実を見つけださないと。もう十分すぎるほど待ったが、きみの記憶は戻らない。明日、ギルフォードで顧問弁護士と会う予定だから、腕利きの調査員がいないか聞いてみよう。ポーツマス街道の近辺で聞きこみに当たらせている男たちからは、使えそうな情報は届いていない。馬車から逃げた男たちの行方もわかっていない。これ以上、のうのうと待っているわけにはいかないんだ。明日からは、しゃにむに進めなくては」

「それで、もしわたしが人妻だとわかったら？」アンは静かに尋ねた。

ジェームズはゆっくりと言った。「よくわからないんだ。きみはもしかしたら、結局は夫を愛していたことを思いだすかもしれない。きみのぼくに対する気持ちが、愛なのか、ただの感謝なのか、ぼくには確信が持てないんだ。きみはぼくを信じ、頼らなければならなかった……。だからぼくを愛していると思いこんだのかもしれない」

「ジェームズ、それは全然違うわ。はっきりわかるもの。わたしはあなたを愛している！」

「そうなのか、アン？　ぼくはもう何にも確信が持てないんだ」

重く長い沈黙が訪れた。

「話は終わりね」アンはぽつりと言って、ドアに向かいかけた。

「アン、待ってくれ！　行かないでくれ。何もかも勘違いかもしれないんだ！」

「あの指輪がわたしのものじゃないかもしれないっていうの？　どこかの農家の奥さんが、たまたまＡＣというイニシャルで、市場に向かう途中に川に指輪を落としたとか？　わたしはそんなに楽観的になれないわ、ジェームズ」

「ギルフォードの弁護士たちと話すまで待ってくれ。彼らが名案を思いついてくれるかもしれない。明日、戻ったらすぐに会いに来るよ。それまでは最悪の想像が外れていることを祈ろう」

「わかったわ、ジェームズ。そうしましょう」アンは疲れたように言った。

ふたりは階段をのぼって二階に行った。

ジェームズはアンの寝室の前で立ちどまった。そしてアンの顔を両手ではさみ、その目をのぞきこんだ。彼女の目に浮かんだものを見ると、ジェームズの表情が変わった。「きみを信じたいよ、アン」それからキスをして静かな声で言った。「明日の夜、会おう。きっといい結果が出るさ」

二度目のキスがあまりに優しかったので、アンは涙をこらえるのに必死だった。ジェームズは寝室のドアを開け、アンがその中に消えるのを見送った。

アンはドアにもたれ、ジェームズの足音が遠ざかるのを聞いていた。別離の痛みはあまりに激しく、息もつけないほどだった。でも、一刻の猶予も許されない。すぐにハザートンを出なければいけないことはわかっている。指輪はアンの心を、ジェームズに見せたよりも、はるかに激しく揺さぶっていた。

かりに自分が本当に人妻だったら、ジェームズはスキャンダルに巻きこまれ、妻子とともにロードでまっとうな暮らしを送る幸福を永久に失いかねない。

ジェームズが明日の早朝ギルフォードに発《た》つのなら、

りそうだ。制止されずにハザートンを出ていく絶好の機会にな

アンは握りしめていた指輪を見おろした。初めてのときと同様、見たとたんに焦燥が募り、アンは自分が正しい結論を出したことを確信した。この指輪にまつわる、何かとてつもない重大事が、わたしの記憶にうずもれている。

ミセス・カルバーが寝室を訪れてきたとき、アンはすでにドレスを脱ぎ、数少ない荷物をまとめ終えていた。「気が変わったわ」アンは言った。「明日、ここを出ていく手助けをしてくれる気がまだあるのなら、ぜひお願い……」アンは口ごもり、プライドを押し殺してから付け加えた。「お金もいただきます。できるだけ早くお返しするわ」

ありがたいことに、ミセス・カルバーは感想を述べずに、うなずいてドレスを拾いあげただけだった。

「すぐに必要なものを持ってきます」

数分後、ミセス・カルバーは厚手のショールとボンネットと、小ぶりな旅行かばんを持って戻ってきた。「服を少し入れておきました。ここでは使わないものばかりですから、遠慮はいりません。しばらくはそれで乗りきれるでしょう。ボンネットとショールは、ロンドンまであたたかく過ごすために使ってください。それから、この三ギニーのお金を。たいした額じゃありませんがね。兄は信用のある人ですから、すぐに自立できるだけの仕事が見つかるでしょう。ジェームズ様は八時ごろギルフォードに出発しますから、その直後に出られるようにしてください」家政婦はためらった。「今度のことは……」

「言わないで」アンは制した。「わたしが出ていくことを、あなたがどれだけ喜んでいるかは、よくわかっているつもりです。もちろんレディ・オルドハーストも喜ばれるでしょう。ジェームズは……オル

ドハースト卿は、たぶん……最初はわかってくださらないでしょう。でも、これが正しい選択なのよ。彼をあやまちから救うんですもの。書き置きを残して説明するわ。これがわたしの判断であって、だれかに強制されたものではないことを。あなたには、お世話になりました」

ミセス・カルバーはお辞儀をした。「では、明日の朝」

翌朝、アンは窓辺からジェームズの出発を見守った。道を曲がった背中が完全に見えなくなるまで、目を離さなかった。そのあと最後の手回り品をかばんに詰め、レディ・オルドハーストの愛読書『説きふせられて』をベッドの上――ここに運びこまれた晩に着せられたガウンの上に置いた。

ローズが入ってきて、すでに身支度を終えたアンの姿に目を丸くした。「あたしがお手伝いしますのに」

アンはほほえんだ。「これからは、なんでもひとりでやらなくちゃいけないのよ。どう、なかなか上手にできたでしょう」

「そんなこと！　あなたはれっきとしたレディなのに！　ミセス・カルバーは――」

「いいのよ、ローズ。ミセス・カルバーは、わたしが頼んだとおりにしてくれたの。それより、できたら、長めのリボンをいただけるかしら？」

ローズは姿を消し、絹のリボンを持って戻ってきた。「これでよろしいでしょうか？」

「完璧よ！」アンはリボンを指輪に通し、首にかけてドレスの下に隠した。「これで安全だわ」それからローズにすまなそうな笑みを向けた。「申し訳ないけれど、ほかに何も持っていないの。記念の品をあげたいところなのにね。あなたの優しさと手助けがどれだけありがたかったことか。できたら……いつかまたあなたに会いたいわ。さようなら」

「あたしは何にもいりません、ミス・アン。玄関までお送りします。ミスター・コブデンがあなたを丁重に扱ってくれるように念を押したいですからね。まだお体の調子も完全というわけじゃないんですから」

アンは笑った。「そんなこと言っちゃだめよ！ ミスター・コブデンは、わたしに仕事を紹介してくれる予定なのよ。わたしなら元気いっぱいだから、心配しないで」アンはジェームズ宛の書き置きを小さな棚の上に置くと、部屋を見まわしてから階下におり、ミセス・カルバーの兄が待っている裏口に向かった。

ミセス・カルバー本人もそこにいた。「今、兄と話していたんですが、仕事は問題なく見つかるだろうということですよ。それまでは家で、兄の娘の手伝いをしてくれればいいそうですから。ミス・アン、あなたが今日してくださることを、心からありがたく思っています」

「ミセス・カルバー、あなたと同じように、わたしも約束や恩義を重んじているんですよ」

「そのようですね」そう言うとミセス・カルバーは自分の兄にアンを紹介した。

ミスター・コブデンは挨拶も惜しんで言った。「さあ、時間がないんだ。ミス・アンの準備ができているなら、出発しよう」

こうしてジェームズの出発から一時間もたたないうちに、アンは彼がたどった道を追うようにハザートンを出た。だがポーツマス街道にぶつかると、ミスター・コブデンは一頭立ての二輪馬車の進路を南のギルフォードではなく、北のロンドンに変えた。アンは一キロごとにハザートンと、ジェームズとの暮らしを捨てていくのだという思いを新たにした。

ミスター・コブデンは無口なたちだったし、朝の寒さもショールにくるまってぬくもりを求める格好の口実になった。だが、アンがぬくもりめいたものを感じるのは、厚いドレス越しに指輪の存在を確認するときだけだった。ロンドンのどこかに、その指輪にまつわる謎の答えが隠されているはずだ。その答えを見つけられればきっと、もっと大きな謎も解ける。自分がだれなのかという謎も。

ミスター・コブデンは快調に二輪馬車を飛ばし、ふたりは昼下がりにはロンドンに入って、パーク・レーンをオックスフォード通りに向かって北上していた。

だがパーク・レーンを半分ほど進んだところで、二輪馬車は立ち往生した。事故が起きていたのだ。〝高飛び〟とも呼ばれる車体の高い無蓋の二輪馬車と、二頭立ての小粋な二輪馬車が衝突し、お互いの車輪ががっちり噛み合って外れなくなっていた。所有者たちはお互いを非難し、罵倒するのに夢中で、自分たちが作りだした大渋滞など眼中になかった。

「あのふたりが話をつけるには、相当かかりそうだ」ミスター・コブデンがぼやいた。「こうなったら腰を据えてゆっくり待つしかないな!」

アンはあたりを見まわした。馬車が止まっていたのは、ちょうど右に折れる通りのそばだった。通りの奥には、こんもりと茂る森が見える。この景色には、見覚えがあるような気が……。鼓動が激しくなり、体が震えだした。あの通りに何があるのか、たしかめなければ。一瞬も待てなかった。

アンは口の中でミスター・コブデンに弁解の言葉をつぶやくと、馬車を飛びおりた。

「ミス・アン! どうしました?」

「心配しないで、ミスター・コブデン」アンはひと息に言った。「ヘンリエッタ通り……あなたの目的地はそこでしょう。忘れないから大丈夫」彼女は旅行かばんをつかむと、何かに突き動かされるように駆けだし、危うく荷馬車に轢《ひ》かれそうになりながらもパーク・レーンを横断した。

「ミス・アン、戻りなさい！　道もわからないのに……」ミスター・コブデンの叫び声は無視された。

道を渡りきってから、アンはちらりと振りむいた。馬車の渋滞がようやく解消し、ミスター・コブデンもやむなく馬車を進めている。一瞬、罪悪感が胸を刺したが、それでもアンは自分を突き動かす力に逆らえなかった。左右に目を配りながら、目の前の通りをゆっくり歩きだす。すぐにある屋敷に視線が釘《くぎ》づけになった。黒みがかった赤いドア……。彼女にはすぐにわかった。夢に出てきたドアだ。

ドアを見つめていると、今までのことが何もかも遠ざかっていくような気がした。しばらくたってから、アンは勇気を振りしぼってドアに歩みより、ノックした。

出てきたのは上級の使用人らしい年配の男で、アンのやぼったいボンネットやショール、不細工な靴や旅行かばんを小ばかにするようにじろりと見た。アンは言うべき言葉も、出すべき名前もわからないことに気づいて、今さらのように焦った。きっと鼻先でドアが閉じられるか、別の使用人が呼ばれて追いはらわれる。そう思ったそのとき、男の顔色が変わった。軽蔑の表情が気づきに、それから驚愕に変わり、疑《うたぐ》り深そうな目がまじまじとアンを見つめた。

「ミス・カルバリーでいらっしゃいますか？」まさかと言いたげな声だった。家の奥からだれかの気配が近づき、男が振り返った。

不安そうな女性の声がした。「どうしたの、ブランディッシュ？　何かの知らせ？」

「奥様……その……どう考えてよろしいものか。お若い女性が玄関に来ておりまして。どうも……ミス・カルバリーご本人のようにお見受けしますが」

「なんですって？　それでおまえは、あの子を玄関に立たせっぱなしにしているというの？　ちょっと、おどきなさい！」声の主があらわれた。背が高く、上品で涼しげな顔だちの中年女性だった。だが玄関先に立ちつくしている客を見たとたん、その女性は頬を紅潮させ、喜びの叫び声をあげた。そしてアンを家の中に引っ張りこんで抱きしめ、キスの雨を浴びせた。「アントニア！」興奮しきった声だった。

「まあ、アントニア、無事でよかったこと！　いったいどこにいたの？　ああ、信じられないわ！　さあ、入って！　ブランディッシュ、ぽかんとしていないで、わたしの姪《めい》のかばんを運んでドアを閉めるのよ。まあ、なんてすばらしい知らせかしら！」

　アンはまごついたまま、玄関ホールに通された。やはり見覚えのある眺めだった。一歩前に出ると、階段の上から差しこむ日差しがまともに顔に当たり、何も見えなくなった。薄目を開けると、暗がりの向こうから駆けよってくる人影が見えた。夢の中で、血だまりの中に倒れていた男と同じ顔だ。

　アンは思わず悲鳴をあげ、その瞬間、洪水のように記憶が流れこんできた。アンは記憶の波にもまれ、溺れ、息を詰まらせ……落ちていき……そして、すべてが暗転した。

9

アントニアは目を開けた。室内は暗く、小さなランプのある片隅だけがほんのりと明るかった。ここはどこかしらと不安になったとき、ベッドのそばの椅子によく知っている人が座っているのが見え、心が落ち着いた。アントニアはロンドンのおばの家にいるのだった。ここなら安全だ！

声を出そうとしたが、喉がからからだった。

かすかな音に気づいたレディ・ペンデルが立ちあがり、枕元をのぞきこんだ。「アントニア！　やっと目が覚めたのね。お水を飲んでみない？」

アントニアはうなずいた。「ありがとう」しわがれた声で言い、苦労して身を起こす。たっぷり喉を潤してから、またどさりと枕に倒れた。

心配そうに見守っていたおばが声をかけた。「具合はどう？」

「少し頭が痛いけど、ペンデルおば様に会えてうれしいわ。わたし……どうやってここに来たの？」

「こっちが聞きたいわよ！　あなたは昨日、なんの前ぶれもなくやってきて、玄関に入ったと思ったら悲鳴をあげて倒れたのよ。あんなものを見たのは初めてよ」レディ・ペンデルはひんやりした手をアントニアのひたいに当てた。「頭を打った跡があるけれど、医者はそれ以外に傷はないと言っていたわ。わたしたちはあなたをベッドに運んだの。あなたは今まで赤ん坊のようにすやすや眠っていたのよ」そして、身震いしながら付け加えた。「でも、あの悲鳴ときたら……髪の毛が逆立つかと思ったわ」

アントニアは背筋を伸ばして座り直し、おばの手を握った。「さっき走ってきた男の人はだれ？」

「まあアントニア、あなたがだれよりもよく知っているはずでしょう。生まれたときからそばにいるんだから！　あなたのお父様の右腕じゃないの」おばはアントニアがじっと答えを待っているのに気づいた。「ローソンよ」

アントニアは雷に打たれたように身をこわばらせた。「ありえないわ。ローソンは血だまりの中で死んだはず……」ごくりとつばをのみこむ。

「ねえ、アントニア、いいこと。ローソンはあのとおりぴんぴんしているし、むしろあなたのことを心配して気も狂わんばかりだったのよ。あなたを見て、どれだけほっとしていたことか。あなた、いったいどこにいたの？　わたしたち、そろそろヘンリーに話さなければならないかと――」

「パパに何を話すの？」

「あなたが行方不明だったことに決まっているでしょう！　でもヘンリーはポーツマスに上陸してからずっと具合が悪かったから、伏せておくことにしたのよ。ヘンリーは、あなたがひどい風邪を引いて部屋にこもっていると思っているわ」

「パパはロンドンに――この家にいるのね？」

「二日前に着いたのよ」

アントニアは考えこむように言った。「わたしは二日がかりでここまで来たのね……」

「アントニア、それよりずっと長かったのよ！　ローソンは一週間以上前から血眼であなたを捜しまわっていたわ。わたしたち、どれだけ焦ったことか。あなたがその間どう過ごしていたのか聞きたいところだけれど、今は話す暇がないわね。ヘンリーがあなたを呼べとせっついているのよ。体力が戻ってきて、ごまかすのも難しくなってきてね。自分の目であなたを見るまで満足しないわ」

「すぐに行きます」

「メイドに着替えを手伝わせるわ。あなた本人は影も形も見えないのに、荷物のほうはちゃんと届いたのよ。みんな荷ほどきしてありますからね」

「マーサはメリルボーンのお姉さんの家にいるのよ」

レディ・ペンデルは眉根を寄せた。「あの子、そんなところで何をしているの？　まあいいわ、今は時間がないわ。あとで話してちょうだいね」おばは去り際に、忠告を残していった。「ヘンリーと話すときは慎重にね、アントニア」

アントニアは急いでベッドを出ると、ドアに駆けよった。「ローソンはどのくらい前からわたしを捜していたんですって？」だが、遅すぎた。おばの姿はすでにない。

アントニアはベッドに座り直した。聞き違いに決まっている。一週間以上も捜していたなんて。眉間に皺《しわ》を寄せ、おばの家にたどり着くまで何をしていたのか思いだそうとしたが、頭の中は真っ白だった。

まもなくメイドがやってきたので、考えるのは後回しにした。父をこれ以上待たせてはおけない。

寝室のドアをノックして入ると、サー・ヘンリーはベッドのそばの椅子に座っていた。まもなく娘がやってくることはだれかに聞いていたらしく、目はドアに釘《くぎ》づけで、アントニアを見たとたん、笑みがこぼれた。

「パパ！」アントニアは優しく言い、父の手をとってキスした。

「やっと会えたな」サー・ヘンリーはすねたように言った。「おまえのおばさんとローソンは卑劣にも共謀して、こんなにも長くおまえとわたしを引き離しておいたんだよ」

椅子の後ろに立っていた男が口を開いた。「それは旦那様のお体を思えばこそですし、ご自分でもじゅうじゅう承知しておられるでしょうに。ただでさえ体調がお悪いときに、アントニアお嬢様の鼻風邪までもらうわけにはいかないでしょう」

アントニアは目を丸くして男を見た。五十代後半で、針金のように痩せてはいるが強靭《きょうじん》な体つきで、ごま塩頭ともじゃもじゃの眉をしたローソンは、父の馬係であり、道案内であり、護衛であり、おまけに雑用係も兼ねていた。アントニアが物心ついたころから親しくしている相手だ。アントニアはローソンが土ぼこりの舞う道で、血だまりの中に倒れていた光景を思いだして身震いした。てっきり死んだものとばかり……。

「おまえもまだ具合が悪いのか？」父が尋ねた。

「実際、この風邪はしつこくてかなわん」

アントニアははっとわれに返った。「いいえ、もうすっかり元気よ」

「それは結構！　書類はどうした？　しかるべき相手に届けたかね？　指輪も返しておくれ」

アントニアは喉元にぶらさげている指輪にそっと触れた。「まだお返しできないわ、パパ。書類は手元にあるの。でも、すぐに外務省に届けるわ」

サー・ヘンリーは黙って娘を見つめた。「あれはとっくに外務省に届いていなければならないものだぞ。クロックストンは食えない男だし、一秒でも猶予を与えれば、その隙に摂政皇太子との関係をいよいよ固めに入るはずだ。わたしがあえておまえを単身ロンドンにやるという危険を冒した理由を考えてごらん。なぜぐずぐずしていたんだね？」

ローソンがもぞもぞと身じろぎしたが、彼が口を開く前にアントニアはよどみなく答えた。「証言の中に誤訳があったから、わたしが書き直さなければいけなかったのよ。そのあと、わたしも体調を崩してしまったことはお聞きになったでしょう。でも、明日には届けるわ」アントニアはなだめるようにほほえんだ。「ねえ、パパ、クロックストンの件は決着がついたも同然なのよ。パパは大役を果たしたんだから、あとはわたしに任せておいて。書類を届けるのなんて簡単よ。用意ができしだい、ローソンとわたしで届けてくるわ」

「わたしの指輪は持っているね？　あれが身分証代わりになるんだよ」

「もちろんよ……」アントニアは父親に見えるように指輪を引っ張りだし、金鎖がいつのまにかリボンに代わっていることに気づいて内心ぎょっとした。「そろそろクロックストンのことは忘れて、わたしの社交界デビューのことも考えてくださらないと。来週のレディ・カータレットの舞踏会には出られるくらい元気になってほしいの。パパは、そのときにわたしをロンドンの社交界にお披露目してくれるつもりなんでしょう？　噂《うわさ》によるとロンドンの社交界はとてもお高くとまっていて、新顔にはとても厳しいらしいから、父娘《おやこ》そろって申し分のない格好をしていかなくちゃ。パパはわたしに夫を見つけてくれるって約束したのよ」

父が顔をほころばせた。「おまえときたら、ヨーロッパじゅうの名家の子息に会ったのに、うんと言わないんだからな」

「あら、だってわたしがほしいのは、英国が誇る〝紳士〟だもの。片眼鏡をかけて、物憂げな英語を話して、田舎に領地がある人じゃなくちゃ。そしてその領地の中心には、大豪邸とは言わないまでも、立派な館が……」突然、具体的な館の姿が脳裏に浮かび、アントニアは言葉に詰まった。丘の上にそびえる象牙色の石でできた館、アーチ形の橋がかかる泉、白と金の玄関ホール、愛らしい子ネズミの彫り物……。心臓がどきんと跳ね、どうしようもない切なさがこみあげた。アントニアは父親の視線に気づくと、気を取り直して陽気な声を出した。「どなたか心当たりはあるかしら、パパ？　おばかさんでもかまわないわよ」

「嘘《うそ》を言うのではない、アントニア！　どんなに裕福だろうと、自分に匹敵するくらい聡明《そうめい》で知的な男でなくては、おまえは二分と耐えられまいよ。わたしもおまえにはいい相手を見つけてほしいね。じつを言えば外務省の若手に、ひとりかふたり……」

アントニアは目的を達成した。軽口で父親の気をそらしたのだ。まもなく父親に疲れの色が見えたので、アントニアは明日また会いに来ると約束してから寝室を出た。ローソンもあとからついてきた。

背後でドアが閉まったとたん、アントニアはローソンの腕をつかみ、階段を早足でおりてレディ・ペンデルが待つ小さな部屋に引っ張りこんだ。そしてローソンに抱きつき、目元ににじんだ涙をぬぐった。

「ああ、ローソン、もう二度と会えないかと思ったわ。あのとき何があったの？」

レディ・ペンデルと目を合わせ、軽くうなずくと、ローソンはぶっきらぼうに言いだした。「わたしのことは心配いりません、アントニアお嬢様。かなりの出血でしたが、少し休んだら、このとおり元気になりましたから。歩けるようになると、すぐにポーツマスで聞きこみを始めて、お嬢様がブリッグスという男にさらわれたことを知ったんです。ロンドン郊外でやつを追いつめ、問いつめてみると、馬車が事故を起こした隙にお嬢様に逃げられたと言うじゃありませんか。そのあと何があったんです？　ポーツマス街道をくまなく捜しましたが、お嬢様も馬車も、煙のごとく消えてしまったかのようでした」

「ローソンは、あなたなら自力でこの家にたどり着けるなんて言っていたのよ」レディ・ペンデルが口をはさんだ。「わたしはちっとも安心できませんでしたけどね」

「お言葉ですが、奥様はわたしほどアントニアお嬢様をご存じではないですから。肝の据わり方が尋常じゃないお方だ。お嬢様がスペインで山賊どもと渡り合った現場に、奥様はおられませんでしたでしょう」

「まあ、いやだ」レディ・ペンデルは青くなった。「いなくて幸いだったわ」

「お嬢様はどんなに不利な状況でも、最後には勝つお方です」ローソンは自慢げに付け加えてから、アントニアに向き直った。「そのあとも、ポーツマス街道沿いを何度も往復して聞きこみを続けました。ですが、一週間たってもなんの手がかりも見つからないので、心配しはじめたところでしたよ」

「だからおば様は、あなたがわたしを一週間も捜していたと言ったのね」

「行方不明になっていたのは二週間弱ですよ。わたしもすぐにとりかかれたわけじゃありませんから」

アントニアの顔から血の気が引いた。「まさか！　わたしはまっすぐここに来たのよ。たしかに、ちょっと混乱があるのかもしれないわ。馬車から逃げだしたあと頭を打ったようだから……。でも、どこかにずっといたというおぼえもないし」

レディ・ペンデルはさらに不安を募らせたらしく、姪《めい》の手をとり、椅子に座らせた。「アントニア、あなたはポーツマスを出ようとした直後に行方がわからなくなったの。それがほぼ二週間前のことだわ。あなたはどこかにいたに違いないのよ。どこなの？」

アントニアは呆然《ぼうぜん》とおばを見た。「わからないわ……」おばとローソンを交互に見つめ、ゆっくりと言った。「どうやら、おば様たちが正しいようね。でも、わたしがおぼえているのは、誘拐犯のもとから逃げだして、それからこの家に来たということだけ。二輪馬車に乗って……そう、二輪馬車に乗ったわ！」

ローソンがそわそわと身じろぎした。「そういえば、アントニアお嬢様……」

「何かしら？」

「例の書類ですが、サー・ヘンリーはできるだけ早急に届けてほしいとお望みです。話は後回しにしましょう。書類はたしかにお持ちですか？　それとも、お父様を安心させるために嘘をおっしゃったんですか？」

「マーサが持っているのよ。まだポーツマスにいるとき、あの子に持たせたの。男たちが追いかけてくるのが見えたから、やつらが角を曲がる直前にマーサをロンドン行きの駅馬車に押しこんで、お姉さんの家でわたしを待ちなさいと言ったのよ。マーサはパパの書類を持って無事に逃げ、男たちは手ぶらのわたしを追いかけたというわけ。すぐにマーサのお姉さんの家に行って、回収してきましょう」

「もう一度医者に診てもらってからよ」レディ・ペンデルがきっぱりと言った。

「わたしはけがなんかしていないわ、ペンデルおば様」

「でも、あなたはポーツマスを出てからさんざんな目に遭ったらしいじゃないの。あなたをひとりで旅させるなんて、ヘンリーもヘンリーだわ」

「ほかにどうしようもなかったのよ。書類が――」

「書類って、いったいなんの書類なの？」

アントニアは口ごもった。「極秘事項よ」

「あなたのおじ様も外交官だったのよ、アントニア。秘密の守り方くらい、わたしも心得ています。ローソンが馬車の準備をする間に、書類のことを話してちょうだい。事情を把握するまで、あなたをこの家から出す気はありませんからね」

ローソンに目で確認すると、うなずきが返ってきた。彼が部屋を出ていくと、アントニアは語りはじめた。「パパは去年から、ある特殊任務にかかりきりだったの。摂政皇太子とごく親しい人物が関わっている疑惑の調査にね。発端は、外務省がその人物の財産の出どころについて、気になる噂をつかんだことだったの。それが真実だとすると、摂政皇太子まで派手なスキャンダルに巻きこまれるおそれがあったわ。そこでパパが調査を任されたのよ。噂は真実だった。皇太子の親友は、地中海一帯を股にかける組織の一員として、不正と贈収賄に手を染めていたの。そのまぎれもない証拠が、問題の書類にまとめられているのよ』

「だとしても、どうしてそんなに急ぐの?」

「皇太子はご自分の権限で、問題の人物に、とある栄誉を授けようと動いているわ。それが実現する前に、早急に真相をお耳に入れなければいけないというわけ」

「クロックストン卿《きょう》は――どうせあの人のことでしょう――悪辣で卑劣きわまりない男よ。あなたをそんな危険な事件に巻きこむなんて、ヘンリーも乱暴すぎるわ。わたしからひとこと言ってやらなければ」

「だめよ! わたしの行方不明を伏せておかなければならないほど、パパの体は弱っているんでしょう?」

「いずれにせよ、いつまでも伏せておくわけにはいかないの」

「お願い、おば様。パパにはわたしが話すから!」

熱心な議論のあと、レディ・ペンデルはしぶしぶ折れたが、結論にいたるまでにかなりの時間を要したため、アントニアが出発できたとき、ロンドンはすでに宵の口だった。

同じころ、ジェームズの姿もロンドン市内にあった。

話は前日にさかのぼる。ギルフォードに着いたジエームズが真っ先に訪ねたのは、軍隊時代の旧友で、戦場で記憶喪失にかかった兵士を診ていた医者だった。

その医者はジェームズが語る〝友人〟の話に真剣に耳を傾け、最後まで聞くとこう言った。「ぼくの印象では、きみは適切な対応をとったようだ。彼女は非常な恐怖にさらされたせいで、無意識のうちにその経験を忘れようとしたんだな。あらゆる状況から考えて、記憶喪失は一時的なものだと思われるし、本人がその経験と向き合えるほど回復したと確信すれば、記憶はあっさりよみがえるだろう。いちばん避けなくてはいけないのは、他者が真相を突きつけることだ。自然に思いだすのを待つべきだよ」

「突きつけたくてもできないのさ、エドガー。こっちも知らないんだから」

「それはそれは。じゃあ、あくまでも慈善でやっているのかい？」

「そうとも言える」ジェームズは友人の視線を避けた。

「興味深い状況だ。尊敬するよ。きみはその患者に心から親身になってやっているんだね、ジェームズ。患者には守られていると思わせてやるといい。絶対的な安心感を与えてやるんだ。何かあったら、また知らせてくれ」

顧問弁護士たちとの会談を手短にすませたあと、急いでハザートンに帰る道すがら、ジェームズの頭の中で渦巻いていたのは、自分が直面するジレンマだった。友人の忠告を入れるなら、アンを頼る者のいない世間に放りだすことはできない。だが、これ以上アンとひとつ屋根の下で過ごすこともまた、できない相談だった。お互いに対する感情は危険水域に達している。だが、アンが人妻なのだとしたら、夫を裏切ってハザートンにとどまってくれと頼むのは恥ずべきことだ。

ジェームズ・オルドハーストがうら若きレディを祖母の隠居所に引っ張りこんだという話が噂好きの耳に入ったら、火に油をそそぐようなものだ。アンが独身だろうと、婚約していようと、人妻だろうと、スキャンダルは野火のように燃えひろがるだろう。ジェームズ自身の評判も傷つくはずだが、アンは社会的に抹殺されたも同然の目に遭うことになる。

思い悩んだあげく、ジェームズは良識的な解決策はひとつしかないという結論を出した。明朝ロンドンに行き、祖母に打ち明ける。そして祖母を説きふせ、アンの記憶が戻るか、身元が判明するまで、手元に置いてもらうのだ。だとすると、まだ今夜は、アンに会える時間が持てるわけだ……。ハザートンに着くと、ジェームズはまっすぐにアンの寝室へあがっていった。だが、そこにアンの姿はなかった。

アンが出ていったというローズの言葉を、ジェームズはすぐには理解できなかった。「そんなわけはないだろう。いったいどこに行ったというんだ？」

「ミセス・カルバーのお兄さんがロンドンに連れていきました」

「なんだと？ いつだ？」

ローズはジェームズの剣幕にひるんだ。「今朝です。ミス・アンは書き置きを残していかれました……これを」

ジェームズは無言で書き置きを読むと、ローズを追いはらってミセス・カルバーを呼びだした。「言ったはずだ」かろうじて自制心を働かせながら切りだす。「ミス・アンの身が安全になったとぼくが確信できるまで、この家でかくまうと。それなのにアンを追いだしたのか」

「ジェームズ坊ちゃま、これにはわけが――」

「聞きたくない」ジェームズはぴしゃりとはねつけた。「警告しただろう。おまえの言動でアンが危険な目に遭うようなことがあれば、ぼくたちの友情には終止符を打つと」

ミセス・カルバーは抗議した。「本人が出ていきたいと言ったんですよ。それに、危険なことなんてあるものですか！　ミス・アンはわたしの――」

「姪の家にいるんだろう。知っているさ。ついでに教えてもらいたいんだが、ミス・アンにロンドンでどうやって自活させるつもりなんだ？　金も着るものもないのに……」

「わたしが……いくらかお金を差しあげました。少しばかり貯《た》めていたものを。それに、まっとうな仕事が見つかるまでは、姪の家で家事の手伝いを……」ジェームズの形相を見ると、家政婦の声はかすれて消えた。

「まだ貯金が残っていることを祈るよ、ミセス・カルバー。もしアンの身に何かあったら、それに頼って暮らすことになるからな。ぼくの権限で必ずそうする」

「わたしのご主人は坊ちゃまのおばあ様ですよ」ミセス・カルバーはいくらか元気を取り戻して言った。「今回のことだって、奥様のためを思えばこその判断です。だいいち、危ないことなんてない――」

ジェームズの堪忍袋の緒が切れた。「危ないことなんてない、だと？」怒りのあまり声が震えた。「おまえは純粋な、高貴な育ちの女性を――アンはレディだ、勘違いするな――使用人として生きろと言って放りだしたんだ！　もし記憶が永久に戻らなかったら、おまえのせいでアンは下働きの身分に落ちたことになる。だれの保護も受けられず、つらい骨折り仕事から逃れる希望も持てない暮らしに。最低で最悪の判断だ！　アンの居場所がわかっていることが不幸中の幸いだな。明日ぼくはアンをブルック通りの祖母の家に連れていって、客人扱いで滞在させる」

「坊ちゃま――」

「姪の住所を紙に書け。それから、夜が明けしだいロンドンに出発すると馬係に伝えろ」ジェームズはつかつかとドアに歩みよって大きく開けた。「さあ、行け！　姪の住所は玄関ホールに置いておくように。ミス・アンの無事をたしかめるまで、おまえの顔は見たくない」

アンの寝室にひとり残ったジェームズは、あたりを見まわした。室内はアンの面影だらけだ。青ざめてぴくりとも動かずにベッドに横たわった姿。祖母の青いガウンを着て暖炉のそばに座った姿。悪夢から飛び起きてジェームズにしがみついた姿。彼を負かしたチェスのことで笑いころげる姿……。ベッドの上には『説きふせられて』が置いてあった。もう二度とアンに会えなかったら？　いや、ばかなことを考えるな。カリーはすくなくとも今夜ひと晩のアンの安全を保証した。朝になったらすぐに迎えに行き、祖母の家に送り届けて、それから……。アンが夫を思いだすのを待つのか？　さらには子供まで？　だめだ！　そんなことは信じない！　アンはぼくのものだ。

そういうわけで、ジェームズはアンを捜してロンドンにやってきたのだった。正午にはミスター・コブデンの娘の家に着いたものの、アンがパーク・レーンの途中で二輪馬車から飛びおり、どこかに消えてしまったという話を聞くと、目の前が真っ暗になった。がらがらと音をたてて計画が崩れていく。

親切が裏目に出たミスター・コブデンは、自分を責めるあまり憔悴《しょうすい》しきっていた。「すぐに追いかけりゃよかったんですが、まわりの馬車の御者が叫んだり怒鳴ったりで、馬車を止めておく場所も見つからなかったものですから。ミス・アンがあんなことをするとは、夢にも思いませんでした。あまりにもすばやく飛びおりたんで、止める暇もなかったんです」

「ミス・アンが馬車を飛びおりたのは、正確にはどこだ？」

「パーク・レーンを半分ほど北に進んだところです」

「グローブナー広場のそばか？」

「そうです！　われわれはそのあたりで立ち往生していたんです。ミス・アンは通りを渡って、広場の方角に一目散に駆けていきました。見たところ、どこかに行きたい場所があって、そこを目指してまっしぐらという感じでしたね。わたしは馬車を止めるとすぐに引き返して、暗くなるまであたりを捜しましたが、影も形も見えませんでした。たぶん、だれか知り合いと一緒にいるのかもしれませんな」

まだ謝りつづけているコブデンの声を背中に受けながら、ジェームズは馬にまたがり、ブルック通りにある祖母の家に向かった。どうすればいいのか、見当もつかなかった。とにかくアンを見つけなければいけない！　だが本名すら知らないのに、どうやって？　手がかりはグローブナー広場と、広場に接する何本かの通りだけだ。

ジェームズは祖母の家で馬係に馬を預け、徒歩でグローブナー広場に向かった。すでに宵の口で、あたりの立派な屋敷には訪問客が続々と詰めかけていた。贅沢《ぜいたく》な馬車が行き交い、馬係やメイドたちが慌ただしげに出入りしている。アンはどこだ？　ジェームズは自分が何を求めているのかもわからないまま、あきらめる気にもなれず、広場のまわりをうろつきまわったあげく、ふと足を止め、ハイドパークに通じるアッパー・グローブナー通りに目をやった。アンは馬車を飛びおりたあと、この通りに駆けこんだという。やるせなさと不安を抱えたまま、ジェームズはとぼとぼとブルック通りに戻る道をたどりはじめた。馬車が一台、角を曲がりがてら、ジェームズを追い越した。追い越す瞬間、ジェームズの目は馬車の中の人影をとらえた――男と娘。心臓がどきりとした。あのあごの角度、そしてなつかしい横顔……アンだ。間違いない！

オックスフォード通り方面に向かってみるみる小さくなる馬車の後ろ姿を、ジェームズは死にものぐるいで追いかけた。だが、馬車はまた角を曲がって、首都の目抜き通りのひとつに入り、押し合いへし合いする馬や荷車、馬車の群れにのみこまれて見えなくなった。ジェームズはしばらく、混雑した通りの真ん中で立ちつくし、宝物を見つけた直後に見失った現実を信じきれずにいた。だが、アンの現在の居場所はわからないとしても、すくなくとも彼女の身は安全で、ロンドンの通りを当てもなくさまよっているわけではないようだ。見かけた瞬間のアンは笑顔で、意思に反して馬車に乗せられたわけではないのは一目瞭然だった。あれは乗合馬車ではなく、扉に紋章の入った、個人所有のものだった。

ジェームズはめまぐるしく頭を回転させながらブルック通りに向かった。アンがグローブナー広場の近辺で安全な場所を見つけたのは明らかだ。時間さえかければ、必ずまた会えるだろう。だがアンのほうは、会いたいと思っているのだろうか？　記憶が突然戻り、首にかけていた指輪の持ち主である紳士と再会できていたとしたら……。アンはＨＪＣのことは何ひとつ思いだせないと言っていた。だが、ハザートンを慌ただしく出ていくときも、その指輪を忘れずに持っていったのは事実だ。金鎖のほうは、机の上に残されていたのに。アンはＨＪＣがどれだけ大事な存在だったかを思いだしたのだろうか？　ＨＪＣのほうがジェームズ・オルドハーストよりも大事だということを？

その夜は眠れるはずもなく、ジェームズは自室をむやみに歩きまわりながら、悶々《もんもん》と思いをめぐらせた。アンについての知識すべてが、悲観的な疑問を否定しているように思えた。アンのあの触れ方、あのキス、あの言葉。ジェームズはついに〝運命の女性〟にめぐり合えたと思っていたし、アンのほうも愛にこたえてくれているという実感があった。だが……。考えたくはないが、アンが自分の立場を思いだし、彼女自身、またはジェームズが恥ずべきスキャンダルに巻きこまれることを望んでいないとしたら？　そんな疑いが心にこびりついて離れなかった。

10

メイドのマーサから機密書類を無事回収し、外務省に書類を届けたので、アントニアはほっとひと息ついていた。人生の十日間をどこで過ごしたのか——それはまだ思いだせなかった。だが、危害を加えられはしなかったようだし、運のいいことに、自分が行方不明だったことは社交界に伝わっていないようだ。たぶん、あっさり説明がつくようなことなんだわ。アントニアはそう思うことにした。時間がたてば、自然と思いだすはずよ。そういうわけで、父に打ち明けるのは延期した。

サー・ヘンリーは順調に健康を回復し、来週レデイ・カータレットが開く舞踏会に主賓として出席することを承諾した。レディ・ペンデルはおおいにはりきり、ロンドン一の仕立屋に、姪《めい》のロンドン社交界デビューにふさわしいドレスを注文すると宣言した。父の赴任先にはどこにでもついていき、いわば影の大使として各国の名士と交際してきたアントニアは、年配の女性さえ羨ましがるような品格と存在感を身につけていたので、おばが望むような格好をするつもりはないと言った。

「二十三歳じゃ、初めて社交界に出る女性《デビュタント》とは言えないわ」アントニアは主張した。「おば様の理想どおり、控えめにふるまうなんて、かえって難しいのよ。おまけに白いフリルをつけて薔薇《ばら》の冠をかぶるなんて、こっけいだわ」

「いいこと、アントニア。ことロンドンに関しては、あなたはれっきとしたデビュタントなの」おばは譲らなかった。「だいいち、スペインの山賊団と渡り合えるのなら、ロンドンでちょっと猫をかぶるくらい簡単なはずよ！　薔薇は勘弁してあげます。代わりに、あなたのお母様の真珠と水晶の羽根飾りをつければいいわ。ただし、白は譲れないわね」

アントニアは抗議したが、おばは頑として聞かなかった。だが、いざブルートン通りのマダム・ローザの店を訪れると、おばもアントニアの選択にうなずくほかなかった。襟ぐりとすそに金色と水晶色の小粒ビーズをあしらった縞《しま》織りシルクの白いドレスは、姪の気品漂う落ち着いた雰囲気にとてもよく似合っていたのだった。アントニア自身もこのドレスに大満足し、レディ・カータレットの舞踏会と、ロンドン社交界という異世界を初めてのぞくチャンスを指折り数えて待つ心境になった。

一方、ジェームズ・オルドハーストの心境はといえば、舞踏会どころではなかった。連日、何時間もぶっつづけでグローブナー広場周辺の通りをほっつき歩き、大きな屋敷の使用人にうさんくさげな目で見られるようになっても、アンの行方はまったくつかめなかった。時間がたつにつれて、二度と会えないのではないかという不安は募る一方だった。それは耐えがたい未来図だった。つい先日まで、未来は光り輝いていたというのに。アンのおかげでロードハウスにまつわる暗い思い出は打ち消され、愛着さえ持てそうな気がしていた。ロードでふたりの人生を築き、ジェームズの祖父と祖母のように仲むつまじく暮らせると思っていたのに。

詰まるところ、ジェームズ・オルドハーストは、生まれて初めて恋に落ちたあげく、愛する相手を失ったのだった。ハザートンに出発する前、すでに退屈だったロンドンは、いまや砂漠も同然だった。今後、個性に乏しい娘たちに礼儀正しく話しかけ、鼻息の荒い母親たちをうまくかわし、しかもアン以外の娘をこの腕に抱いて踊らなければならないと思うと、ジェームズは暗澹《あんたん》とした気分になった。いつも気さくで、だれにでも親切だった彼が、祖母の前でさえむっつりとふさぎこむようになった。

ジェームズ自身も、ロンドンへ舞い戻って以来、ハザートンの話題をかたくなに避けてきた自分の態度を祖母が不審がっていることには気づいていた。祖母の好奇心をあおるような真似《まね》をする気はなかったが、ある晩、夕食の席で、うっかりもの思いにふけってしまい、とうとう祖母がしびれを切らした。

「いったいどうしたの、ジェームズ？　いつもの作法はどこへいってしまったの？　わたくしの話をひとつも聞いていないじゃないの！」

「すみません。どうか許してください」

「許しませんよ。謝ってほしいわけでもありません。そろそろ、そのおかしな態度のわけを説明してちょうだい」

「何をおっしゃるんです」ジェームズは言葉を選びながら言った。「ぼくはべつにおかしな態度なんて――」

「おかしなことだらけじゃないの。突然ロンドンにやってきたと思ったら、避けがたいことを避けるためにハザートンを出てきたとか、わけのわからないことを言って。どうして滞在を早めに切りあげたのか聞いても、ロードは現状のままでいいと言うだけだし。それに……」祖母は口ごもった。「あなた、ロンドンに着いた当日、デューク通りを必死の形相で走っていたそうね。見かけた人がいるんですよ。しかもそれ以来、毎日のようにあの近辺をほっつき歩いているんですってね。まさか健康のためとも思えないし。というよりも、だれかを捜しているとしか思えないわ。そしてきわめつけが今夜――浮かない顔で食卓についたと思ったら、ずっとうわの空で、わたくしの話なんて半分も聞いていないわ。せっかくクロックストンのことを教えてあげたのに」

「クロックストン？　皇太子は結局、やつに何を贈ったんです？　侯爵位ですか？　それとも公爵位を？」

「ほらね、やっぱり聞いていなかったわ！　クロックストン卿《きょう》は皇太子の不興を買ったらしいんですよ。公爵位を授かるどころか、皇太子のおそばに近寄ることもできなくなったわ。あちこち噂《うわさ》が飛んでいて、クロックストンが国外追放されるという話まであるの。皇太子が口をつぐんでいるから、理由はだれも知らないけれどね。社交界は皇太子の意向を汲《く》んだとみえて、クロックストンはかつての注目も栄光も失いつつあるわ。かわいそうだとは思いませんよ。ひどく不愉快な男ですからね」

祖母はジェームズの反応を待ってから、続けた。

「それでもノー・コメントなの？　ねえ、ジェームズ、もしもわたくしがあなたという人を知らなかったら、それは恋わずらいだと言うところですよ」そしてまた反応を待った。「バーバラ・ファーネスとその両親がスコットランドから戻ったのに、なんの発表もないという話は知っているかしら？　婚約すらなかったという話だけれど」

何日かぶりにジェームズはにやりとした。「だから言ったでしょう？」

「噂には憶測がつきものですからね。ロスミューアがおじけづいたのか、それともバーバラが結局は結婚しないことに決めたのか。だとしたら、かわいそうなロスミューアの期待をあおるだけあおっておいて落胆させるなんて、どうしてそんなむごい真似ができたのか。同情すべきか眉をひそめるべきか、目下ロンドンは態度を決めかねているんですよ」

「バーバラにはロスミューアと結婚する気なんて最初からなかったはずです。人になんと言われようが、気に病むようなたちでもありませんしね」

レディ・オルドハーストはじっと孫息子を見つめ、ゆっくりと言いだした。「バーバラに勇気があれば、明日の舞踏会に出席するでしょう。でも、支えになる友達が必要じゃないかしら」そして間を置いてから付け加えた。「あなた、バーバラと話をしてみたら……？」

ジェームズはかすかにいらだちをにおわせた。

「時間のむだですよ、おばあ様。ぼくがバーバラに差しだせるのはせいぜい友情と、噂好きと対決するときの支えくらいのものです。それ以上の可能性は、皆無だ」

祖母は盛大にため息をつき、急に椅子から立ちあがった。ジェームズが食卓をまわりこんで腕を差しだした。祖母は孫息子の腕をとったものの、攻撃的に沈黙したまま食堂を出て自分の部屋に引きあげ、そこでジェームズがブランデーを立てつづけに二杯あおるのをじっとにらんでいた。「あなたにはがっかりしましたよ、ジェームズ。ハザートンにやったのは、将来のことを考えてもらうためだったのに。あなたときたら、頑固な独身主義をさらに固めて戻ってきたようね」

ジェームズはそれには答えず、空のグラスを手の中でくるくるとまわした。

見守る祖母の顔から、しだいに怒りが消えていった。まなざしがやわらぎ、声も優しくなった。「わたくしの勘が当たったのね。あなたは恋をしているのよ。相手はだれ？　どうしてそんなに不幸せそうなの？」

ジェームズは三杯目のブランデーをついだ。最初は祖母に勧めたが、祖母が断ると自分で飲みほし、唐突に切りだした。「その人の名は、おそらく、アンです。ここに連れてきておばあ様に紹介するつもりだったけれど、彼女はいなくなってしまった。ぼくはハザートンを混乱の渦に巻きこんできたんですよ。カリーを泣かせ、結局はアンを見失った。カリーから聞いていませんか？」

「いいえ。何も。アンというのはだれなの？　ハザートンで会った人なのね？」

「ぼくとサムがハザートンに着いた夜……」

ジェームズは祖母にすべてを打ち明けると、こう締めくくった。

「おばあ様もアンに会ったら、どうしてぼくが彼女にこういう想《おも》いを抱くようになったか、わかってくれるでしょう」

部屋がしんと静まり返った。

注意深く耳を傾けていた祖母は、どう返事をすべきか決めかねているようだったが、ようやく思いきって口を開いた。「どうやらその娘さんは、あなたよりも冷静に現実をとらえていたようね。そして、あなたとの交際を絶とうと決めた。その書き置きにもよくあらわれているわ」

ジェームズは首を振って反論しようとしたが、祖母は杖《つえ》で床をたたき、いらだったように続けた。

「おしまいまで聞きなさい。おそらく彼女のほうもあなたを愛しているけれど、同棲《どうせい》したり、彼女の離婚を待って結婚したりしたら、あなたの社交界での立場が危うくなることがわかっていたのね。彼女は自分の意志でハザートンを立ち去ることに決め、必ず制止するだろうあなたが不在のときを選んだ。さらに言うなら、そのあと、自分の居場所を見つけたようでもあるわ。おそらく記憶を取り戻して、夫のもとに戻ったんでしょう！　見こみなしね。忘れておしまいなさい」

「アンが人妻だとおっしゃるんですか？」ジェームズの口元が引きつっていた。

「そう思うわ。指輪のこともあるし」祖母は眉をひそめた。「あなたは彼女が正直者だと信じこんでいるようだけれど、果たしてそうかしら？　結局のところ、ほんの一週間かそこらの付き合いでしょう。彼女は誘拐されて馬車に乗せられたと話したそうだけれど、もしかしたら馬車は夫のものかもしれませんよ。不幸な結婚生活から逃げだそうとした妻を止めるための、窮余の策だったのかもしれないわ。手段は乱暴だとしても、夫の権利から外れてはいませんん。そうでないとしたら……もっとひどいことも考えられるわ。血だまりの中に倒れていた男の正体は？　友人？　恋人？　それとも協力者？　おやめなさいな、ジェームズ。あきらめるのよ。彼女がいないほうがあなたのためだわ。何より、彼女自身があなたに見つかりたくないと思っているのだから」

ジェームズは祖母に背を向けた。「アンが嘘《うそ》つきだなんて、ぼくは信じません。人妻だというのも信じられない。アンは純粋で、率直だった。ぼくはあきらめませんよ。あきらめられないんだ、真実を知るまでは。どうしても知らなければ！」

レディ・カータレットの舞踏会の当日、アントニアは化粧台の前に座り、鏡の中の自分を見つめていた。だれかがテーブルに置いていったスミレの鉢から、繊細な香りが漂っていた。マーサが丁寧に櫛《くし》を入れた髪はつやつやと輝き、目下の流行に挑戦するように、スペインふうに頭の上に高々と結いあげられていた。髪の結い目に留めてあるのは、母の形見の真珠と水晶の羽根飾りだ。大きな群青色の瞳はろうそくの光のもとでは黒に近く見え、頬はほんのりと紅潮していた。マダム・ローザの白いドレスはよく似合っていたが、首元と肩だけがさびしげだった。宝石の代わりに、リボンを首に巻いたらどうかしら。そうつぶやいたとたん、アントニアは奇妙な感覚に襲われた。まるで、そう遠くない過去に、同じように鏡の前に座って、同じせりふを口にしたことがあるような気がする。

どこでのことだったか思いだそうとしていると、レディ・ペンデルがやってきた。おばが手にした革の小箱には、見事な真珠のネックレスが入っていた。

「ヘンリーは今夜あなたに〝カルバリーの真珠〟をつけてほしいんですって。元はあなたのおばあ様のものだったのよ」

「ええ、そうね」アントニアはうわの空で言った。「食堂にある肖像画も、それをつけているでしょう」

レディ・ペンデルはとまどい顔になった。「食堂には、おばあ様の肖像画なんてないわよ」

「そうなの？　変ね……本当にないの？　おばあ様は昔風の、金と銀の糸を使った縞模様のシルクのドレスを着ていて、このネックレスを巻いていたでしょう。目に見えるようだわ」

「あなたのおばあ様の肖像画があるのは客間だし、首に巻いているのは真珠ではなくてリボンよ。ドレスは花模様のシルク。そもそも、おばあ様の肖像画で、縞模様のドレスを着ているものなんて一枚もないはずよ」

アントニアはおばの不安げな表情を見ると、無理に笑ってみせた。「そんな目で見ないで！　たぶん、ほかの人の肖像画と勘違いしたのね。それだけよ。真珠をつけるのを手伝ってくださる？」

だが、おばがいなくなると、アントニアはまた鏡にぼんやりと見入った。どこかなつかしい、スミレの香り……。鏡に映る自分は、古風な縞模様のドレスを着て、黒いベルベットのリボンを首に巻いていた。ろうそくの明かりを受けた瞳の色は翳《かげ》り、頬は紅潮し、ひと筋の巻き毛が肩にこぼれている。愛する人に会いに行く前のような表情。スミレの香りがさらに濃厚になり、興奮と強烈な期待がわきあがり……それから、すべてが薄れた。鏡に映ったアントニアは、新品の白いドレスを着て、母の羽根飾りを髪に挿し、祖母の真珠のネックレスを首に巻いていた。興奮も期待もどこかに消え、あとに残ったのは切なさだけ——このところ、頻繁に胸を刺すようになった感情だけだった。

アントニアはいらいらと首を振った。ばかげた妄想だわ！　深い意味なんてないのよ。舞踏会を前にして気が高ぶっているだけ。鏡の中に映っているのは、ロンドン社交界へのデビューを目前に控えたアントニア・カルバリー以外の何者でもなかった。

祖母をエスコートしてカータレット邸にあらわれたオルドハースト卿を目にした人々は、何も違和感をおぼえなかった。いつものように、絵になるふたりだった。ぴんと背筋の伸びた老貴婦人のレディ・オルドハーストは、銀の握りの杖にほとんど頼らず、ドレスの色はいつもと同じく黒だが畝織りのシルクで、肩にホニトンレースを巻き、ダイヤは玄関の大燭台《しょくだい》の炎に照り映えてまばゆい輝きを放っていた。

見事な仕立てのイブニングスーツを気負うことなく着こなしたオルドハースト卿は、祖母が階段をのぼるのに手を貸し、ほほえんで女主人の手にキスし、祖母がカータレット夫妻と話を終えるのを待ってから、混み合った部屋に入った。長身の彼が悠然と歩く姿に見とれ、胸をときめかせた令嬢は少なくなかった。中には期待するような流し目を送る者もいたが、ジェームズは気に留めた様子もなく通りすぎ、ひとりかふたりの友人に会釈しただけで、祖母がくつろいで座り、部屋の様子を眺めながら噂話を交換できる絶好の場所を見つけるまで、足を止めもしなかった。

「ご苦労様」レディ・オルドハーストはふたりの昔なじみと挨拶を交わしてから言った。「あとは、あそこの気取った使用人を呼んできてくれたら、解放してあげますよ」

「ぼくがなんでもお望みのものを持ってきますよ。それに今のところ、おばあ様のもとを離れる気はありませんよ。ブランデーですか、ラタフィアにしましょうか？　それともフルーツパンチ？」

「フルーツパンチをいただきましょう。それがいちばん無害そうだもの。カータレット夫妻くらいけちなら、フルーツパンチが強いはずありませんからね。ワインよりはましでしょう」

ジェームズはうなずき、飲み物ののったテーブルを探しに行った。

ジェームズが戻ってくると、祖母はお仲間と熱心に話しこんでいた。そして彼の手からフルーツパンチを受けとると、自分の隣の椅子に座るように手招きした。「レディ・カーソンから、今夜の〝時の人〟のことを聞いていたのよ」

「時の人？」

「もう、ジェームズ、前にも話したでしょう！　ホノリア・カータレットは自分が開く夜の催しには、必ず有名人を引っ張りだすんです。思ったとおり、今夜はサー・ヘンリー・カルバリーだわ。ホノリアはさぞかしご満悦でしょうね。サー・ヘンリーはロンドンに着いてからずっと家に引きこもっていて、帰国以来、人前に姿を見せるのは今夜が初めてなんですって」祖母は意味ありげにジェームズを見つめた。「あなた、サー・ヘンリーのお嬢さんにも会えるかもしれないわ。もちろん連れてきているでしょうからね。今夜が彼女のお披露目ですもの」

「来ているに決まってますとも」レディ・カーソンが口をはさんだ。「サー・ヘンリーはお嬢さんにお婿さんを見つくろうつもりなんですからね。まあ、ちょっと、あそこを見て。あのアーチの下にいるのは、バーバラ・ファーネスじゃなくて？　あの子が哀れなロスミューアにどんな仕打ちをしたか、お聞きになった？　今夜ここに顔を出すほど厚かましいとは思わなかったわ。それにまたどうして、あんなところにぽつんとひとりで立っているのかしら。あの子ときたら、何につけても常識ってものがないのねえ！」

カータレット邸の舞踏室の天井には美しいアーチが並んでおり、壁にはそれを支える柱が並んでいた。柱の間のくぼみには大きな花瓶が置かれ、今夜は蔦《つた》を這《は》いのぼらせてアーチを引き立てる趣向になっていた。レディ・バーバラ・ファーネスは、一幅の絵のような自分の立ち姿を間違いなく意識しながら、アーチの下にたたずんでいた。華奢《きやしや》な体に緑色のドレスをまとい、蜂蜜色の巻き毛が卵形の顔を縁取っている。舞踏室の華やかな喧噪《けんそう》を見つめる憂いの美女という構図だ。

レディ・カーソンは容赦なく続けた。「母親はかんかんになってバーバラを勘当すると脅したらしいけれど、いつものように父親が娘の味方をしたんですってよ。まあね、自分の二倍も年をとった男と結婚してスコットランドに永住するなんて、いざとなったら腰が引けるのはわからなくもないわ。最初からそこを考えておかないのは間が抜けているなんて、世間は言うかもしれませんけど」少し間があった。「とはいえ、あの子のほうにも、ロンドンを離れようと思いつめるだけの理由はあったんですよ。正当な理由がね！」そう付け加えると、レディ・カーソンはじろりとジェームズをにらんだ。

ジェームズはかねて用意の感じのいいほほえみで受け流すと、祖母に断りを言ってから、レディ・バーバラに挨拶をしに行った。

バーバラはほっとしたようにジェームズを見た。

「まあジェームズ、会えてうれしいわ。今夜はお友達みんなに見捨てられたような気がしていたのよ。人って、こんなにも冷たくなれるのね」かすかに舌足らずなしゃべり方は甘えるようだったが、緑色の目は心細さを訴えていた。この残酷な世界でわたしを助けてくれるのはあなただけ、と言いたげに。だが、バーバラ・ファーネスを昔から知っているジェームズは、だまされはしなかった。この瞬間も、どこかのかわいそうな男、たぶんハリー・バーコムが、バーバラのためにショールか扇かレモネードをとりに走っているはずだ。ほかにもバーバラの使い走りをつとめる機会を虎視眈々《こしたんたん》とうかがっている求愛者が何人もいるだろう。噂好きにいくらこきおろされようと、バーバラ本人はどこ吹く風だった。

何年も前、バーバラはジェームズの弟のジョンと真剣な恋をしたが、母親のレディ・ファーネスは娘が爵位のない弟息子に嫁いで〝自分を安売り〟するのを許さなかった。ジェームズはひそかに、ジョンがあと一、二年長生きすれば、バーバラは母親の意見などおかまいなしに弟と結婚したはずだと思っていた。だが、ジョンは亡くなり、それ以来バーバラは恋をもてあそぶ技術に磨きをかけてきた。ジェームズは求愛者たちをわがまま放題に振りまわすバーバラのやり方にしばしば笑わせられたが、それが度を超した場合には黙っていなかった。とくに自分の友人が被害者になったときには、はっきり非難したのだった。

「ハリーはどこだい？」

「ハリー？　ああ、忘れてた。飲み物をとりに行ってるわ。わたし、喉がからからなの。一緒に行こうと言われたけれど、あなたに会いたかったから、ここでじっとしてたのよ。次のダンスのパートナーとしてあなたの名前を書いておいたわ」バーバラはカードを出してみせた。「ね？」

ジェームズは冷ややかな目で相手を見た。「バーバラ、ロンドンに戻ってきたのは歓迎するが、お得意の手練手管は封印してくれないか。ハリーはぼくの友達だ。きみは一度あいつを傷つけた。あんなことは二度とするな。結婚する気がないなら、放っておいてやれ」

「ハリーにはお兄さんがいるわ。ママはわたしをジョンと結婚させなかったんだから、ハリーも断らせるでしょうね」扇越しにのぞいた目には、持ち前のいたずらっぽい光が宿っていた。「もしもあなたが申しこんでくれたら……」

「ぼくたちがそんな間柄じゃないことは、よく知っているだろう。ぼくに振られたせいでスコットランドに行ったと世間に思わせたのは、どうしてだ？　きみはそんな繊細な神経の持ち主じゃないはずだ。ぼくをこらしめるためだったのか？」

「あのときは胸がつぶれそうだったのよ、ジェームズ！　ハリーと絶交してしまったんだもの！　おまけにあなたときたら、わたしの態度がいけないといってひどく責めるし……。だからママの言うとおりスコットランドに行ったの、気にしてなんかいないってところを見せるためにね。もちろんロスミューアと結婚する気なんかなかったわ。ねえ、あなた、知ってるかしら、ロスミューアはおじいさんだけど、とっても優しいのよ！　事情を説明したら、すっかりわかってくれたわ」

ジェームズは笑いだした。「いったいなんて説明したんだ？」

バーバラは小悪魔のような表情を見せた。「ちょろいものよ！　言葉なんていらないくらいよ、ママがいれば十分。わたしは涙を一粒二粒こぼしてみせて、あとは彼が聞いてないと思ってちくちくお説教するママにしおらしく耐えてみせただけ。そうしたら彼のほうで勝手に独身生活を続けるって決めてくれたの。紳士的にキスして、あっさり解放してくれたわ」

ジェームズはひとしきり笑ったあとで言った。

「どうしてぼくのせいにしたのか、まだ聞いていないぞ」

「べつに、ただの腹いせよ。あなたがハリーに絶交されたのは身から出たさびだなんて言うから。とっても意地悪な意見だと思ったわ！　でも、打ち明けた相手はレディ・カーソンだけよ」

「ロンドンじゅうに触れまわったも同然だ！」

「あら……そんなに噂になってたかしら？」バーバラはいかにも無邪気そうに聞いた。

「ぼくは噂なんて気にしないが、おばあ様はさんざん気をもんでいた。ハリーだってむっとしていたし、根も葉もない話だとはっきり言ってやらなかったら、ぼくは友人をひとり失うところだった。あんなことは二度としないでもらいたい。ついでに忠告だが、ハリーをもてあそぶような真似《まね》もやめたほうがいい。あいつはきみを実際の値打ち以上に好いているが、いつまでも我慢が続くわけじゃない。おや、噂をすれば影だ」

近衛《このえ》師団の制服に身を包んで少し暑そうに見える

ハリー・バーコムは、手にしたレモネードのグラスを気にしつつ、満面の笑みで近づいてきた。「どうぞ、姫君」陽気に言い、軽く一礼してバーバラに手渡す。それから友人を振り返った。「来てるとは知らなかったぞ、ジェームズ。まだハザートンにいるんだと思ってた。またレディ・オルドハーストが体調を崩したんじゃないだろうね?」

「いやいや! ひところよりずっと元気になったんだ。あそこに、レディ・カーソンと一緒に座って……」

そこで音楽が鳴りはじめ、バーバラは足で拍子をとりながら、また悲しそうな顔つきになった。「ハリー、わたしはジェームズと踊りたいのに、あなたが飲み物を持ってきちゃったからできないわ。置く場所がないんだもの。これ、持っててくれる?」

「とんでもない!」ジェームズが制した。「飲み物はぼくが面倒をみるから、ハリーと踊っておいで。さっき言ったことを忘れるなよ!」ジェームズは受けとったグラスを、花瓶の横に置こうと後ろを向いた。一瞬、部屋の反対側にいる女性の姿が視界をかすめた。あのたたずまい、あのあごの角度、つやつやした栗《くり》色の髪……女性が振り返り、ジェームズの凝視に気づいてにっこりした。ジェームズの手の中でグラスが引っくり返り、中身が床にこぼれたが、本人は気づかなかった。バーバラの小さな悲鳴にも、ハリーの〝おい、ジェームズ〟という声にも耳を貸さず、ジェームズは人の波をもどかしくかきわけながら歩きだした。あの女性はアンだ!

11

人の壁に行く手を阻まれ、ジェームズはアンの姿を見失ったが、すぐにまた見つけた。こちらに背を向け、ジェームズもよく知っている顔ぶれと談笑している。いらだちがむくむくとわきあがり、彼は足を止めた。ぼくを見つめ、待ち受け、走りよってくれないのか。自分が何をしたかわかっているのか？　どうして無事だという連絡さえよこさなかった？　ぼくをどれだけ心配させたか、アンがいちばんよく知っているはずだ。ジェームズはまた人の波をかきわけはじめた。だがアンの姿が近くで見えるようになると、人違いではという疑念が胸をよぎった。洗練された白と金のドレスに身を包み、真珠と水晶の

輝きをまとったアンは、ロンドン社交界の綺羅星《きらぼし》たちに囲まれても臆することなく、水を得た魚のようにふるまっている。ジェームズがハザートンで出会った、心細げな娘とはまるで別人だ。あのアンが、こんなにも変わってしまうなんて、ありうるだろうか？　会いたい気持ちを募らせたあまり、別人をアンと見間違えたのか？　ジェームズは立ちどまり、観察した。

「きれいな娘さんじゃないか？」隣に立ったのは、祖母の友人で、噂《うわさ》好きとしても悪名高いチャールズ・スタインフォースだった。

ジェームズはうわの空でうなずき、できるだけ何気なさそうに尋ねた。「どなたでしょうか？　ぜひご挨拶したいものですね」

「おやおや、ロンドンの半分がミス・カルバリーに挨拶したがっているんだよ」

「ミス・カルバリーか。ひょっとしてサー・ヘンリ

ー・カルバリーの娘さんですか？」ジェームズは必死の努力で驚きを押し殺した。

やはり人違いだったのか。アンがミス・カルバリーであるわけがない。アンは一週間以上ハザートンにいた。サー・ヘンリー・カルバリーの令嬢が行方不明になれば、それが世間に知れないはずがない。自分はそんな話は聞いていなかったし、地獄耳の祖母も何も言っていなかった。

「ミス・カルバリーを見たのは初めてかもしれないな」ジェームズは慎重に言葉を選んだ。「ロンドンに来てどのくらいたつんでしょうね」

「カルバリー父娘《おやこ》はごく最近、ポーツマス経由で着いたんだ。きみが見なかったのも当然だよ。サー・ヘンリーが高熱を出して、ふたりともずっと家にこもっていたそうだ」

噂好きの目が光った。

「われらが美しき新顔は、きみの心を奪ったらしいな。お望みなら紹介してあげよう。それも今すぐにだ。あの娘の父親はわたしの同僚なのでね」一歩踏みだしたサー・チャールズが声をあげた。「おっと！　残念だがしばらく待ってくれ。彼女、フリードリッヒ殿下にワルツに誘われたぞ。かわいそうに。殿下はウィーン生まれかもしれないが、ワルツはいかにもベルリン式だからな」

ミス・カルバリーがフロアに出ていくと、サー・チャールズは続けた。

「知ってのとおり、あの子の父親こそ、クロックストンの公爵への野望を打ち砕いた男だ」

「カルバリーが？　いったいどうやって？」

「いいかね、他言無用だよ。カルバリーはクロックストンの財産の出どころに関して、不愉快な事実を暴きだした」ため息をつく。「摂政皇太子は慧眼《けいがん》とは言えないお方だが、サー・ヘンリーの報告書を無視することはできなかった。結果、クロックストンはお気に入りの座を追われ、公爵になる夢もつゆと消えた――ほかのすべてと一緒に。実際、今月かぎりでイギリスから追放される」

「それはまたずいぶんと手厳しい。どこに住むんでしょうね」

「そのくらいですんで、むしろ幸運だったのさ。たぶん行き先は西インド諸島だろう。向こうにいくつか領地があるはずだ。同情する必要などないよ、ジェームズ。サー・ヘンリーの報告書に挙げられたのは胸がむかつくような内容だったそうだから。この国にクロックストンのような男は必要ない。皇太子のおそばにもしかりだ。クロックストンは今夜ここに顔を出すそうだが、噂はすでに広がりはじめている。ロンドンでは命運が尽きたわけだ」

「それが全部カルバリーの手柄だったんですか」

「そのとおり。もしわたしがカルバリーだったら、月のない晩には背中に気をつけるね。クロックストンは執念深い。けっして恨みを忘れない男だ」

ジェームズは気もそぞろに話を聞きながら、ワルツを踊るひと組を目で追いかけていた。ミス・カルバリーは楽しくてたまらないという顔でパートナーに笑いかけていたが、ジェームズは内心では退屈しきっているはずだと思った。どうしてわかるのか自分でも不思議だが、とにかく自信があった。見つめる一秒ごとに、なつかしさが募っていく。あれが他人のわけがない。サー・チャールズがなんと言おうと、あれはぼくのアンだ！

「今夜の女主人と話をしに行きませんか？」ジェームズが誘うと、サー・チャールズはふたつ返事で承知した。ふたりはレディ・カータレットと今夜の主賓を含む一団に近づいた。

ジェームズは穏やかで品のいい態度を保とうと苦労しつつ、踊り手たちが戻るのをじりじりしながら待った。再会したときのアンの反応をこの目で見て、アンが口にする言葉を聞きたかった。いったい、どう説明するだろう？　サー・ヘンリーはだれかに引き合わせるために女主人に連れていかれてしまったので、アンの父親と話をする機会は奪われた。だが、おばのレディ・ペンデルがその場に残ったので、ジェームズは顔見知りの彼女に話しかけたが、相手の冷淡さに驚かされた。おそらくレディ・ペンデルは、ジェームズがバーバラの心をもてあそんだという社交界の共通認識を真実だと思っているのだろう。この状況で姪《めい》の話題に触れるのは得策とは言えない。

ジェームズは移動して別の集団に挨拶し、旧友のサリー・ジャージーと冗談口をたたきながら、ダンスが終わるのを待つことにした。象のように不器用なパートナーと踊る、白と金をまとった華奢《きやしや》な女性からは、一瞬も目を離さなかった。

「次のワルツは、あなたがあの人と踊ってあげなくちゃ、ジェームズ」レディ・ジャージーは同情半分、おもしろ半分で言った。「フリードリッヒ殿下にぶんぶん振りまわされたあとは、ぜひともお口直しが必要だわ。殿下ときたら、あのお嬢さんを砲車よろしく引きずりまわしているじゃないの。あなたは夢のような踊り手なのにね」

「それはどうも……ぜひ立候補したいね」ジェームズの目はまだふたりに釘《くぎ》づけだった。

「予言するわ――あのお嬢さんは今シーズンひっぱりだこの人気者になるわよ。名前をおぼえてもらうだけでもひと苦労させられそうね」そしてひやかすような目をした。「それともあの人も、スコットランドに傷心旅行に出るはめになるのかしら？」

ジェームズは片眉をつりあげた。「まったく、驚いたな！　レディ・ジャージーともあろう人が、バーバラがぼくを餌にして遊んでいることを見抜けないとは」

「もちろん、わかっていますとも。あなたが星の数ほどのお嬢さんに胸がつぶれるような思いをさせてきたのはたしかだけれど、それはそのおばかさんたちに非があるのよ。レディ・バーバラのことは……わたしはあんな話、一瞬も信じなかったわ。あの子が悪ふざけを我慢できなかったというだけでしょう。でも、ロスミューアの一件は見過ごせないわ。あの子のいたずらにはいつも笑わせられるけど、今回はさすがにやりすぎよ」

「自分の大事な人が巻きこまれたら、いたずらのひとことじゃすませられないよ」

「あなたのおばあ様のことね？　だったら、からかったことを謝るわ。あら、ワルツが終わったわよ。ミス・カルバリーと殿下が戻ってくる。彼女、我慢を顔に出しているかしら？　ううん、そんな態度を見せるには品が良すぎるものね。本当に感心しちゃう」レディ・ジャージーは手を伸ばした。「ミス・カルバリー！　あなたに挨拶したいという人がいるの。オルドハースト卿《きょう》をご紹介するわ」

アンの美しさはハザートンで借り物のドレスを着ていてさえ相当なものだったが、今夜は息が止まるほどだった。ジェームズは一礼し、相手の目を見つめてほほえみかけた。「ミス・カルバリー」そして優しい声で付け加えた。「それがきみの名前だったんだね」

群青色の目が驚いたように大きく見ひらかれたが、ジェームズを認めたような気配はなかった。むしろとまどい、警戒しているようだ。「もちろんですわ、オルドハースト卿。生まれたときから変わらない名前ですもの」

ジェームズは噴きだしそうになった。また得意のおとぼけだ！　今度はぼくなど知らないふりをしているのか。気持ちはわからなくもない。ミス・カルバリーがジェームズ・オルドハーストと既知の仲であることが周囲に知れてはまずい。興味津々な様子で見守っているサリー・ジャージーの好奇心をあおるのも得策ではない。サリーはサー・チャールズの次に油断ならない噂好きだ。ここは芝居に付き合わなくては。ジェームズは首を振り、笑って話題を変えた。「レディ・ジャージーに聞きましたが、海外暮らしが長かったとか。どちらへ行かれました？スペインには？」

「あちこちですわ。父の仕事の都合で、わたしたち、ヨーロッパのほとんどの国に参りましたの」ミス・カルバリーはひとりの青年が近づいてきたのに気づき、涼しい笑みを浮かべた。「お会いできて光栄でしたわ、オルドハースト卿。残念ですが、ここで失礼します。ウィリアム卿とダンスのお約束がありますから」

ジェームズが返事をする前にアンは行ってしまった。次にジェームズが目にしたのは、陽気な音楽に合わせてカントリーダンスを踊る彼女の姿だった。レディ・ジャージーがだれかと話しはじめたので、ジェームズはひとり混乱に陥っていた。あそこまでそっけない態度をとる必要があるのか？　最初に目が合ったときの自然な笑みをのぞけば――あれは気づいたからこそのほほえみだと思ったのだが――アンは彼を知っているというそぶりをまったく見せなかった。思っていたよりずっと芝居が上手なのか？

やがて戻ってきたアンは頬を紅潮させ、いきいきとしていた。パートナーは飲み物を探しに行こうと熱心に誘ったが、ジェームズが抗議し、レディ・ジャージーも口を添えた。

「ウィリアム卿、ごめんなさいね。わたしったらオルドハースト卿に、次のワルツはミス・カルバリーと踊れるって請け合ってしまったのよ」

ウィリアム卿はあからさまにがっかりしたが、あえて逆らうにはサリーは手ごわすぎる相手だったので、一礼して去った。

ミス・カルバリーはきらりと目を光らせ、かすかに反抗の気配をにおわせて言った。「ご親切ですこと、レディ・ジャージー。でも、わたし、少し喉が渇いていて……」

「そうでしょうとも！　だったら、なおさらこの人がぴったりよ。オルドハースト卿はロンドン一のワルツの踊り手であるばかりか、パートナーの世話を焼くことにかけても名人なの。きっと冷たい飲み物と、居心地のいい場所を見つけてくれることよ」

ミス・カルバリーは反論しかけたが、すぐに矛をおさめ、感じよくうなずいた。

彼女の腕が自分の腕にすべりこんできたとたん、ジェームズの脈は一拍飛んだ。考えるよりも先に体が動き、彼女の手に自分の手を重ねていた。

ミス・カルバリーは鋭く息をのみ、さっと腕を引っこめると、彼を置いてさっさと歩きだした。

たしなめるように頭を左右に振るレディ・ジャージーに肩をすくめてみせてから、ジェームズはあとを追った。

飲み物が配られる控えの間に着くまで、ミス・カルバリーにあからさまに接触を避けられ、ジェームズはまた腹立たしい思いをした。こんなお芝居をいつまでも続けられると思ったら大間違いだ。

ジェームズは隅の椅子を確保し、フルーツパンチと自分用のワインをとってくると、機嫌を直せないまま、ミス・カルバリーの正面に座った。部屋は混み合っている。ジェームズは人の目を意識しつつ、ワインをひと口飲んでから、静かに言いだした。

「ぼくにはわからないな、アン。どうしてそんな態度をとるんだ？」

ミス・カルバリーの表情はさらに冷たくなった。

「アンはわたしの母の名前です。わたしの名前はアントニアですが、そう呼ぶのは家族や親しいお友達だけですわ」

「友達だって？　くそっ、ぼくたちは……」ジェームズは必死に自制した。「ぼくたちの関係はそれ以上のものだったじゃないか」

「おっしゃる意味がわかりません」氷のような言葉とともに、ミス・カルバリーは立ちあがった。

演技ではなかった。ジェームズの目の前にいる女性は、心の底から不愉快そうだった。

周囲の視線を意識しながら、ジェームズも立ちあがった。「いや……勘違いをしていたようで、申し訳ない。舞踏室に戻りましょうか？」

ちょうど演奏が始まったので、ジェームズはパートナーが冷淡にうなずくのを待ってから、ほかの組と一緒に並んだ。疑問が渦巻いていた。あらゆる反証にもかかわらず、彼女がアンだという強い確信があったのに、ここにきてまた自信が揺らぎはじめた。

これが演技だとしたら、ジェームズは彼女の性格を完全に誤解していたことになる。アンのように愛を告白してくれた女性が、いくら発覚をおそれているからとはいえ、ここまで冷たい態度をとるはずがない。群青色の瞳にはぬくもりのかけらもなかったし、ジェームズを愛していたという気配どころか、知り合いだという認識さえないようだった。ミス・カルバリーが見せたのは礼儀正しい無関心と、なれなれしさに対する怒りだけだ。やはり人違いなのか？

ワルツが始まっても、ジェームズは気持ちを切り替えることはできなかった。会話に誘うこともできず、ふたりは沈黙したままくるくるまわった。ジェームズはいつもの技巧を出し惜しみせずに踊ったが、彼自身も、そして明らかにパートナーも、楽しんではいなかった。ミス・カルバリーの動きはぎこちなく、ジェームズとの距離はどんなに厳格なお目付役でも満足させられるほど遠かった。これならフリードリッヒ殿下と踊っていたときのほうが、アンはずっとくつろいで優雅だった。そう思うと、ジェームズは傷ついた。

ロードで踊ったワルツを思いだすと、胸がえぐれるように痛んだ。見捨てられた館のがらんとした部屋で、楽団やともに踊る仲間がいなくても、ふたりは魔法にかけられた。アンが腕の中でとろけ、ふたりの体がひとつになったような気がした。

くそっ、なんという意気地なしだ。ぼくは全身全霊でアンを愛している。この女性が命を捧《ささ》げても惜しくない愛する人なのか、それとも会ったばかりの他人なのか、たしかめずにおくものか。

曲が終わると、ロードでのワルツの記憶に励まされるように、ジェームズは最後の賭けに出た。「ミス・カルバリー。お名前を気軽に呼んだりして、失礼なことをしてしまいましたね。謝ります。ですが……もう一度だけ聞かせてください。以前どこかでぼくと会ったおぼえはありませんか？」

ミス・カルバリーは軽蔑の笑みを浮かべて一礼した。「本当にがっかりしたと言わせていただきますわ。ロンドン一洗練された紳士だという評判の方が、こんなに……つまらない手を使うとは、驚きました。ヨーロッパのどの国にも、わたしと以前にどこかで会ったはずだとおっしゃる男性がいましたわ。たいていは父から何かを引きだしたい人でしたけれど。あなたの狙いは知りませんが、わたしの答えは同じです。断言します。以前にお会いしたことは……絶対にありません！」

突き放すような言い方だった。ジェームズは怒りに駆られたが、ミス・カルバリーにだけはそれを知られたくなかった。そこでけだるそうにこう答えた。「では、もう一度謝りましょう。あなたを甘く見ていたようだ。あなたのためだけに、特別な手を考えださなくてはいけませんね」

ジェームズは一礼し、くるりときびすを返した。

こんな気性の荒いじゃじゃ馬が、優しくて傷つきやすかったぼくのアンであるはずがない！　ミス・カルバリーはまったくの別人――上級外交官の頑固な娘で、ぼくは愛する人に似た外見にだまされてばかな夢を見ただけだ。アン捜しは、一から出直しだ。

ジェームズはしょんぼりしたハリーを見つけた。バーバラはカードにあるハリーの名前を無視して、ほかの男と踊りに行ってしまったらしい。ジェームズはハリーに飲み物を持ってきてやり、フロアがよく眺められる片隅に連れていった。組になった踊り手たちが次々にそばを通りすぎ、しっぽがあったら振りかねないほど興奮したパートナーと組んだバーバラも、ちらりと視線を投げていった。

「ぼくとは結婚してくれないだろうな」ハリーが陰気につぶやいた。

「ハリー、きみはスペインにいたとき、ぼくの部隊でいちばん勇敢な男だった」ジェームズはぶっきらぼうに言った。「あのころの勇気はどこにいった？　バーバラがスコットランドであんな真似《まね》をしてきた以上、レディ・ファーネスは娘がきみくらい立派な青年のところに嫁ぐなら万々歳という心境になっているはずだ。きみは父上の爵位こそ継がないが、けっして貧しくはない。母親が娘に望むような暮らしをさせてやるだけのものはあるはずだ。バーバラにも違うとは言えないはずだ」

ハリーの顔がぱっと輝いた。「ああ、ジェームズ、そんなこと考えてもみなかったよ！　たしかにそのとおりだ。恩に着るよ、ありがとう。この曲が終わったら彼女を捕まえてこよう」

友人の背中を見送ったジェームズは、ふと、クロックストン卿がすぐそばに立っていることに気づいた。彼は蛇のようなまなざしで、今夜の花形を囲む一団を凝視している。ひっきりなしに紹介を求められ、今夜の話題をさらった、脚光を浴びる父娘を。「見てみろ」クロックストンはせせら笑った。「おべっか使いどもに囲まれてご機嫌だ。サー・ヘンリー・カルバリー、外務省の英雄だと！　あの愛らしいご令嬢については……」ワインを飲みほし、いやな笑い声をあげた。「ひとつふたつ、おもしろい話を知ってるぞ――」そこでクロックストンは唐突に言葉を切り、ジェームズを一瞥《いちべつ》して顔をじかめると、足早に立ち去った。

ジェームズは背筋に冷たいものを感じた。クロックストンに好意を持ったことはないが、今の彼は手負いのけだものだ。だれかがサー・ヘンリー・カルバリーに警告すべきだ。

ジェームズの祖母は噂好きのサー・チャールズと一緒にいたが、話し相手のほうはそろそろその場を離れようとしていた。ひとりになるや祖母はきょろきょろとあたりを見まわし、ジェームズと目が合うと尊大な手招きで呼びつけた。「わたくしもカルバリー父娘に会いたいわ、ジェームズ。フランセス・ペンデルが喜んで紹介すると言っていたから、父娘を連れてくるように頼んできてちょうだい」

ジェームズは、アンにうりふたつのくせに性格は正反対のミス・カルバリーと顔を合わせたい気分ではなかった。だが、祖母を納得させるだけの言い訳は思いつかなかった。「わかりました。でも、どうしてあの父娘に会いたがるんです？」

祖母はとぼけた笑みを浮かべた。「理由なんているかしらねえ？　ふたりはロンドンの新顔なんですよ。それに、あのかわいそうな娘さんには、グレンビルやポーティアスより生きのいいパートナーをあてがってやらなくちゃ。グレンビルは若いころでさえ足元がふらついたし、ポーティアスは今も昔も死んだ熊同然ですからね。あんな勘違いしたおじいさん連中が相手じゃもったいないもの。あの娘さんには品というものがありますよ！　あの様子、とてもいいじゃないの。ほら、行って、ジェームズ！」

ジェームズの祖母は今も社交界の重鎮だったので、レディ・ペンデルはすみやかに指示に従った。やってきたカルバリー父娘を祖母は愛想よく迎え、サー・ヘンリーが手にキスすると寛大にほほえんだ。

「この方が、あなたのお嬢さんね」父親のそばに控えめに立つ娘に目をやる。

「娘のアントニアです」

紹介された娘がお辞儀をした。

「まあ、感じがいいこと！」レディ・オルドハーストが言った。「すてきな方ね」そして背後に控えたジェームズを振り返った。「うちの孫をご紹介するわ。オルドハースト卿です」

ジェームズが前に出ると、ミス・カルバリーの顔がこわばった。ジェームズは一礼し、きまり悪そうにほほえんだ。「ミス・カルバリーには先ほどお目にかかりました。きっとぼくにはよくない印象をお持ちでしょう。その……ぼくは彼女を別人と勘違いして、動揺させてしまったようですから。許していただけますか？」

「もちろんですわ」ミス・カルバリーはそっけなく言った。「それにしても、どうしてわたしが動揺したなんて思われたのかしら？　少し腹を立てたかもしれないけれど、それだけですわ。間違いはだれにでもありますものね」

サー・ヘンリーは笑った。「アントニアは図太くてね。この子を動揺させるのは至難の業ですよ」

ジェームズは近いうちに試してやろうじゃないかという大人げない決意を抱きかけた。だが、そのときサー・ヘンリーが娘の肩に愛情のこもった手を置いた。その中指の指輪を見たとたん、ジェームズは凍りついた。黒い宝石がついた、重厚な金の指輪。

彫られた頭文字もはっきり読みとれた――HJC。間違いなくホルフォードの息子が川の中で見つけた指輪だ。

アントニア・カルバリーは、やはりアンだ！　財布の頭文字のACはアントニア・カルバリーを示していたのだ。

アントニア・カルバリーは人妻ではない。指輪の内側に彫られた愛の言葉は、父親に捧げられたものだった。ぼくのアンは見つかったばかりか、好きな相手と結婚できる状況にいる。

この発見でわきたった熱い感情は、アンの記憶が新たな罠《わな》を仕掛けたという不愉快な現実に思いがいたると、少々冷えた。天性の名女優であれば話は別だが、アンは演技をしていない。アンはジェームズの記憶を、ハザートンで過ごした日々と一緒に忘れ去っている。ジェームズの人生を変えた恋愛事件は、愛する相手の記憶には存在しないのだった。

祖母の声がジェームズの憂鬱な物思いを破った。

「ジェームズ」サー・ヘンリーとの会話を終えた祖母が、もどかしそうに孫息子を見ていた。

「なんです？」

「ミス・カルバリーがおっしゃるには、次のダンスの相手がまだ決まっていないんですって」

ミス・カルバリーは急いで訂正にとりかかった。

「レディ・オルドハースト、わたしはそんなことは……」

だがジェームズの祖母は一枚も二枚も役者が上だった。女性ふたりが礼儀正しく否定と弁明の言葉を闘わせる間に、ジェームズは腹を決めた。愛するアンであると同時に、まったくの別人でもあるミス・カルバリーを、苦境に追いこむような真似をするわけにはいかない。お目付役もおらず、使用人も連れずに、ハザートンで自分と過ごした日々のことが世間にもれたら、ミス・カルバリーの評判は地に落ちる。爆弾のような秘密は、自分ひとりの胸にしまっておかなくては！

大きな疑問が、まだひとつ残っていた。あの愛は終わってしまったのだろうか？　あれほど強かった感情が、完全に消えてしまうものなのか？　ジェームズはアンを見た。

ミス・カルバリーは冷たい笑みを浮かべた。「レディ・オルドハーストはとてもご親切ですけれど、わたしは本当に――」

それ以上言われる前に、ジェームズは特別に魅力的な笑みでさえぎった。「すばらしい名案だ！　ミス・カルバリー、どうかお願いします。断るわけにはいきませんよ。もし断ったら、ぼくは結局許してもらえなかったと思うしかない。あなたを怒らせたことは猛反省しています。どうか、もう一度だけ、ぼくと踊ってくれませんか」そして挑戦するように手を差しだした。

12

アントニアは生まれてから一度も挑戦から逃げたことはないし、今さらその記録に傷をつける気もなかった。だが目の前に差しだされた手を見ると、強いためらいを感じた。さっきアントニアが手厳しくやっつけたとき、オルドハースト卿《きょう》はほほえんでいたが、目は笑っていなかった。かんかんに腹を立てていたのだ。その同じ人がどうして今、わたしのことは何もかも知っているような、しかも好意的な目で見つめるのだろう？　まるで昔からの友達どうしのように。それともこれは、名うての遊び人だというオルドハースト卿の、危険な魅力のひとつなのかしら？

濃いグレイの瞳は熱っぽく、きみ自身よりもきみを知っていると言いたげだった。もちろん、ばかげた話だ。アントニアはあごをつんとあげ、片手でドレスのすそをつまんだ。「いいわ、オルドハースト卿。お受けします」そしてもう片方の手を彼の手にのせた。

オルドハースト卿の手が自分の手を包みこむと、どういうわけか、手袋を通して彼の手の感触がありありと伝わってきた。信じられないほどなつかしい……。その手を頬に引きよせ、彼の体をもっと近くで感じたい。アントニアは慌てて一歩下がり、自分の手を勢いよく引き抜いた。足元がよろめくと、オルドハースト卿の手が伸びた。

「ミス・カルバリー!」腕でアントニアの腰を支える。「具合が悪いんですか?」

同情と……それとはまた別の感情があらわれたまなざし。満足かしら? どちらだとしても許せない! アントニアは気力を振りしぼって背筋を伸ばした。「なんでもありませんわ、ご心配なく」アントニアは平静を装った。「さあ、踊りましょう」

オルドハースト卿のリードでフロアに出ると、音楽が始まった。ワルツでなくカントリーダンスだったのは不幸中の幸いだった。アントニアはお辞儀をし、ふたりは踊りはじめた。

そのアントニア・カルバリーの背中を、憎悪の目で追う男がいた。かつては人前で彼と会話しようとやっきになっていた面々に避けられ、しかたなく部屋の片隅に引っこんだ男だ。近くイギリスを追われる予定のクロックストン卿は、みずからの零落ぶりをこれ以上ない屈辱と受けとめ、サー・ヘンリー・カルバリーとそのいまいましい娘を逆恨みしていた。なぜブリッグスと役立たずの手下は、あの娘を逃がすようなへまをしたのか? あの間抜けどもがしっかりと娘を抑えておきさえすれば、災難は避けられたのだ。目に入れても痛くない愛娘《まなむすめ》が、自分が破滅させようとした男の手に落ち、解放の時期も――用がすんだらの話だが――その男のさじかげんひとつだと聞かされたときのカルバリーの苦悩ぶりをこの目で見られたら、さぞかし胸がすっとしただろうに。それもこれも、ブリッグスのせいだ……。

またひとり、かつての友が故意に目をそらして通りすぎた。クロックストンは舌打ちし、舞踏室からテラスに出た。

最初のうち、アントニアは前回と同じく警戒していたが、ダンスが進むにつれて肩の力が抜けていった。オルドハースト卿は評判からすると信じがたいほどまじめだった。それどころか、アントニアがこれまで組んだパートナーのだれよりもお行儀がよかった。触れたくないのかと思うくらい、アントニアを抱く手は遠慮がちで、腕にまわした手は教本どおりの秒数で離れていき、ふたりの距離はけっして縮まらなかった。

「ロンドンは目新しいでしょう、ミス・カルバリー」しばらくしてオルドハースト卿が言いだした。「海外はあちこちに行かれたそうですね」

触れられるたびにおかしな衝動に駆られる状態で、会話までするのはひと苦労だったが、これまで難しい局面を乗りきってきた経験が役に立ってくれた。

「ええ、新鮮ですわ」まずまず落ち着いた声が出せた。「まだほとんど見物していませんの。世界はあちこち見てまいりましたけれど。母が亡くなったあと、父はどこにでもわたしを連れていったものですから」

「奇妙な経験もされたでしょうね」

アントニアは無理に笑みを浮かべた。「したかもしれませんわ！」

「心細い思いや……怖い思いをしたことも？」

平静が吹き飛んだ。地下室や、血だまりの中に倒れたローソンや、例の馬車が目の前によみがえる。アントニアはそれらの映像を遮断した。どれも忘れたほうがいいものばかりだ。アントニアは唇を噛《か》み、そっけなく言った。「ありますわ。でも、そういうことは考えたくありません、オルドハースト卿。とくに踊っているときには」

音楽の切れ目で体が離れ、ほっとしたのもつかのまだった。オルドハースト卿がまた質問を始めたのだ。「どうしてこれまでお見かけしなかったんでしょうね。ロンドンにはいつからご滞在でしたか？」

どきりとしたが、アントニアは冷静に答えた。「ほんの最近ですの」話題を探して頭の中を手当たりしだいに探る。「レディ・カータレットはすてきな装飾を発明されたようですわね。たとえば……あんなふうに……蔦《つた》をアーチに這《は》わせたところなんて、いかにも効果的ですわ」

「ええ、じつに」

二、三分沈黙が続いたあと、オルドハースト卿がしょうこりもなく質問を再開した。

「お父上はすっかり回復されたんですか？」

「もうほとんど」

「お父上のロンドン到着が遅れたのは、ご病気のためだったとか」

どうしてこの人は、こっちが必死に避けている話題をしつこく振ってくるの？　わたしが話したがっていないのがわからないの？　アントニアは努力して穏やかに答えた。「まだ疲れやすいようですけれど、すぐに元の健康を取り戻すでしょう」そしてまた当たり障りのない話題を持ちだす。「あの……今夜の楽団は優秀だとお思いになりません？」

「優秀です。それにしても、お気の毒だ」

「何がですの？」

「あなたとイギリスの出会いがかぐも不運だったことですよ。お父上が病気だったのなら、ポーツマスからロンドンまでの道中は、牛歩のような鈍行だったでしょう? おふたりとも、さぞかし退屈されたでしょうね」

また音楽の切れ目で体が離れた。アントニアは怒りを抑えきれなくなっていた。ここまでくると、わざとだとしか思えない。彼女は棘《とげ》のある声で言った。「どういたしまして、景色を堪能できましたから!」あごをあげ、明るい笑みをみせつける。「イギリスの田園風景があんなに魅力的だなんて、知りませんでしたわ。父もわたしもうっとりいたしました。お天気にも珍しいほど恵まれましたし」あとひと回転よ、そう自分に言い聞かせながらくるりとまわった。そうすればこの果てしないダンスが終わる。「このお天気、もちますかしら?」それが卿と最後に向かい合ったときのアントニアのせりふだった。

音楽が弾みをつけて終わると、アントニアは心底ほっとしながらお辞儀をし、答えを待たずにフロアを離れようとした。

だがオルドハースト卿は追いつき、アントニアの腕をとった。「待ってくれ、ミス・カルバリー」彼はとがめるようなまなざしでアントニアを見おろした。「がっかりしたよ。見損なった」

アントニアは驚いて見あげた。片眉をつりあげると、オルドハースト卿の目におもしろそうな光が宿った。「どういう意味ですの?」

夜が更けるにつれて舞踏室が蒸してきたため、だれかがテラスに通じる窓を開けたらしい。オルドハースト卿はアントニアを窓辺に引っ張っていったが、アントニアが拒むそぶりを見せると、あえてテラスに出ようとはしなかった。

「ロンドンまでの旅の話題を避けたいなら」オルドハースト卿は静かに言った。「海外暮らしの長い若い女性らしく、もっと興味深い話題を出したほうがいい。レディ・カータレットの装飾や楽団や天気だって？　そんなつまらない話なら、どんなばかにだってできる」

アントニアの喉がひりついた。やっぱり偶然じゃない。オルドハースト卿は、わたしの行方不明のことをどこかで聞きつけて、かまをかけているのだ。不利なときほど闘志を燃やすたちのアントニアは、奮いたった。「退屈させたのならごめんなさい」わざと甘い声を出す。「お相手に合わせた話をしたつもりでしたの」

ジェームズは大声で笑いだした。「よく言うな！　きみにそんな意図はなかった。どうして帰国後の話題を避けようとするんだ？」

おばの使用人がしゃべったのだろうか？　行方不明の話が、使用人の社会から、もっと上層へと広がりはじめているの？　アントニアの背筋に冷たいものが走った。同じことを父に聞く人間があらわれたらどうするの？　まず父に真相を打ち明けなかったことの危うさを、アントニアは今さらのように痛感した。アントニアは低い声を出した。「ご推察のとおりよ。わたしは帰国後の話をしたくないの。それを根掘り葉掘り聞きたがるのはどうして？　あれは心労の耐えない日々だったわ。だから話したくないだけ」アントニアは両手の震えを隠そうと握りしめた。だが、隠そうとすればするほど声がうわずった。「父を質問攻めにするのはご遠慮いただけると助かるわ。まだ体調が万全とは言えないし、負担になりますから」

オルドハースト卿はからかうような表情を引っこめ、真剣な顔になった。そしてアントニアの手をとり、しっかりと握りしめた。「そんなことはしない。父上にもあなたにも、負担をかけるつもりはないんだ」

アントニアは不思議な安らぎをおぼえた。また、あの現象が始まった。自分の手を包みこむ彼の手の感触、全身の血が沸騰する感覚……。もっと近づきたい、彼の腕に抱かれたいという奇妙な願望……。わたし、どうしてしまったの？

「助かります」アントニアはかろうじて言うと、そっと手を引き抜いた。

「あなたの旅行の話をもっと聞きたいな。乗馬はしますか、ミス・カルバリー？」

「もちろん。ロンドンではまだ乗っていませんけど」

「明日の朝、一緒にいかがです？ハイドパークの乗馬道を案内しますよ」

「だめに決まっているわ！ あなたのことはほとんど知らないのに」

「それは時間とともに解決される問題だ。ぜひ行きましょう！ 約束します……ぼくはお行儀よくしますよ」オルドハースト卿の目には小さな笑みがあった。

アントニアはまた強烈な引力を感じた。行くと言いたくてたまらなかった。

「断られそうな雲行きだな。馬車で走るほうがお好みですか？ それとも……おじけづいたのかな、ミス・カルバリー？」

「おじけづくですって？ まさか！ どうしてわたしがおじけづくの？ 何も怖いことなんてないのに」声がうわずり、アントニアはせき払いした。用意した完璧な断り文句は、オルドハースト卿の顔を見たとたんに消えてしまった。彼はたしかにほほえんでいるのに、どこか不安げに見えるのはどうして？「いいわ」言葉が勝手にすべりでた。「ハイドパークで乗馬をしましょう。でも、朝のうちにすませなくちゃいけない用事があるから、お昼ごろで大丈夫かしら？ さあ、もういいかしら。そろそろ父のところに戻りたいわ」

クロックストンはふたりが遠ざかる足音を聞いていた。しばしテラスで考えこんだのち、女主人に別れの挨拶もせずにカータレット邸を出ると、ブリッグスを捜して夜の街へとさまよいでた。

早起きを信条とするサー・ヘンリーは、就寝が遅い時間だったにもかかわらず、アントニアが一階におりてきたころにはすでに朝食を終えていた。

「こんなに早くおまえの顔が見られるとは思わなかった」サー・ヘンリーはいつものように礼儀正しく起立して娘を迎えた。

「眠れなかったものだから。おば様が起きてくるより前にパパに会いたかったのよ」

サー・ヘンリーは笑った。「妹ならしばらくおりてこないよ。遅寝遅起き――フランセスはいつもそうだ。わたしに用事があるのかい？」

「図書室に行きませんか？」

サー・ヘンリーの口元にはまだ笑いが漂っていた。

「深刻そうだな！　結構。おまえさえよければ、いつでもいいよ」

図書室に入るとアントニアは注意深くドアを閉め、父が書き物机の後ろの椅子に深々と腰をおろすのを待って、その前に立った。

「ずいぶんまじめな顔だな、アントニア。どうした？　恋に落ちたわけじゃないだろうね」

「やめて、パパ！　そんなことじゃないの。今はだれとも関わりを持ちたくないわ。オルドハースト卿と乗馬の約束をしてしまったことも後悔しているくらいよ」

「べつに悪いことはないじゃないか？　ハイドパークなら危険なこともないし、オルドハースト卿には付き添い役として合格点を出せる。わたしの友人たちの意見を総合すると、しっかりした考えを持った男だそうだ。どうしてだれとも関わりを持ちたくないんだね？ ロンドンに来た意味がないじゃないか」

アントニアは思っていたより難しいことに気づいた。「あの……わたし……打ち明けなければいけないことがあるのよ。パパがすっかり元気になるまで待つつもりだったけど、これ以上はとても……」

「こらこら、焦《じ》らすんじゃない。どうしたんだ？ クロックストンのことじゃないだろうね。あの件には片がついた。あれほどの重大事はそうそうないだろう」父親は辛抱強く待った。

「ポーツマスで、パパと別れたあと、問題が起きたのよ」

サー・ヘンリーは思わず立ちあがり、驚きの声をあげた。「ポーツマスだと？」

アントニアは縮みあがった。

父親は厳しい目で娘を見てから優しく言った。

「案ずるより産むがやすしだよ、アントニア。座って、話してごらん。どんなことだろうと、力を合わせて当たろう。われわれは、いつもそうしてきたじゃないか。だが、それにはまず話してもらわなくては！」

アントニアはハンカチをひねりながら座った。そして深呼吸すると、語りはじめた。「おぼえているかしら？ ポーツマスに上陸したとき、パパは高熱が出て、とてもロンドンに直行できる状態じゃなかったわ。そこでわたしたちは、時間が迫っていることもあって、わたしが外務省宛の書類を持って先にロンドン入りしても危険なことはないと判断したのだったわね」

「おぼえているよ。それで？」

「その判断が間違っていたのよ。上陸した段階で、すでにクロックストンの配下が待ち伏せしていたの。

ローソンとわたしがパパを置いて出発したとたん、男たちが追ってきたわ。ローソンが足止めしてくれたけれど、長くはもたないのが目に見えていた。だからわたしはマーサに書類を渡して、出発直前のロンドン行きの駅馬車に乗せたのよ」

「機密書類を使用人に預けたのか？」

「あのときはそれが最善の策だったのよ。最後まで聞けば、パパもそう思ってくれるでしょう。マーサは無事にその場を離れ、ローソンとわたしは先週、マーサの手から書類を回収したわ」

「追っ手はどうやってまいた？」

「まいてはいないの。捕まったのよ」アントニアは言葉を切ってつばをのみ、また続けた。「わたしは船着き場に近い裏通りの宿屋に連れこまれたわ。書類を持っていないと言ったけれど、やつらは身体検査をすると言い張ったの」

サー・ヘンリーが大声をあげたので、アントニアは急いでなだめた。

「大丈夫よ、パパ！　宿屋のおかみさんが止めに入ってくれたのよ。〝罰当たりなことはやめなさい。あたしが代わりにやってあげるから〟と言って」アントニアは苦笑いした。「おかみさんは見返りにわたしの襟付きマントとドレスと靴を手に入れ、わたしは安物のドレスと靴をもらったの。男たちの手から救ってくれたことに感謝していたから、たとえ反論できたとしても、しなかったと思うわ！　わたしはひと晩地下室に閉じこめられて、翌朝ロンドンに向かう馬車に乗せられたの」

サー・ヘンリーは怒りのあまり立ちあがり、娘に詰めよった。「アントニア、そんなことがあったのか！　どうしてもっと早く言わなかった？　クロックストンをつるすところをこの目で見てやったのに！」

「お願いだから、パパ、落ち着いて。興奮すると体に障るわ。みんな無事に切り抜けたんだし、書類も無事に期日までに届いたじゃないの」

「ローソンがおまえを助けたのか？」

「いいえ……そうじゃないわ。馬車が曲がる道を間違えて、そのあと事故が起きたの。街道を外れた道に入りこんだせいで、ローソンにもわたしが見つけられなかったのよ」

「事故？」サー・ヘンリーが顔面蒼白《そうはく》になった。

アントニアは結論を急ぐことにした。「馬車が引っくり返ったおかげで逃げだす隙ができたのよ。それから……パパの二日後、わたしはこの家にたどり着いたの。パパはわたしが風邪を引いているから会えないと聞いていたでしょう。実は、わたしはいなかったのよ」

「そんなばかな。十日かそれ以上はあったはずだぞ。おまえはいったいどこにいたんだ？」

沈黙のあと、アントニアが答えた。「パパに打ち明けなきゃいけない話というのは、それなのよ。というのは……わからないの。事故のあと馬車から逃げだしてから、この家の玄関にたどり着くまでのことを、わたしはなにひとつおぼえていないわ」思わず唇が震えた。「わたしは自分の人生の十日間を、すっかり忘れているのよ、パパ！」

サー・ヘンリーはアントニアを抱いて背中を撫《な》で、娘の無事を天に感謝した。それから落ち着きなく室内を行ったり来たりし、ときおり立ちどまっては娘に質問を投げ、クロックストンへの復讐《ふくしゅう》を誓った。さらにはレディ・ペンデルとローソンを呼びつけ、娘の行方不明を隠していた理由を激しい口調で問いただした。

やがてまわりの話に耳を貸す余裕を取り戻すと、サー・ヘンリーは新たな脅威に思いいたった。アントニアの行方不明事件は、ロンドン中のスキャンダル愛好家にとって格好の餌だ！　アントニアの名誉は泥にまみれ、いい縁談に恵まれる可能性は無に等しくなる。果てしない悲嘆と議論の果てに、アントニアはしぶしぶハイドパークに乗馬に出かけ、父親とレディ・ペンデルは図書室にこもり、今後の方針を協議することにした。

13

ハイドパークの門の向こうで待っているオルドハースト卿《きょう》を見たとたん、アントニアは持ち前の冷静沈着さに対する自信を失いかけた。胸がどきんとしたのは、理性が働いていない証拠だ！　昨夜と同じくらい強烈な引力も感じる。初対面のときのなれなれしい態度に対する反感や、おばの忠告も、胸のときめきを静めることはできなかった。オルドハースト卿は絶対にわたしを傷つけないという確信があるのはなぜだろう？　もしそれが間違っていたら？　だがアントニアは疑問を頭の片隅に追いやり、できるだけ醒《さ》めた声で挨拶した。

「おはよう」オルドハースト卿が軽くほほえんだ。

うぬぼれ屋の遊び人だとおばに聞かされていなかったら、アントニアはその笑みに安堵《あんど》がにじんでいると思うところだった。安堵と、もうひとつ別の感情……。アントニアを見る目はまるで、やっと見つけた宝物をいつくしむようだった。

「い、いい日よりですわね」動揺してはいけないと気張るあまり、アントニアの舌がもつれた。オルドハースト卿の馬係が、目をまるまると見ひらいて自分を凝視しているのも気になる。

「あなたがいればこそだ」

アントニアは頬が熱くなるのを感じた。もっと見えすいたお世辞を顔色ひとつ変えずにあしらってきたのに、十六歳の小娘みたいに真っ赤になるなんて。

ふたりは馬首をピカデリー方面に通じる出口に向け、ゆっくりと進みはじめた。

「こんな早い時間にはまるで人けがなくてね」オルドハースト卿は言った。「でも夕方の五時になると、馬車と馬がぎゅうぎゅう詰めで身動きがとれない。

それがロットン・ロウだ」

「噂《うわさ》には聞いていたわ」アントニアはまっすぐに延びる乗馬道を見通した。「誘惑に駆られるけれど、おばが言うには、ギャロップで駆けたら眉をひそめられるとか」

「ああ。でも眉をひそめる人間なんてどこにいる？　ぼくは他言しないよ。もちろん、このサムも」

「そうだとしても、今のところはお行儀よくしておくことにするわ」

「では、お行儀よくいこう。行ったことのある土地の話をしてくれないか。ぼくはポルトガルとフランスとスペインならよく知っているが、そのほかの国には詳しくないんだ」

「スペインには、ウェリントン公のお供で？」

ふたりは品のよい速度でロットン・ロウを進みながら、スペインとフランスについて話し合い、あっというまに道の終わりにたどり着いた。オルドハースト卿はその気になれば軽薄な冗談を封印し、明晰《めいせき》な語り口で興味深い意見を述べることもできたので、アントニアは喜んで耳を傾けた。それどころか、門のところに戻るころにはすっかり楽しくなってしまい、明日も同じ時間に乗馬をしようと誘われると、ふたつ返事で承知してしまった。

オルドハースト卿はアントニアをアッパー・グローブナー通りまで送り、馬をおりるのを手伝った。ローソンが雌馬を連れて厩舎《きゅうしゃ》に向かうと、アントニアは手を差しだした。「ありがとう。とても楽しかったわ。明日が楽しみです」

「今夜はレディ・フェンウィックの晩餐《ばんさん》会に？」

「いいえ、父はしばらく静かに過ごすことにしているんです。疲れすぎるといけないから、今夜は家にいて、おばとわたしだけ音楽会に行くわ」

「ぼくがエスコートしてもいいかな？」

アントニアは首を振った。「うれしいけれど、ウィリアム・チャタリス卿とお約束があるの」

オルドハースト卿は眉をひそめたが、うなずいた。「だったら、明日の朝に会いましょう。それではまた、ミス・カルバリー」

アントニアはオルドハースト卿と二度目の乗馬を約束してしまったことを、おばにどう説明しようと悩みながら屋敷に入った。でも、ロンドンで会った男性の中で、彼ほど興味を惹《ひ》かれる男性はいない。今朝の乗馬も楽しかったし、おばに危険だと忠告されたからといって、楽しみをあきらめるつもりはない。旅先では、しょっちゅう危険と隣り合わせだった。危険は人生の香辛料なのだ。

その日の晩方、サー・ヘンリーはひとり図書室にこもり、今後とりうる選択肢について検討を続け、悲観的な見通しに頭を痛めていたが、そこへ執事が名刺を持って入ってきた。

「オルドハースト卿？　今夜は会えないぞ。またの機会にと伝えてくれ」

「大変お急ぎのご様子でいらっしゃいます。緊急かつ内々のお話だということですが」

そういえば、アントニアは今日オルドハーストと出かけていたはずだ。その彼がいったいなんの用だ？　サー・ヘンリーはため息をついた。「しかたあるまい。案内してくれ。レディたちは音楽会だったな？」

「はい。三十分前にお出かけになりました」

「ワインを持ってきてくれ。いや、ブランデーがいいかもしれないな。オルドハースト卿の希望しだいだ」

ジェームズは部屋に入った。勧められた椅子は断ったものの、サー・ヘンリー秘蔵のブランデーは受けいれた。緊張した様子はないが、話の切りだし方をためらっているようだ。

「何かわたしで力になれることがあるのかな？」サー・ヘンリーがうながした。

ジェームズはグラスを置き、唐突に言いだした。

「お嬢さんに求婚する許可をいただきたいのです」

サー・ヘンリーは驚愕《きょうがく》した。まさかこんな用件だとは！　今日の衝撃はこれで最後だといいのだが。彼は用心深く答えた。「これは驚いたな。きみはわたしの娘のことをほとんど知らんだろうに」

「そうでなかったら反対されますか？」

「いいや。きみが娘を知っている程度にしか、わたしもきみを知らないのでね。だが、きみは気骨のある男だという評判は聞いている。理想的と言えるかもしれないな。世間は娘がすばらしい縁組みをしたと思うだろう。いや、反対はしないよ。もちろん、娘の代わりに返事をすることはできない。もう気づいているだろうが、あの子は自分の頭を持ったレディなのでね」

「まったくです！　それにもし、現時点でぼくが申しこんだら、お嬢さんは断るでしょう。ぼくはむしろ……お嬢さんがぼくをよく知ったと思ってくれるまで待ちたいと思います。ですが、希望は持っています……」ジェームズは沈黙してから、慎重に切りだした。「お伝えしたい話があります、サー・ヘンリー。ですが、話す前に、このことはお嬢さんには内密にすると約束していただけないでしょうか。その代わり、ぼくもプロポーズの成否にかかわらず、沈黙を守るとお約束します」かすかな渋面にこたえるように、ジェームズは続けた。「やけに謎めかして聞こえるでしょうが、終わりまで聞いていただければ、必ずご理解いただけるものと思います」

目下の憂鬱にもかかわらず、サー・ヘンリーは好奇心を刺激された。今日は打ち明け話の多い日だ。オルドハーストはいったい何を言いだすつもりなのだろうか？　サー・ヘンリーはうなずき、客にあらためて椅子を勧めると、どんな内容であれ、それが今朝聞かされた告白よりも穏健なものであることを祈った。

ジェームズはポケットから金鎖をとりだし、それをふたりの間のテーブルに置いた。「お嬢さんは最近、事故に巻きこまれたことがおありのはずです。そのことは彼女から……お聞きになりましたか？」

サー・ヘンリーは鎖を調べ、眉をひそめた。「もちろん。だが、きみはその件について何を知っている？　どこでこの鎖を手に入れた？」

ジェームズはほほえみ、首を振った。「信じてください、サー・ヘンリー。ぼくに悪意はありません。これは事故の現場で見つかり、発見者の手によってぼくのもとに持ちこまれた品です。あなたが今、指にはめていらっしゃる指輪に結びつけられていました」

ジェームズは待ったが、返事はなかった。

サー・ヘンリーの顔からは表情が完全に消えていた。「そうかね」

「先ほど、ぼくがお嬢さんのことをほとんど知らないだろうとおっしゃいましたが、それは誤解です。ぼくはお嬢さんを愛しており、この世のすべてと引きかえにしても妻に迎えたいと願っています」

サー・ヘンリーが沈黙したままなので、ジェームズは続けた。

「事故が起きたのは、今から一週間以上前のことでした。そのあと、何が起きたかご存じでしょうか？」

沈黙ののち、サー・ヘンリーはあきらめたように首を振った。「世間にはもれないでほしいと思っていた」絞りだすような声だった。「だが、きみが知っているか、何か聞いているのは明らかだ」また沈黙があった。「アントニアは馬車の事故以降、ロンドンに到着するまでの記憶を失っている。知っていることがあるなら、ぜひ教えてほしい」

「事故が起きた現場は、ハザートンにあるぼくの祖母の屋敷からそう遠くない地点でした。ミス・カルバリーは馬車から逃げだし、ロンドンに出発できる体力を取り戻すまで、ハザートンに隠れ住んでいたのです」

一瞬、サー・ヘンリーの老練な外交官らしい無表情が崩れた。「なんだと？」声を荒らげたあと、また冷徹さが戻った。「その話が本当なら、レディ・オルドハーストからわたしのところに連絡がなかったのが驚きだ」

「祖母は知りません。ハザートンにはいませんでしたから。使用人をのぞけば、ミス・カルバリーはぼくとふたりきりでした」

サー・ヘンリーは席を蹴って立った。「嘘《うそ》だ！」

ジェームズも立ちあがった。「本当です」

「ふたりきり？　きみは家族に連絡も入れず、うちの娘を自分のもとに引きとめておいたと言うんだね」言葉は穏やかだが、サー・ヘンリーの声は怒りで震えていた。「そして今夜、あやまちを挽回《ばんかい》するためにに結婚を申しこみに来たと」サー・ヘンリーはつかつかと歩きだし、くるりときびすを返すと冷たく言った。「わたしはきみを誤解していた。紳士であり、名誉を重んじる男だと思っていた」

ジェームズは辛抱強く言った。「そのとおりです」

「率直に言って、きみはそのどちらでもない！　まともな娘をすぐに家族のもとに返すどころか、連絡さえ入れなかった理由を説明できるのかね？　あの子が誘惑に負け、自分から滞在したがったとは言わせないぞ！　さあ、説明したまえ！　ぜひとも知りたい。きみがそこまで……卑劣な行動に出た理由を」

ジェームズは青ざめていたが、忍耐力は失わなかった。「あなたがお嬢さんを心配されるのは当然のことでしょう。ですが、これ以上ぼくを侮辱する前に、ぼくが名誉を重んじる男であり、ミス・カルバリーに対しては、彼女にふさわしい最大限の敬意を払ってきたことを知っていただきたいのです。ぼくがお嬢さんとの結婚を望むのは、彼女を愛しているからであり、ほかの理由などありません。とはいえ、ぼくは奇跡の使い手ではないのです」

「どういう意味だね？」

「お嬢さんが自分の身元を教えられなかった以上、家族のもとに戻すことも不可能だったということです！　ぼくが発見したとき、お嬢さんは意識を失った状態で、祖母の屋敷前の私道に倒れていました。屋敷に運びこんだあと、早い段階で、お嬢さんが誘拐され、なんらかの事故をきっかけに逃げてきたことが明らかになりました。ですが、お嬢さんは自分の名前も、私道で意識を失う以前のことも、思いだせなかった。一時は生命さえあやぶまれる状態だったので、ぼくは彼女をハザートンにかくまい、祖母の家政婦の手で看病させたのです」

「だが、どうしてそこまでひどい記憶喪失に？」

「おそらく逃げる途中で頭を打ったせいでしょう」ジェームズは苦笑した。「記憶のいたずらは、それだけではすみませんでした。お嬢さんはロンドンに戻ったとたん、今度はハザートンでのことをすっかり忘れてしまったのです。ぼくのことも含めて。ぼくは……お嬢さんがハザートンにいる間に彼女を愛するようになり、また……お嬢さんもぼくを愛してくれていたと信じています。彼女が何もおぼえていないという事実は受けいれがたいものでした」

「なるほど……」

「お嬢さんがハザートンを出ていったのは先週のことです。突然の、しかもぼくが知らない間の出発でした。すぐに行方を捜しましたが、完全に手詰まりで、昨夜《ゆうべ》レディ・カータレットの舞踏会でお見かけしたときには目を疑いました。申しあげたとおり、お嬢さんは今のところ、ぼくのことも、ハザートンで過ごした日々のことも忘れているようです」

サー・ヘンリーは探るような目を向けた。「思いだしたがっていると思うかね？」

「お嬢さんはまだ、ぼくを愛してくれているはずです。思いだしてくれることを願っています」

「娘に直接聞けばいい、オルドハースト。真実を話すんだ」

「ぼくもそうしたくてたまらないのです。ですが、彼女がハザートンにいる間、専門家に助言を求めたことがあります。記憶が自然に戻るのを待つべきだと勧められました。今もその対処法が当てはまるのではないでしょうか」

サー・ヘンリーは考えこんだ。「いい助言だ。今思いだしたが、ウィーンで記憶喪失の患者を見たことがある。現地の医師たちも同じような助言をしていたな」残念そうに首を振る。「きみもさぞかし辛《つら》いだろうな……」

いったん言葉を切ってから、サー・ヘンリーは続けた。

「許してくれ。さっきは早合点でものを言ってしまった。きみはアントニアのために最善の手を打ってくれたようだし、そのことには感謝する。だが……あの子もきみを愛していると、そう言いきれるのはどうしてだ？　一週間かそこらでは、長続きする情熱が生まれるには不十分だと思うが」

「今思えば、一日でも十分だったでしょう」ジェームズはまた苦笑した。

「ふむ」サー・ヘンリーは腰をおろした。「さて、きみはどうしたらいいと思うかね？」

「ぼく個人としては、あなたのお許しが出れば、アンの愛を勝ちえたように、アントニアの愛も勝ちえたいと思っています」

「アン？」

「お嬢さんが思いだした名前です。ぼくは彼女をそう呼んでいました」

「興味深いな。アンはあの子の母親の名前だ。よろしい。わたしはきみの邪魔はしない。ただし、言ったとおり、アントニアは自分の意思を持った娘だ」

ジェームズは頬をゆるめた。「それでこそ、ぼくの愛する人です。ハザートンにいたとき、お嬢さんは心細げで、不安そうでしたが、だれよりも勇敢でしたから」

サー・ヘンリーは笑ってうなずき、椅子を勧めた。

ジェームズは座ってから尋ねた。「お嬢さんが誘拐犯の手に落ちたいきさつはご存じですか？　こうして彼女の身元を知ってみると、黒幕はクロックストンではないかという気がするのですが。この読みは正しいでしょうか？」

サー・ヘンリーは今朝アントニアから聞いたばかりの話をした。

その話を聞き終わると、ジェームズは尋ねた。

「お嬢さんの身は今でも危ういと思われますか？」

「そうは思わない。クロックストンは敗残兵だ。摂政皇太子に対する影響力も失ったし、まもなく永久にイギリスを追放される。やつの野望はすでについえた。今さらわたしや娘を傷つけたところで何が手に入る？」

「満足感でしょうか。クロックストンは、あなたのために多くを失った。ぼくはあの男をよく知っているとは言いませんが、見聞きしたことによると、たいそう執念深い男だそうです」

サー・ヘンリーの口もとがゆるんだ。「ただでさえアントニアの件で手いっぱいなのに、これ以上気苦労を背負いこまなくてもいいじゃないか、オルドハースト。クロックストンは爪と牙を抜かれたし、アントニアの身辺にはローソンが気を配る。いやはや、きみが来てくれたおかげで気が楽になったよ。さっきの失礼な言葉は忘れてくれ。よかったら、ハザートンにいたときの娘の話をしてくれないか？」

ジェームズが語るハザートンでのアントニアの様子は、サー・ヘンリーを安心させた。軽はずみな恋ではなかったのだ。ジェームズ・オルドハーストは嵐の中で救った娘を真剣に愛している。

サー・ヘンリーは最後に言った。「きみが助けてくれたのは、娘にとってさまざまな意味で幸運だったな。きみはあの子を守った……」笑みがもれた。「今後も守ってくれたら、これ以上にうれしいことはない。あの子がそれを許すように願っているよ。さあ、期待をこめて乾杯しよう」

翌日、アントニアの部屋に入ってきたレディ・ペンデルは、晩春の花をいっぱいに詰めた籠を持っていた。「あなたによ。すてきだと思わない？　ウィリアム・チャタリスからじゃないかしら。あの人、あなたに夢中みたいだから」

アントニアが抜きだしたカードを見せると、おばの喜びは半減した。

「オルドハースト卿ですって？　もう、アントニア！　だから彼と乗馬に出かけるなんていけないって言ったでしょう」

「おば様、オルドハースト卿はとてもまじめだったし、ちっとも軽薄じゃなかったわ。話も楽しかったし……。あの人、パパとわたしが行った場所をよく知っているの。軽口もたたくけど、真剣にもなれる人なのよ」

「それが手なの」レディ・ペンデルは苦々しげに言った。「まったく、なんてずる賢いのかしら！　甘い言葉やお世辞があなたには効かないとみて、知性に訴えることにしたんだわ。だまされちゃだめよ、アントニア！」

「これは知性に訴えるものじゃないわ」アントニアはおばの気分を害した花に鼻をうずめた。「感覚に訴えるものよ。色とりどりの花でいっぱいの庭が目に浮かぶようだわ。冷たい風から守ってくれる石の壁があって……」

花の香りは鮮烈だった。アントニアの脳裏に四方を壁に囲まれた花園が浮かんだ。小道の果てのベンチに、だれかが座っている。あれがだれなのか、たしかめなくては……。

「アントニア！」おばの声が幻想を破った。

残ったのは濃密な花の香りだけだった。アントニアはため息をつくと、気を取り直して言った。「ねえ、ペンデルおば様、わたしが花を贈られたくらいで有頂天になるなんて思わないで！　花をもらうのは初めてじゃないわ。外国では当たり前のことですもの。それに、この花は実際すてきじゃないの。おば様がオルドハースト卿との乗馬に反対しないでくださるといいんだけど。禁止したりしないでね。昨日はとても楽しかったんだもの」

「だから心配しているんです！　焦《じ》れたレディ・ペンデルは兄に相談に行った。だが、意外にもサー・ヘンリーはアントニアの外出を積極的に奨励したので、レディ・ペンデルはしぶしぶ引きさがるほかなかった。

次にアントニアがオルドハースト卿と出かけたあと、甘い香りのスミレの花束が届いたときも、レディ・ペンデルは何も言わなかった。だがアントニアが花束を自分の寝室に運びこむところを見かけたときには、心穏やかではいられなかった。アントニアが秘密めいた笑みを浮かべてそれを化粧台の鏡の横に飾ったことを知ったら、さらにやきもきしただろう。

かわいそうなレディ・ペンデルは、ひとり気をもみつづけたが、それもカルバリー一家を来週のディナーにお招きしたいというレディ・オルドハーストからの招待状が届くまでのことだった。レディ・ペンデルはそのとき初めて、ひょっとするとオルドハースト卿は本気なのかもしれないと思った。オルドハースト卿の祖母は、孫息子の軽薄な恋愛遊戯に引っ張りだされるような甘い女性ではない。レディ・ペンデルの知るかぎり、オルドハースト卿と噂になった娘たちが、レディ・オルドハーストの晩餐会に招かれたことは一度もないはずだ！　アントニアはロンドンの美しい社交界にデビューする女性《デビュタント》たちが束になってもかなわなかった、難攻不落の砦《とりで》を攻め落としたのだろうか？

14

アントニアは自分が朝の乗馬をどれだけ楽しみにしているか、おばには知られたくないと思っていた。ジェームズ・オルドハーストはロンドンで知り合った中で、いちばん刺激的で愉快な人だった。ジェームズは彼女を動揺させまいと言動に細心の注意を払っているようだった。だが、それでもときどき彼の手が腕に触れたり、馬からおりるのに手を添えてもらったりするときには、アントニアの鼓動は速まり、息が止まったりするのだった。だからといってジェームズを責めるわけにはいかなかったけれど。

ところが、ある日の朝の乗馬中、アントニアがくつろいだ幸せな気分でジェームズの冗談に笑っていると、突然、大きな犬が茂みから飛びだし、牙をむいておそろしい声でうなりかかった。アントニアの馬はすくみあがり、全速力で駆けだした。完全に不意をつかれたアントニアは、鞍《くら》から振りおとされかけた。だが、背筋が凍るような数秒のあと、あぶみを踏みしめ、手綱をしっかり握り直した。続く数分間、アントニアが技術と腕力を振りしぼって自分の雌馬をなだめにかかると、おびえきった馬も徐々に応じる余裕を取り戻し、最後には植えこみの手前で荒い息を吐きながら止まった。まっしぐらに馬を飛ばして追いついたオルドハースト卿《きょう》は、目にも留まらぬ速さで鞍から飛びおり、アントニアの横に駆けつけた。鞍にまたがったままのアントニアは、地面におりたくてたまらなかったが、震えが止まらない自分の足を信じきれずにいた。

「心配しないで」ジェームズが見あげた。「ぼくが受けとめるから」

「これくらい……大丈夫よ」アントニアは言った。

「そこまでしていただかなくても――」

「ぼくの大事なアントニア」ジェームズが優しく言った。「おいで！　さあ！」

その言葉はアントニアの無意識に響いた。凍りついていた体が自然に動きだし、素直にジェームズの腕の中に飛びおりたアントニアは、彼もまた震えていることに気づいて驚いた。ジェームズはすぐに手を離そうとはしなかった。アントニアの体を子供のように抱きあげて優しくゆすり、頬に頬をくっつけた。アントニアの恐怖は跡形もなく消えた。守られ、いつくしまれているという実感が全身にいきわたる。視線が合い、グレイの瞳が群青色の瞳をのぞきこむ。アントニアはキスされるのだと思った。キスしてほしい……今すぐに……。

だが、不意に魔法は解け、困惑と恥ずかしさがアントニアを襲った。「お願い！」アントニアは叫んだ。「おろして、オルドハースト卿。今すぐに！」

ジェームズが激しい落胆の表情を見せたので、アントニアははっとし、彼が手を離さないのではないかと思った。

だがジェームズは深呼吸すると、アントニアをそっと地面におろした。「すまなかった。まだ動揺がおさまらないんだ。きみが……落ちるんじゃないかと、気が気じゃなかった。けがはないかい？」

息を切らしたローソンがふたりに合流し、声をかけた。「アントニアお嬢様、ご無事でしたか？　クロックストンの件が片づいた以上、もう安全だと思っていたんですが――」

アントニアは気を引きしめ直し、制するようにローソンを見た。「ばかなことを言わないで。あの犬があらわれたのは偶然よ」

ローソンはふだんの慎重さを失っていた。「相手がクロックストンでは、偶然を信じる気にはなれません。わたしはお父上にお嬢様の身の安全を託されたのです。ポーツマスでの事件以来……」

「これ以上お父様に心配をかけないで。このことは言ってはだめよ。あの野犬はどこ？　放ってはおけないわ」

だが、犬の姿はどこにもなかった。ローソンはまだ納得がいかないようだった。「野犬じゃないとは言いきれませんが」疑わしそうな声だ。「それにしては、まるまると肥えすぎだったと思いますね。それに、どうもあの犬には見覚えがあるんです。オルドハースト卿、ご自身かお連れの馬係が、怪しい人間を見かけてはおられないでしょうか？」

アントニアはいらだった。「ローソン！　怪しい人間なんていなかったわ。あれは野犬よ」

オルドハースト卿の馬係は何か言いかけたが、主人がそっと頭を振ったので口をつぐんだ。

ジェームズはアントニアに向き直った。「気分はよくなったかい？　そろそろ帰ろうか」

「もちろん大丈夫よ」アントニアは無理やりほほえんだ。「すくなくともこれで、ロットン・ロウでのギャロップは経験できたわ。想像していたのとは違ったけれど！」勝ち気な言葉にもかかわらず、アントニアの体はまだ震えていた。

一行が門を出ようとすると、若い士官が声をかけてきた。士官の連れは見事な葦毛《あしげ》馬に乗った令嬢で、アントニアがレディ・カータレットの舞踏会で見かけたことのある相手だった。そのとき彼女はオルドハースト卿と話していた。というよりも、いちゃついていた。

「おはよう、ジェームズ。今朝は早く出かけてきたつもりだったけど、きみは朝日と一緒に起きたらしいな」士官はそう言うと、アントニアをあけっぴろげな賞賛のまなざしで見た。

「ミス・カルバリー、友達を紹介させてください。

レディ・バーバラ・ファーネスと、ハリー・バーコム大尉です。バーコム大尉は昔の戦友で、レディ・バーバラは家族ぐるみの付き合いがある相手です」

流行の最先端をいく緑の乗馬服に身を包み、粋な帽子をかぶったレディ・バーバラは、アントニアの頭のてっぺんから爪先までじろじろと眺めた。批判的な視線にさらされたアントニアは、命がけのギャロップをしたばかりの自分の頬が不作法なくらい上気していることや、巻き髪がほつれて背中に流れ落ちていること、朝の乗馬にはふさわしいと思われた濃いグレイの着慣れた乗馬服が、いかにも地味で、やぼったくさえ見えることを意識した。

だが、引け目を感じながらもアントニアは背筋を伸ばし、同じくらい時間をかけてレディ・バーバラを観察した。ふたりはそっけなく会釈し合った。

「お知り合いになれて光栄です、ミス・カルバリー」バーコム大尉がうれしそうに言った。「お噂《うわさ》は、かねがねお聞きしていました」

素直な喜びの表現は、明らかに連れの不興を買ったようだった。「わたしもお会いできてうれしいわ、ミス・カルバリー」レディ・バーバラの口調にはかすかな棘《とげ》があった。「でもあなた、ハイドパークで競争をなさったようね？　ロンドン社交界の作法に挑戦なさるなんて、大胆でいらっしゃること！　それとも、ジェームズに悪の道へと誘いこまれたのかしら」

「そのどちらでもありませんの」アントニアは、自分の馬が主人の許可なく走りだしたことを認めるつもりはなかった。「ロンドン社交界の作法に挑戦するつもりなら、まずそれを学んでからにしますわ、レディ・バーバラ。それほど時間はかからないでしょう。とてもこぢんまりした世界ですものね。それから、どうぞご安心なさって。わたしは、悪の道へと誘いこむには手ごわい相手ですから」

「バーバラ！　きみが他人のふるまいをとやかく言うなんておかしいな」バーコム大尉が愛情をこめて言った。「ロットン・ロウでぼくと競争して、レディ・セフトンにお説教を食らったのを忘れたのかい？　彼女、かんかんだったよ」

「バーバラはジョンと賭けをして、ペルメル街でカーリクルを走らせたことも忘れているようだ」ジェームズがアントニアを振り返った。「それはハイドパークで早駆けするよりもずっと悪いことなんですよ、ミス・カルバリー。あなたならそんな非常識な真似《まね》をすることはないでしょう。ちなみにバーバラ、ミス・カルバリーの馬はさっき野犬に襲われたんだ。いくらきみでも、そんな目に遭ったら馬を止められるとは思えないね」

レディ・バーバラはむっとした顔になり、それから首を振って笑いだした。「ミス・カルバリー、ごめんなさいね。それにしても、どうしてわたしたちのお友達は、そろいもそろって人に過去のあやまちを思いださせるのが好きなのかしらね？　ハイドパークで競争したのは何年も前のことだし、カーリクルの一件だってそうよ。今はわたしも分別がついたと思いたいわ」そう言って意地の悪い目でジェームズを見た。「非常識と言えば、ジェームズ、レディ・オルドハーストは、あなたが最近愛人をハザートンに連れこんでいたことをご存じかしら？　あれはミセス・カルバーだなんて言い訳は通用しないわよ！」

アントニアの視線の先にはたまたまジェームズがいた。怒りと驚愕《きょうがく》の表情が、ほかのふたりが気づかないほどの速さで浮かんでは消え、またもの憂げな笑みが戻ってきた。

「言い訳する気はないよ、バーバラ」

バーコム大尉は目を丸くしてバーバラを見つめ、それからジェームズを見てにやりと笑った。「ジェームズ！　隅に置けないな！　向こうには仕事で行ったのかと思っていた。本当なのか？」

「もちろん本当ですとも！」バーバラが言った。

「ファンショー家の人たちが近くに滞在していたのよ。ジェームズが緑の乗馬服を着たレディと一緒に、馬でロードハウスに向かうのを見たと言っていたわ。あの人たちは、そのレディがわたしだと思いこんでショックを受けていたのよ、わたしがそのころスコットランドにいたことがわかるまでは。ファンショー家の人たちが声をかける気にならなくてよかったわねえ、ジェームズ！　田園の恋が台なしになるところだったのよ」

「バーバラ、きみの母上が聞いたらなんて言うか。かりにぼくが不届きな真似をしたとしても、それを当人の前で言いだすのは非常識きわまりない」

「わたしがその気になればどのくらい非常識になれるか、あなたが思いださせてくれたのよ。それで、だれなの、そのレディは？」

「きみは本気で、ぼくがミセス・カルバーのいるハザートンに女性を連れこんだと思っているのか？　ミセス・カルバーは一秒たりとも我慢しないだろうし、ぼくもあえて試す気にはなれないね。きみの友達の見間違いだ。ロンドンも田舎も同じこと、人がスキャンダルを創作するのは退屈だからさ」

「でも、現に女の人が目撃されているのよ。彼女は創作された人物じゃないわ。だれなのよ？」

「どうしてそんなに知りたがるんだ？」

「ジェームズ、ごまかさないで！　わたしは答えが知りたいの」

　ジェームズは肩をすくめた。「聞いたらがっかりするぞ。たぶんそれはミセス・ミルドレッド・ペティファーのことだ。たしかに一度、庭のことで助言をもらうために、ロードに連れていったことがある」そしてアントニアを見た。「こんな会話は退屈でしょう、ミス・カルバリー。バーバラがどうしてこだわるのかわからない。ミセス・カルバーという のは、ぼくの祖母の屋敷を預かる家政婦で、とても厳しい女性です。ミセス・ペティファーは近所の未亡人で、植物のことならなんでも知っています」

「ミセス・ペティファー！　あのまじめだけがとりえの未亡人が、目の覚めるような緑の乗馬服を着ていたですって？　信じられるもんですか！」

「きみはずいぶん退屈な人間になりつつあるね、バーバラ。ミセス・ペティファーが何を着ていたかなんて記憶にないよ、きみの友人たちに聞くといい。ついでに告白すると、ハザートンを訪問したのも彼女だ。ミセス・カルバーと話をして、苗木を持っていくためにね」ジェームズは露骨な仕草で馬の手綱をとった。「ぼくの放蕩《ほうとう》生活の話はもういいだろう。ミス・カルバリーのぼくに対する評価はただでさえ低いのに、きみのおかげでさらに下がりそうだ。絶交される前に、家に送り届けてくるよ」

バーバラは明らかに納得していない様子だったが、深追いはしなかった。「ママの月末の夜会を忘れてはいないでしょうね？　特別な会になるから、あなたにはぜひ来てほしいの。ミス・カルバリー、あなたとレディ・ペンデルとサー・ヘンリーもお招きしていますのよ」

「特別？　だったら行かなければ」ジェームズはそっけなくほほえんだ。「ミス・カルバリーが行くかどうかは、ぼくにはなんとも言えない。きみのせいでぼくら全員を敬遠するようになったとしても、意外じゃないね。では、失礼！」

パーク・レーンを北に向かう間、ジェームズは不機嫌さを隠せなかった。アントニアはべつに驚きはしなかった。レディ・バーバラの質問はジェームズを動揺させたのだ。アントニアも動揺していたし、緑の乗馬服を着たレディの正体がミセス・ペティファーなる未亡人だとは信じていなかった。ただし、ハザートンに厳しい家政婦がいるというのは本当らしいし、田園の恋とやらをのんびり楽しめる場所だとは思えない。ハザートンに滞在していたという謎のレディのことも、聞いてみれば拍子抜けするような理由があって、ただジェームズのほうに、今のところそれを明かせない事情があるだけかもしれない。そう信じたい。これほど何かを信じたいと思ったのは、生まれて初めてのことだった。

アッパー・グローブナー通りへ折れる角にさしかかると、ちょうど荷馬車の積みこみ作業中で道がふさがっていて、待つはめになった。アントニアはあたりを見まわした。「わたし……ここに来たことがあるわ」口から言葉がこぼれた。「コブデン……ミスター・コブデンが連れてきてくれて……」

「それで?」ジェームズが急に緊張した。「それから?」

アントニアはぎくっとした。今しゃべったことがどれだけ重要か、ジェームズが知るはずはない。だがいったん戻りかけた記憶は、しっかりつかむ前に、また消えてしまった。「べつに」いらだちをため息で吐きだした。「なんでもないわ」

「ミスター・コブデンというのは?」

アントニアは眉をひそめた。「だれのこと?」

「ここに連れてきてくれた人だって、きみが言ったんだよ」ジェームズがじっと見つめている。

アントニアは気を引きしめた。「おぼえてないわ」軽い口調で言う。「子供のころの思い出かもしれない。母が生きているころは、よくロンドンに来たから」

道があくと、ふたりはグローブナー広場方向に折れ、アントニアの家の前で馬からおりた。

アントニアは手を伸ばした。「今朝は……いつにもまして興味深い朝だったわ。あなたのお友達に退屈なんてしなかったことよ」そう付け加えずにはいられなかった。「レディ・バーバラは、あなたのことが気になってたまらないようね？」

ジェームズの目に笑みの色が戻った。「いや。レディ・バーバラとぼくは古い友達だが、それ以上の存在じゃない。たぶん、ようやくハリーのプロポーズを受ける気になったんじゃないかな。とっくの昔にそうするべきだったんだ。どんな結婚生活になるのやら、想像もつかないが。ぼくの理想の結婚生活とは違うだろうな」

「あら？　いったいどんな結婚が理想なの？　あなたは筋金入りの独身主義者だと聞いているけれど」

「それは違うよ。でもぼくが結婚相手に求めるのは、対等な関係だ。いつも片方がキスをし、もう片方が待つようなのではなくて」

アントニアは自分を抑えられなかった。「あなたの理想のお相手は、緑の乗馬服のレディなの？」

重苦しい沈黙のあと、ジェームズはつらそうに言った。「残念だが、答えられないとしか言えない。今は。その……事情があるんだ」

否定しないのね。アントニアは胸が痛むのを感じたが、なんとかからかうような笑みを浮かべた。「助言を受けいれる気はおありかしら？　外交の世界に長く身を置いてきた者からの……」

「もちろん！　なんだい？」

執事がドアを開け、アントニアは階段をのぼった。「作り話をするときは、細かい点まで作りこまないほうがいいの。すぐにめっきが剥がれるから」

ジェームズは小さく笑った。「植物好きのミセス・ペティファーでは納得しなかったのかい？」

「ええ。ほかの点も。でも、わたしには関係のないことだから」

ジェームズは顔から笑みを消し、アントニアの手をとって握りしめた。「奇妙なことだが、ぼくはあると思っている。信じてほしい。緑のレディのことで、やましい点はひとつもない。いつか説明するよ」

キスされる寸前、アントニアはすばやく手を引っこめた。そして淡々と言った。「謎めいたお話だけど、べつに説明していただかなくてもいいのよ。本当に」

彼は首を振った。「明日の朝、まだ乗馬に付き合ってくれる気はあるかな？　今日のようなことはめったにないはずだ。公園の管理人たちは野犬に神経をとがらせているからね。来てくれるかい？」

アントニアはためらった。怖いのは野犬じゃない。今朝のことで、別の種類の危険が存在することに気づいてしまった。心の平穏を守るためにも、彼との交際は絶つべきかもしれない。「そうね……」

ジェームズは断られそうな気配を察知したようだった。「いや、いい！　まだ返事は聞かない。気分がよくなるまで待つよ。今夜、教えてくれ」

「今夜？」

「きみの父上はまた主賓になるんだろう――今度はレディ・アサーリッジの舞踏会で」

「ああ、そうだったわ。そこなら間違いなく会えるわね」

「最低一回は、ぼくのためにダンスをとっておいてくれないか。そのときに返事を聞くよ」あたたかな笑みはアントニアの胸をどきんとさせた。断りの返事が、唇の上で溶けて消える。

「それじゃ、今夜」アントニアはくぐもった声で言った。

ジェームズはアントニアの後ろ姿が玄関に消えるのを見送ってからブルック通りに向かった。すると、すぐにサムが追いついた。

「どうした、サム？」

「厩舎《きゅうしゃ》にまわって、ミス・カルバリーの従者と話してきました。信頼できそうな男ですが、弱りきった様子でしたな。ミス・アンは……」サムは言い直した。「ミス・カルバリーは、犬のことは父上に言うなと口止めしたそうです」

「それはそうだろう。気持ちはよくわかる。サー・ヘンリーはまだ本調子ではない。ミス・カルバリーはたしかな証拠もないのに父上を不安にさせたくないんだ。ぼくに出しゃばれとは言わないだろう、サム？」

「いいえ、ジェームズ様！　ミスター・ローソンとおれに言わせりゃ、証拠なら十分にあるんです。立派な証拠がね」

ジェームズは足を止めた。「話してくれ、サム」

「ミスター・ローソンは、あの犬に見覚えがあると言ってます。野犬じゃなくて、ブリッグスという男の飼い犬だと」

「ブリッグス？」

「ミス・カルバリーをポーツマスでさらった悪党の片割れです。以前、ミスター・ローソンがロンドンでやつを追いつめたとき、あの犬が一緒にいたそうです。化け物みたいに大きな犬で、一度見たら忘れられるもんじゃないそうです。ブリッグスがわざと犬をけしかけたってのが、ミスター・ローソンの意見なんですよ」

「〝事故〟の再発を狙ってというわけか」

サムはうなずいた。「あのお嬢さんの手綱さばきが玄人はだしじゃなかったら、間違いなくそうなっていたでしょうな」

自宅に戻ってもジェームズの気は休まらなかった。事態は深刻さを増すばかりだ。クロックストンが復《ふく》讐《しゅう》も果たさないまま、おとなしく西インド諸島に向かうだろうか、という疑問は正しかったわけだ。サー・ヘンリーの最大の急所は愛娘《まなむすめ》だ。今回のたくらみは失敗したが、次はどんな手でくるだろう？ブリッグスは二度の失敗でおおいに値打ちを下げただろうから、次は手口をがらりと変えてくるのでは？

ジェームズはサムを呼びだした。そして相談の結果、サムとローソンが今夜ブリッグスのねぐらを急襲し、あらゆる手段を用いてしゃべらせるという計画が立てられた。黒幕のクロックストンに対する見張りも怠るわけにはいかない。

アントニアは家の中に入ると、自室にこもった。窓辺に座ったが、見たいのは景色ではなく真実だった。今朝わかったのは、自分がジェームズ・オルドハーストを愛していること。そして、夫として考えられるのは彼しかいないことだった。だが、そう自覚した直後、運命の皮肉ないたずらで、彼にはほかに愛する女性がいることが判明した。

どうしてあんなに強気でいられたのだろう？どんな警告もとるに足らないと思っていた。自分は浮かれやすいたちではないし、むしろ理性が勝ったタイプだと信じこんでいた。ジェームズの話を興味深く聞き、冗談に笑いころげ、それでも愛という罠《わな》には落ちずにすむと思っていた。でも今日、それがどれほどあさはかな考えだったか、思い知った。

アントニアはジェームズに抱きしめられた瞬間を思いだした。この人の腕の中こそ、わたしの居場所だと思った……。キスしてほしかった。あの歓喜と陶酔をもう一度味わうためなら、何を差しだしてもいい。ジェームズに抱かれ、息が触れ合う距離に近づきたい。あの瞬間、彼もわたしを愛していると思った……。

しかし、喜びはすぐに醒《さ》めた——緑のレディのことを聞いたとたんに。ジェームズが愛しているのはそのレディだと、すぐにわかったから。アントニア・カルバリーは、悪名高きオルドハースト卿の魅力に屈した、愚かな犠牲者のひとりというだけ。

嗚咽《おえつ》がもれ、熱いものがアントニアの頰を伝いはじめた。だが彼女は蹴るように席を立ち、いらいらと室内を歩きはじめた。こんなことじゃいけないわ！　アントニア・カルバリーはいつだって勇敢に闘ってきた。ある男性の目に特別な感情を見たと思いこみ、特別な笑みが自分だけに向けられたと錯覚したくらいで、落ちこんでたまるものですか。なんておばかさんだったのかしら。きっと、ほかのお嬢さんたちも、同じように感じていたんだわ！　でも、わたしは、害になる感情なら切り捨ててみせる。さっそく、今夜から始めよう。

15

サムとローソンからブリッグスのねぐら急襲の成果を聞くという用事があったため、ジェームズは舞踏会に遅れて到着した。舞踏室に入ると、アントニアはすぐに見つかったが、ウィリアム・チャタリスとカントリーダンスの真っ最中だった。ジェームズは時間をつぶすために飲み物をとりに行き、舞踏室に戻ってくると、またアントニアを目で探した。彼女は間違いなくジェームズを見たはずだったが、くるりと背を向け、とり巻きの青年にうなずきかけた。そしてすぐに新しいパートナーと、部屋の反対側に並びに行った。ジェームズはそのダンスが終わるまで辛抱強く待ってから、急いでアントニアを迎えに行ったが、手遅れだった。アントニアはまたもや踊りの列に加わった。ウィリアム・チャタリスと、二度目のダンスを踊るために。アントニアはどこから見ても楽しそうだったし、パートナーにすっかり気を許した様子で、カドリールのステップをリードされながら鈴を振るような笑い声をあげていた。ジェームズはその場に立ちつくし、懸命にいらだちを抑えた。いったいアントニアはどうしたんだ？

「目に快いカップルじゃないかね？」そばにやってきたサー・チャールズがささやいた。「ウィリアム・チャタリスの優勢と見る向きが多いようだが、わたしは彼が勝ち馬だとは思わんね」

「なんの話です？」

サー・チャールズは驚いたように目を丸くした。「だれがあのレディを勝ちとるかという話だよ！　ほかに何がある？　彼女の父親が娘婿を探していることを知らない者はいないぞ」

「あなたが言いたいのは……アンが……いや、ミス・カルバリーが……でも、彼女は……」ジェームズは急いで口をつぐみ、ロンドン一悪名高い噂好きが自分の狼狽《ろうばい》ぶりに気づかなかったことを祈った。そしてできるだけのんきな風を装った。「チャタリスが優勢だというのは、どうしてです」

「当然だろう？　チャタリスは第三代デントン伯の息子だし、ミス・カルバリーの父親と同じく外務省の人間だから、共通の話題にも事欠かない。好青年だよ、やや堅物すぎるきらいはあるが。わたしに言わせれば、彼女に釣り合うほどの逸材ではないな。ミス・カルバリーの人生の伴侶には、もっと深みのある男がふさわしい。もっとも、今夜の様子から判断すると、チャタリスには競争相手が大勢いるようだ。ご存じのとおり、ミス・カルバリーは母親の遺産の女相続人でもあるから、本人のみならず財産に惹《ひ》かれる独身男も多いはずだ」

しばらく黙ってダンスを眺めたあと、ジェームズは尋ねた。「彼女本人は？　なんと言ってるんです？」

「今のところ特別なおぼしめしがある気配はないな」サー・チャールズはからかうような目でジェームズを見た。「きみは出馬しないんだろう、オルドハースト！　肘鉄砲を食わされていたものな」

カドリールは終わったが、アントニアとチャタリスはまだ話が尽きないようだった。何をいつまでもしゃべっているんだ？　ジェームズは頬を引きつらせて笑みを浮かべた。「いや、それはすんだ話です。ミス・カルバリーとぼくはいい友達になりましたよ。失礼して、挨拶に行ってきます……」

がぜん好奇の色をむきだしにしたサー・チャールズに会釈すると、ジェームズは部屋の奥に向かった。アントニアは目にいたずらっぽい笑みを浮かべてチャタリスを見つめている。あの表情は、胸が痛むほどよく知っている……あれはぼくのものだ！　あんな顔をチャタリスに見せるなんて、いったいどういうつもりだ。やめさせなければ！

ジェームズはふたりに近づくと、礼儀正しいが断固とした口調で言った。「こんばんは、ミス・カルバリー」そしてパートナーに会釈した。「チャタリスも」

アントニアが振りむいた。「オルドハースト卿《きょう》！」笑顔が消え、態度が明らかによそよそしくなった。

「次のダンスの約束は？」そう聞いたとたんアントニアの表情がこわばり、ジェームズは今の質問が、いつもの涼やかな優雅さを欠いていたことを自覚した。笑顔で挽回《ばんかい》しようとしたが、成果はかんばしくなかった。

アントニアは冷ややかだった。「残念ながら、ありますわ」

「その次はどうかな？」ジェームズはなだめるように言った。

アントニアは沈黙し、深呼吸してからきっぱりと言った。「申し訳ないけれど、でも今夜はもうお約束がいっぱいですから」

ここまですげなくされれば、どんな紳士でも一礼して引き下がるはずだが、ジェームズは踏みこたえた。「最低一回はぼくと踊ると約束してくれたはずだ。今朝、乗馬のあとに」

「いいえ、オルドハースト卿」棘《とげ》のある声だった。「約束はしていません。あなたが踊ろうとおっしゃっただけよ」

チャタリスが割って入りそうなそぶりを見せたが、ジェームズはひとにらみしてはねつけた。「失礼させてもらうよ、チャタリス」そして返事を待つことなくアントニアの腕をとって歩きだした。「これはなんの冗談なんだ？」

「手を離して、オルドハースト卿！」アントニアが小声で言った。「噂《うわさ》の的になりたいの？」

「そんなことはどうでもいい。ぼくに腹を立てたわけを話してくれ」

「べつに、何も。どうしてあなたに腹を立てなきゃいけないのかしら？」

テラスに出るとジェームズは立ちどまり、アントニアと向き合った。「ぼくを無視する理由は？　どうしてぼくと踊らない？　どうしてチャタリスといちゃつく？　あいつはきみにふさわしくない」

アントニアの頬が真っ赤になった。「あなたにわたしの行動を制限する権利があると思っているの？　口出し無用よ。わたしはだれともいちゃついたりしていないし、かりにそうしたとしても、あなたに気にかけていただく必要はないわ」

「ぼくが気にかけるのは——」ジェームズは口ごもった。「きみがチャタリスなんかに時間をむだ遣いするのを見ていられないからだ。立派な男かもしれないが、一週間できみは退屈する」

「どこが時間のむだ遣いなのかしら。ウィリアム卿は退屈じゃないし、わたしは彼といちゃついてもいないわ。お友達と会話を楽しんでいるだけよ、あなたよりずっと礼儀正しいお友達とね！　さあ、彼のところに戻らせていただくわ」

ジェームズはアントニアの腕に手をかけた。「行くな、アントニア！　ぼくが遅刻したから怒っているのか？」

「あら、オルドハースト卿、かりにわたしがあなたの遅刻に気づいていたとしても、どうして怒らなくちゃいけないのかしら」

「理由はない。ただ、そうだといいと思っただけだ」

アントニアは下を向いた。

ジェームズは静かに言った。「ぼくが何をしたのであれ、どうか許してほしい」アントニアのあごを人さし指で持ちあげ、目を合わせた。「一曲、踊ってくれないか？」一瞬、アントニアははねつけそうな気配を見せたが、ジェームズが視線をそらさずにいると、あきらめたように肩をすくめた。「よし、舞踏室に戻ろう」

もちろん曲はワルツだった。ジェームズが腰に手を添えると、アントニアは小さなため息をついて、彼のリードに身をゆだねた。ふたりは黙りこくったまま踊った。ジェームズはロードハウスでそうしたように、強く、愛をこめて抱きよせたいと思ったが、好奇心に満ちた周囲のまなざしを意識してあきらめた。一度だけ、ターンのときに体がぶつかり合い、アントニアがはっと息をのんでよろめいたので、ジェームズは腕に力をこめて彼女を支えた。だが、それは和解のきっかけにはならなかった。ダンスが終わるとアントニアはお辞儀をし、別のパートナーのもとへと去っていった。

その夜の残りの時間を、ジェームズは部屋の片隅からアントニアを見つめるか、レディ・アサーリッジの温室をいらいらと歩きまわることでつぶした。アントニアと踊ったあとで、ほかのだれかにダンスを申しこむ気にはなれなかった。アントニアのほうはそんなことはないらしい、とジェームズは嫉妬まじりに思った。アントニアはつねにパートナー志願者の群れに囲まれ、一曲も欠かさずに踊ったが、ジェームズの見るところでは、持ち前の輝きは少し薄れていた。我慢の限界に達したジェームズは、サー・ヘンリーに歩みより、静かに会話を交わした。そしてアントニアがダンスを終えるのを待ち、声をかけた。「おば様が探しておられるよ、ミス・カルバリー。サー・ヘンリーがお疲れで、そろそろ帰りたいらしい。よかったら、ぼくがふたりのところに案内しよう」

疲れていたのか、アントニアは何も言わずにジェームズに従った。別れ際、ジェームズは明日の乗馬の約束をとりつけようとした。

アントニアは首を振り、低い声で言った。「明日は乗馬には行けそうもないわ。とても……疲れてしまって。おやすみなさい、オルドハースト卿」

そして彼女は去った。即刻行動しなければ、今度は彼女を永久に失うかもしれないという不安を、ジェームズの胸に残して。

アントニアは疲れているのに眠れなかった。ジェームズ・オルドハーストへの気持ちを捨てるのは不可能だというのが、今夜の教訓だった。彼に笑いかけられ、触れられると、何も断れなくなる。ワルツのあとは、不毛な夜だった。ベッドから起きあがって部屋を歩きまわる。葛藤したあげくに出た結論は、いずれ傷つくことになるとしても、今のうちにできるだけ彼と過ごして、会話や乗馬やダンスを楽しんだほうが、幸せだというものだった。緑のレディに関する言い訳だって、ジェームズが望むなら信じてあげよう！　あとで彼が最後に恋人のもとに戻ったら、父に頼んでまた海外に連れていってもらおう。

そう決めてしまうと、アントニアはベッドに戻った。途中でふと立ちどまり、スミレの花束の香りを嗅いでみる。まだ新鮮さを失わない香りは、傷ついた心を癒やし、アントニアが眠りに落ちたあとも、空気の中に漂っていた。夢の中で、いくつもの絵が浮かんでは消えていく。壁に囲まれた花園のある古びた屋敷、本のぎっしり詰まった部屋で揺れるろうそくの炎、黒と白のチェスボード、光と影に彩られた長い乗馬道、そして優雅な館……。遠くにいつもだれかの影がちらついていた。だがはっきり見ようとするたび、影は薄くなり、消えてしまうのだった。

翌朝遅く、青白い顔と眠そうな目をして階下におりてきたアントニアは、執事の言葉に驚かされた。オルドハースト卿がやってきて面会を求めているというのだ。

「オルドハースト卿が、わたしに？　とくに約束は——」

「先にサー・ヘンリーとお話をすまされまして、今は図書室でお待ちです」

もしかしたらハイドパークで犬に襲われた件を父に報告しに来たのだろうか？　でも、それはありそうにない。ジェームズは、わたしが父に隠しておきたがっていることを知っているはずだから。それなら、ほかになんの用で来たの？　アントニアは執事のあとについて図書室に向かった。

ジェームズは窓に背を向けて逆光の中に立っていたが、真剣な顔をしているのはわかった。「顔が青いね」それが最初の言葉だった。「具合が悪いのかい？」

「いいえ、べつに」沈黙が落ちた。「そんなことでいらしたの？　わたしの健康状態を尋ねるために？」先にしびれを切らしたのはアントニアだった。

ジェームズは首を振り、きまりが悪そうに笑った。「いや、そうじゃない。まったくの別件だ！　切りだし方は考えてあったのに、きみが入ってきたとたん、初めて会ったときのことを思いだして……」口ごもり、言い直した。「本当に言いたかったのは、ミス・カルバリー、どうかぼくと結婚してほしいということだ」

「け、結婚？」アントニアはうろたえた。動揺と不信、喜びと疑惑が次々にわきあがり、椅子の背につかまらないと立っていられなくなった。どうしてわたしにプロポーズなんかするの？　ほかに愛する人がいるはずなのに。ジェームズはこちらを見つめ、返事を待っている。何か言わなければ。時間稼ぎのために。「結婚と言われても……わたしたちは出会ったばかりでしょう！」

ジェームズは慎重に言葉を選んでいるようだった。「そう思うかい？　ぼくはほんの数日前に知り合ったとは思えないほど、お互いをよく知っているような気がする。きみは……そうは感じないかな」

「お父様は……このことを知っているの？」

「もちろん」ジェームズはほほえんだ。「そんなに驚かないでくれ。ぼくは昔かたぎの男なんだ。父上の承認はもらってある。だが……きみの返事もほしい」ジェームズは近づき、アントニアの手をとった。「きみはぼくに……結婚できるほど好意を持っているだろうか？」

「だめ！」アントニアは身を引いた。「できないわ。そんなことは許されないもの」

ジェームズは手を離した。「どうして……？」

彼のプロポーズに〝はい〟と素直に答えられたら、どんなにいいか。緑のレディのことがあろうとなかろうと、わたしはあなたを愛している。あなたの申し出なら、どんなことにだって飛びつきたいくらいに。でも、自分に関するスキャンダルがいつ広がるかわからない状況で、愛する人に結婚を約束できるわけがないでしょう。「できない……できないのよ」

おうむのように繰り返した。

ジェームズは顔を近づけた。「ぼくに好意を持っていない、とは言わないね」ゆっくりと言った。

「それどころか、きみはぼくを好きなんじゃないかな」ほほえみを浮かべて、アントニアを引きよせた。

「そうだね？」顔をさらに近づける。

「好きだとしても、結婚はできないのよ」アントニアはかすれ声で言った。

ジェームズの動きが止まった。それからまた微笑し、うなずいた。手でアントニアの頬を撫《な》でた。

「きみはぼくと結婚するよ」優しい声だった。「どうしてきみができないと言うのか、その理由はわかる気がする。そのうえで保証しよう。そのことはまったく問題にならない。ぼくは知っているから」

「何を？　何を知っているの？」

「きみの人生に空白期間があることを。だからといって、事情は何も変わらない。信じてほしい」

「どうして知っているの？　だれかに聞いたの？」

ジェームズはためらい、少し考えてから答えた。

「父上と話し合ったんだ。ポーツマスできみの身に起きたことも、事故のあと記憶を失ったいきさつも、父上から聞いた。きみは、そのあとのことをおぼえていない。そうだね？」

アントニアはうなずいた。「人に説明できない過去を抱えたまま、結婚するわけにはいかないわ」

ジェームズは両手でアントニアの頬をはさみ、群青色の目をのぞきこんだ。「ぼくとならできる。それでもきみと結婚したいんだ。本当はもう少し待つつもりだったが、昨日のハイドパークでの一件があった以上……。いや、そのほかにもきっかけがあって、考えが変わった。きみは……ぼくの宝物だ。きみの安全を最優先したい」

「安全？」

「父上はクロックストンの脅威は去ったと考えておられるようだが、ぼくは賛成できない。ローソンは昨夜《ゆうべ》、ハイドパークでの事件が偶然でないことを確認したんだ。ブリッグスという男が意図的に、飼い犬をきみの馬にけしかけた。きみは死んでいたかもしれない。ぼくもてっきり……そうなるんじゃないかと思ったほどだ」

「父には話していないでしょうね？」アントニアは不安に駆られた。「父を心配させないで」

「父上には話していない。だがローソンもぼくも警戒しているし、きみもそうするべきだ！　クロックストンは復讐《ふくしゅう》に飢えている」

「どんな対策をとればいいか、提案はある？」

ジェームズは首を振った。「順番どおりにいこう、アントニア！　まだ返事を聞いていないよ。結婚してくれるのかどうか、答えてくれ」

アントニアはジェームズの表情を探ろうとした。まだ彼の意図が読めない。緑のレディのことを正面切って尋ねる勇気は出なかった。「どうしてわたしと結婚したいの？」

ジェームズの目におもしろがるような光が宿った。「どうしてって？　ありきたりの理由からだよ！」それから、まじめな顔に戻って付け加えた。「きみを守りたい」

「それだけ？」

ジェームズは、もうおもしろがってはいなかった。それどころか、少し怒っているようだ。「どうしてきみはそんなに鈍感なんだろう」強引に抱きよせる。

「これが理由だ」そして唇を押しつけた。何か聞きとりにくい言葉をつぶやいてから、さらに熱いキスを浴びせると、抱きしめる手に力をこめ、彼女の体を自分のたくましい体にぴったりとくっつけた。

アントニアは一瞬、われを忘れて喜びに浸り、ジェームズの唇の感触や、自分を抱きしめる腕の力強さにうっとりした。だが、すぐに身をふりほどき、怒ったように叫んだ。「オルドハースト卿!」

ふたりは黙ったまま見つめ合った。ジェームズは何かを、たぶんアントニアの反応を待っているらしかったが、期待したとおりのことが起こらないので、落胆したようだった。

アントニアは自分に腹を立てていた。冷静沈着さと、どんなに困難な状況でも自制心を失わないことを誇りにしてきたのに。でも、それは結局、ジェームズ・オルドハーストと出会う前には本物の誘惑に出くわしたことがなかったというだけだ。彼にキスされたとたん、感情の海に溺れそうになった。自制心をかなぐり捨てたくなり、誇りも忘れたくなった。彼の腕に抱かれた余韻のせいで、まだ鼓動が静まらない。アントニアは恐怖にも似たものを瞳に浮かべて、すべての原因である相手を見つめた。

「どうしてかしら。あなたといると、どうしようもなく心が揺れるの」アントニアはぽつりと言った。

ジェームズは不用意に口走りかけた。「それはたぶん……」口を真一文字に結ぶ。「ぼくはジェームズ・オルドハーストとして……きみのために最善を尽くしたい。驚かせたのなら、悪かった」

「あなたが悪いんじゃないわ。わたしが驚いたのは……自分自身によ」

「驚いている場合じゃないぞ」ジェームズはすかさず言った。「ぼくと結婚してくれ。大事にすると約束する。命あるかぎりきみを守り、きみの安全と幸せのためにすべてを捧《ささ》げる。必ずだ。信じてくれ、アントニア。どうか、ぼくを信じてほしい」

アントニアは信じた。もちろん彼はわたしを大事にしてくれ、幸せにしようとしてくれるだろう。でも、愛しているとは言ってくれなかった。言えないはずだ。別の人を愛しているのだから。そのことから目をそらすわけにはいかない。アントニアは深呼吸し、思いきって口にした。「まず、緑のレディのことを話して」

すぐに返事がなかったので、アントニアの心は沈んだ。聞かなければよかった。ジェームズは話すつもりなんてなかったんだわ！

だがジェームズはアントニアの手をとると、口を開いた。「こっちを見てくれ、アントニア」彼女が言われたとおりにすると、ジェームズは言葉を選びながら語りはじめた。「今は話すわけにいかない。話したいと思ってはいるんだ、切実にそう思う。でも、誓って言う。彼女に関係する事情が、きみに悪い影響をもたらすことはないし、ぼくのきみに対する愛情に影響することもない。信じてくれるかい？」

もちろん信じなければ！　ジェームズとの結婚は、この世の何よりも価値がある。それに彼は、愛という言葉を口にした。「ええ」アントニアは答えた。「信じるわ。あなたと結婚します」ジェームズが身を乗りだすと、アントニアは急いで続けた。「でも、結婚という考えに慣れる時間をいただけないかしら。まだぴんとこないのよ。あまりにも急だったから。時間をかけて慣れていきたいの」

ジェームズはアントニアの手にキスした。「もちろんだ。だがご家族には話したほうがいい。ぼくの祖母には、今夜の晩餐会《ばんさん》の前に話しておくよ。ぼくらが頼めば、みんな秘密にしておいてくれるだろう」アントニアがうなずくと、ジェームズは続けた。「それから、ぼくはクロックストンの脅威が去ったとは思っていない。そこで、きみの護衛役であるローソンの助手として、うちの馬係をつけてやりたいんだ。かまわないかい？」アントニアがもう一度うなずくと、ジェームズはほほえんだ。「それでは父上に来ていただくとしよう、アントニア」

レディ・オルドハーストはアントニアに最大限の好意を示そうと決めたらしかった。キスさせるために頬を差しだし、こう言ったのだ。「お会いできてとてもうれしいことよ、ミス・カルバリー。ジェームズもいいかげん、独身主義を捨てたほうがいいころだったのよ。あなたならきっとうまくやるわ。ジェームズを説得して、先祖代々の館のほこりを払って、そこで暮らす気にさせてくれる。あなたの助けがあれば、この子もあの館を毛嫌いするのをやめるかもしれないわ。ロードのような館は、人が住んでこそですからね」そう言って、からかうような表情でジェームズを振り返った。「あなた、ミス・カルバリーをハザートンに連れていきたいでしょう――今すぐにでもね。そうでしょう？」

食卓の会話は思いがけないほど弾み、晩餐が終わるころには、ジェームズの人生においてもっとも重要な地位を占めるふたりのレディは、お互いに相手を好きになれると判断したようだった。レディ・オルドハーストはジェームズがついに独身貴族を廃業する気になったことに心底安堵《あんど》していたため、相手がどんな女性であれ、とりあえず好きになってみるつもりでいた。だが、アントニア・カルバリー本人に会うとすぐ、彼女が自分の厳しい条件を満たしていると気づいた。洗練されたマナーに、人を退屈させない個性、教養をただのうんちくにおとしめないユーモアのセンス。そして何よりもアントニアは、ジェームズを愛していた。

晩餐がすむと、ジェームズに頼まれてアントニアはピアノの前に座った。「どんな曲がいいかしら?」

父親とレディ・オルドハーストが一曲ずつ所望したあと、ジェームズは楽譜をピアノに置いた。「これはどうかな?」

アントニアはにっこりして最初の一枚を見た。ワルツの小曲で、どこかで聞いたことがあるような気がする。弾きはじめると、今までにないほど魅力的な曲だった。ジェームズの視線を意識しながら指を動かしていると、まるで彼の腕に身をゆだねているような錯覚をおぼえた。奏でられるメロディはアントニアの頭の中に染みこみ、がらんとした舞踏室へと彼女を連れていった。そこでアントニアは踊りに踊った。こんなにもうれしくて、こんなにも楽しくて……こんなにも胸が痛い……。どうして痛いの?もうすぐジェームズを失うからだ! アントニアは悲鳴をあげ、指を鍵盤にたたきつけた。目の前が暗くなり、気を失いそうになったとき、ジェームズが危うく背中を支えてくれた。

残りの人々が心配そうに立ちあがった。

レディ・ペンデルが駆けよったが、アントニアはすでにジェームズの腕に頼らずに座り直していた。

「わたし……どうしたのかしら」ジェームズを見つめる。「まるでダンスをしているような感じがして、めまいがして。一瞬、思ったのよ……」口ごもり、ほほえもうとした。「ごめんなさい。おばかさんだと思ったでしょうね。何か別の曲を弾かせていただくわ。行進曲か、ハイドンはいかが?」

「レディ・オルドハーストのお許しがいただければ、あなたを家に連れて帰りたいわ」レディ・ペンデルが言った。「あなたは興奮しすぎたのよ、アントニア」

ジェームズは背後に控えていたが、前に進みでた。顔は真っ青だった。「ぼくのせいです。ぼくが無理をさせてしまった。昨日の乗馬も――」

「あら、あなたとの乗馬の時間は、何よりの楽しみなのよ！」アントニアは急いで言った。「ジェームズ、明日は遠乗りに連れていって。新鮮な空気は体にもいいわ。そうよ、わたしに足りないのは新鮮な空気なんだわ。連れていくと言って！」

しばしの議論のあと、レディ・ペンデルは説きふせられて姪《めい》が遠乗りに出かけることを許した。やがて晩餐会は和やかに終了した。

16

バーバラ・ファーネスは、緑の乗馬服のレディに関するジェームズの弁解をまるで信じていなかったし、話すことを拒んだ彼の態度も許しがたいほど高慢だと思っていた。持ち前のいたずら心も手伝って、ちょっぴりジェームズに恥をかかせてやろうと思い、バーバラは数人の友人にその話を吹聴《ふいちょう》した。だが、その波紋の広がり方は、石を投げこんだ本人ですら驚くほどだった。たいして派手でもないし、ジェームズ・オルドハーストの評判からすれば信じがたいというほどの話でもないのだが、ちょうど社交界は噂《うわさ》ひでりの時期だった。話はまたたく間に広がり、〝緑のレディ〟の正体について、憶測が乱れ飛んだ。

だれもが彼女の正体を知りたがっていた。

噂はクロックストン卿《きょう》の耳にも入り、彼はがぜん興味をそそられた。そういえば、アントニア・カルバリーは馬車から逃げだしたあと、どうやってロンドンにたどりついたのか？　今まで疑問に思いもしなかった点が、ここにきて急に重要さを帯びてきた。よくよく考えてみれば、オルドハースト家の領地はポーツマス街道からほんの二、三キロのところにあり、しかもブリッグスが彼女を見失った地点からは目と鼻の先だ。娘はそこからポーツマスに戻って父親に合流したのか？　近くに隠れていたという可能性はないだろうか――おそらくはハザートンに？　ミス・アントニア・カルバリーこそ、謎の緑のレディなのか？　クロックストン卿は調査の価値ありと判断し、気のきく使用人をアッパー・グローブナー通りのカルバリー家に派遣して、聞きこみに当たらせた。嘘《うそ》がうまい小悪党は、カルバリー家の使用人たちから有望な情報を引きだしてきたので、気をよくしたクロックストン卿は、今度はこの男にポーツマス街道を下らせ、ハザートンに向かわせた。

調査の結果はクロックストン卿を狂喜させた。幸運と偶然が重なり、バーバラ・ファーネスの母親はクロックストン卿に出した夜会への招待状を取り消していなかったので、復讐《ふくしゅう》を始めるうってつけの機会になりそうだった。クロックストン卿にとって、ヘンリー・カルバリーは破滅の元凶だった。国を追われる前に、一矢報いてやらなければ気がすまない。ただし、破滅するのは、父ではなく娘のほうだが。

アントニアはジェームズには幸せいっぱいの顔を見せていたが、内心はそれほど幸せではなかった。プロポーズの日の半分でいいから、もう一度、情熱をこめてキスしてほしい。アントニアの胸にそんな願いが秘められていると知ったら、ジェームズは心底驚いたことだろう。ジェームズはアントニアに優しく、親切で、退屈させないようにいつも気を配ってはくれるものの、あの晩餐《ばんさん》会以来、どこか遠慮がちに距離を置くような態度をとっていた。まるでアントニアには知らせたくない秘密を抱えているような様子だ。アントニアはときおり、わたしは本当に愛されているのかしらと自問自答した。はっきり愛しているとは言われていない。でも、そんなことにこだわってはいけない、と自分に言い聞かせるのだった。ジェームズは人間的にも尊敬できる人だし、わたしは彼を愛し、信頼しているのだから、と。それでも心に刺さった棘《とげ》は抜けなかった。さらに緑のレディの噂が広まりはじめると、頭の隅に追いやっていた不安までもが声高に存在を主張しはじめた。ジェームズはわたしを結婚相手に選ぶ程度には好いている。けれど、彼が本当に愛している相手は、正体不明の緑のレディだ。

アントニアはもともと登場人物が多い夢を見るたちだった。そこへ疑念と不安が呼び水になり、毎晩のように人々にとり巻かれては嘲笑され、指をささされ、軽蔑のあまり顔を背けられる悪夢にうなされるようになった。行方不明だった期間、どこで何をしていたのか、アントニア自身はまだ思いだせないでいるのに、夢の中では世間のだれもが知っている。しかもそれはひどく恥ずかしく、嫌悪すべきことらしかった。追い打ちをかけるように、ジェームズまで悪夢に顔を出しはじめた。ひとり孤独に立ちつくすアントニアには見向きもせず、ジェームズは緑の乗馬服を着た若い女性に顔を近づけている。かばうような、守るような、いとしげな仕草だった。夢の中で、アントニアははっきりと悟るのだった。まもなく自分はジェームズを失うことになる……。

カルバリー家の面々がレディ・ファーネスの夜会に到着したとき、特別な発表の場に居合わせようと意気ごんだバーバラの友人や知人で部屋はすでにいっぱいだった。宴もたけなわというころ、だれもが予想していたとおり、レディ・ファーネスは娘とハリー・バーコム大尉との婚約を発表した。ジェームズとアントニアは友人たちにまじって、バーバラと婚約者のもとに駆けつけた。

頬を紅潮させた幸せいっぱいのバーバラは、いつになく素直だった。「あなたに謝らなくちゃいけないわ、ジェームズ。緑のレディについてのくだらない噂が、思っていたよりずっと広がってしまったみたいなの。あなたも迷惑しているでしょうね。自分ひとりの胸にしまっておけばよかったわ」

「そのとおりだ!」ジェームズはほんの少し不機嫌な声で言った。「これからはハリーがきみを監督してくれるように祈るとしよう。あいつを幸せにしてやれよ、バーバラ!」そう言って彼女の頬にキスした。

その光景を、ハリーの軍隊仲間ふたりが、部屋の隅から疑わしそうに見守っていた。

「ハリーのやつ、自分のしていることがわかってるのかね」ひとりが言った。「バーバラ・ファーネスは並の男には手に負えないじゃじゃ馬だ。こう言っちゃなんだが、バーバラは最後にはオルドハーストとくっつくと思っていたよ。オルドハーストなら、じゃじゃ馬の扱い方をよくわきまえてるだろうからな。だけど、あいつはあいつでカルバリーの令嬢に夢中らしい」

相手がふんと笑った。「オルドハーストもよくやるよ。ロンドンでは社交界きっての花形を攻略しつつ、田舎では秘密のお相手とよろしくやっているそうじゃないか。ああ、緑のレディの正体を知るためなら、一ギニーを払ってもいいんだが!」

ふたりの会話を背後で聞いていたクロックストン卿が声を張りあげた。「本当に知りたいのか、カーステアズ？　だったら教えてやろう……」クロックストン卿は周囲を見まわし、人々の目が自分に注がれたのを確認した。「これは、これは！　なんという熱い視線だ！　数週間ぶりにわたしの存在が思いだされたらしいぞ！　とはいえ、みなさんが何よりも知りたいのは、オルドハーストの愛人の名前だろう。よし、教えてあげよう。聞いて驚くなよ。驚くどころか、あきれかえること間違いなしだ！」

話し声がぱたりとやみ、部屋じゅうが静まりかえった。ジェームズは殺気だった表情を浮かべてクロックストンを見すえ、人混みをかきわけはじめた。

警告の声をあげたのは、サー・ヘンリーだった。「クロックストン！　人生最大のあやまちを犯す前に出ていきたまえ。われわれはまだ、きみへの処遇を変更しようと思えばできるのだ。しかるべき法にのっとり――」

サー・ヘンリーの態度のどこか、おそらく声ににじみでる軽蔑が、クロックストンを激高させ、いつもの用心深さを忘れさせた。

「法などくそ食らえだ！」歓喜と憤怒《ふんぬ》の入りまじった声だった。「正義の味方を気取りおって。きさまが鳴り物入りでロンドンに連れてきた娘の正体を、今からすっぱ抜いてやろうじゃないか！　きさまが目に入れても痛くないほどかわいがっているその娘は、外面だけはお上品だが、いやはや、とんでもない！　ロンドンで父親と合流する前に、オルドハーストの祖母の屋敷に、一週間もしけこんでいたというあきれたご令嬢だ。男と女がふたりきりで何をしていたのかは、知るよしもないが！」クロックストンはなみいる人々を振り返った。「緑のレディの正体を知りたいかね？」そう言ってアントニアに指を突きつけた。「あそこにいる！　ほかでもない彼女だ！　きれいなことはきれいだが、少々貞操観念に問題ありの、アントニア・カルバリーだ！」

ジェームズは人垣を強引に突破すると、制止の手が伸びる前にクロックストンを床に殴り倒した。そして、相手が起きあがる気配を見せしだい追加の一発をお見舞いする構えで立ちはだかった。「そのけがらわしい指を一本でも動かす前に、謝罪しろ」すごみのある声だった。「早く！」

すでに怒りを爆発させてしまったクロックストンは、公衆の面前でいっきに勝負に出たことを早くも後悔しはじめていた。あくまで狡猾《こうかつ》に、用意周到に、選び抜いた面々に耳打ちして、噂を徐々に浸透させるつもりだったのに。まっこうから挑戦状をたたきつける気はなかった。正面切っての対決は性に合わないのだ。危険な表情を浮かべたオルドハーストに威嚇され、床の上で縮みあがったクロックストンは、もごもごとつぶやくしかなかった。「す……すまん。謝るよ」

ジェームズは譲歩しなかった。「聞こえないぞ！　みんなに聞こえるようにしゃべれ！」そしてクロックストンを引きずりあげるようにして立たせると、人垣のほうを向かせた。「まだ半分しか話していないだろう。洗いざらい教えてやれ！　おまえが雇った悪党どもがアントニアを誘拐し、危うく溺れ死にさせかけたことも話すんだ！　命からがら逃げだしたアントニアが意識不明でぼくに発見されたことも！　ハザートンにかくまわれていた間に、アントニアが危篤状態に陥ったこともだ！」ジェームズはクロックストンの首根っこをつかんで犬のように揺さぶった。「話せ！」

「謝ると言っているだろう！」クロックストンはかん高い声をあげた。人々が軽蔑のあまり眉をひそめる。「危篤だったなんて知らなかった、本当だ。こっちに入ってきた情報が間違っていたらしい。もちろん、ハザートンではけしからんふるまいなどなかったのだろうし、それはこちらの勘違いだと認めよう。だが、わたしを誘拐犯呼ばわりしたいなら、証拠を出してもらおうか！」クロックストンは嫌悪の表情を浮かべた客たちをにらみまわし、低い声で言った。「放せ。放せば、すぐに出ていってやる」

「放してやりたまえ、オルドハースト」サー・ヘンリーが吐きだすように言った。「その男のことだから、証拠を残してあるはずがない。残念だが証明はできないだろう。証明しようとすれば、ひどく骨の折れる仕事になるはずだ。どのみち、そんな男の誹《ひ》謗《ぼう》中傷を信じる者などいないよ。よく顔を見てやるといい。注意を払う価値もないくずだ。放してやりなさい」

ジェームズはすくみあがった相手を一瞥《いちべつ》し、さげすむように息をついたあと、突きとばすように放りだした。

クロックストンはよろめいて転びかけ、ジェームズを憎々しげににらんでから、ふらつく足で立ち去った。

サー・ヘンリーは周囲の人々に穏やかに呼びかけた。「レディ・ファーネス、そしてお客のみなさん。申し訳ないが、少々お時間を拝借したい。クロックストン卿は復讐に猛《たけ》るあまり、正気を失っていたようです。いったいどこであんなふざけた話を仕入れたものか、想像もつかない。だが、とにかく嫌悪すべき事実無根の中傷でした」

人々の顔を見まわし、サー・ヘンリーは言葉を継いだ。

「娘のアントニアは少し前にオルドハースト卿と婚約しました。クロックストン卿の悪辣な企てについては、わたしも報告を受けておりますが、娘が無事に帰ってきたのは、すべてここにいるオルドハースト卿のおかげです。彼を義理の息子と呼べることを、わたしは誇りに思っております」そう言ってジェームズに会釈する。「さて、よけいな話は終わりにしましょう。このあとは、レディ・バーバラとバーコム大尉が心おきなくみなさんのお祝いを受ける場にならんことを。ご静聴、どうもありがとう」

凍りついたように立ちつくしていたバーバラの母親は、急いで執事を捕まえ、ワインを盛大にふるまうように命じた。そのかいあってか、室内には驚くほどの早さで元の祝賀的な雰囲気が戻ったが、客たちのおしゃべりの声はさっきよりもいくぶんにぎやかになったようだった。

その中で、アントニアはひとり幽霊のように青ざめていた。

そばに立ったジェームズは彼女の手を握りしめ、励ますように頬にキスして耳打ちした。「笑ってくれ、アントニア。さぞかし驚いたと思うが、知っていたふりをするんだ。どうか笑ってくれ」

「ここにはいたくない」彼女は震え声で言った。「帰りたいわ」

「だめだ。今帰ったら、事態を収拾してくれたサー・ヘンリーの努力がむだになる。がんばって踏みとどまって、婚約をようやく世間に披露できたことを喜んでいるようなふりをするんだ」

「どうして教えてくれなかったの？」アントニアの唇はほとんど動いていなかった。

「あとで説明する。今は笑顔を作って、みんなのお祝いの言葉を受けるんだ。ほら、来たぞ！　勇気を出して！」そしてアントニアの血の気のない顔を見ると、こう付け加えた。「許してくれ」

その夜を乗りきるために、アントニアはたしなみと勇気を総動員しなければならなかった。体が勝手に動きだしたようだった。アントニアは笑い、しとやかに頬を赤らめ、一、二度かけられたあまり親切でない言葉にも、落ち着きと誇りを持って対処した。だが、本当のアントニアはショックで麻痺《まひ》したまま、わけ知り顔で押しよせる人々や、騒音と熱気、そしてジェームズを置いて、逃げだせる瞬間を待ちわびていた。ジェームズはアントニアのかたわらに立って励まし、言葉に詰まったときには口を添えている。それでもアントニアの不安はおさまらなかった。何よりも悪いのは、いまだに記憶が戻らないことだった。行方不明だった時期をどこでどう過ごしたか、その答えを赤裸々に突きつけられたというのに、なにひとつ実感がわかなかった。

ついに我慢の限界に達したアントニアは、魅力的な謝罪の笑みを女主人に向けた。「レディ・ファーネス、お嬢さんとバーコム大尉のための夜会なのに、突然わたしたちのことまで発表してしまってごめんなさい。おふたりはきっとすてきなご夫妻になりますわね。お許しいただければ、わたしはそろそろ父に言って家に戻ろうと思いますの。みなさん、とても親切にしてくださいましたけれど、クロックストン卿の中傷は……。少し休みたくなりましたわ」

「あら、エスコートをお父様に頼むの、ミス・カルバリー？　あなたを無事にお宅までお送りするのは、フィアンセの特権になったのじゃなくて？」レディ・ファーネスはからかうように言った。

「もちろん、そうですとも！」ジェームズはアントニアの腕をとった。「奥様、どうぞお許しを。ミス・カルバリーは婚約が秘密でなくなったことにまだ慣れていないんです」アントニアが断ろうとしたが、ジェームズは先手を打った。「同じことだよ」そしてレディ・ファーネスに向かってこう言った。「よろしければ、サー・ヘンリーも誘って帰りたいのですが。あれだけの騒ぎのあとですから、ぼくだけでなく、父親の慰めも必要でしょう」そして記念すべき愉快な一夜の礼を述べると、アントニアをうながして退出した。

一行は、アッパー・グローブナー通りのカルバリー家の書斎に戻ってきた。サー・ヘンリーは自分のひじ掛け椅子に座りこみ、ジェームズは窓辺にたたずんでいた。アントニアはうなだれたまま立って、ふたりのどちらにもかたくなに視線を向けなかった。

ジェームズはそんな彼女をじっと見つめていたが、やがて口を開いた。「アントニア、きみはとうとう真実を知ったわけだ」

「そう、ついにね」

「こっちを見てくれないか？」

アントニアは顔をあげたが、その目は怒りに燃えていた。「こっちを見ろですって？　もちろん見てあげるわ。裏切り者がどんな顔をしているのか、この目で見られるめったにない機会だもの」

「アントニア！　ぼくは裏切り者じゃない。きみを愛しているんだ。わかってくれ。ぼくがしたことはすべて、きみを守りたい一心からだった」

「よくも守るだなんて！　裏切り者のくせに！　あなたの言葉も、行動も、全部見せかけの嘘ばかりだわ！　初めて舞踏会でわたしを見た瞬間、一週間一緒にいた相手だと気づいたくせに、あなたはそれをにおわせもしなかった！　真実を独占するのは楽しかったかしら？　記憶が欠けていることをわたしが告白したときは噴きだしそうだったでしょう？

〝そのことはまったく問題にならない〟あなたがそう言ってくれたとき、わたしはなんて気高い人だろうと思ったのよ。でも、問題にならないのは当然よね！　あなたは一緒にいたのが自分だと知っていたんだから！」アントニアは嗚咽《おえつ》をのみこんだ。「わたしにプロポーズしなければいけないと思ったのは、いつ？　クロックストン卿が嗅ぎまわっていると忠告されたの？　だから急場しのぎでつじつまを合わせようとしたのかしら？　それとも、きっかけはあなたのお友達のレディ・バーバラが流した噂？」

ジェームズは視線をそらさなかった。「ぼくには理解できない。ひどい言いがかりだ。ハザートンにいたとき、ぼくがどれほどきみを恋していたか、おぼえていないのか？　本当の名前も知らないときからそうだったんだよ」

「おぼえていないわ！」アントニアは捨て鉢に叫んだ。「ハザートンでのことなんてわからない。わたしが知っているオルドハースト卿は……舞踏会で初めて会ったときからずっと、嘘をつき、演技をし、陰でわたしを笑っていた卑《ひ》怯《きょう》者よ……」すすり泣きがもれた。「クロックストン卿の中傷だって、根も葉もない話じゃないのかもしれないわ。わたしはハザートンであなたの愛人だったの？　だから、あわててプロポーズしたの？」

「アントニア！」

「何かしら、お父様？」

「すぐに謝るんだ！　オルドハースト卿はそんな侮辱に値する男じゃない」

「どうしてわかるの？　お父様もハザートンにいたの？」

「アントニア」サー・ヘンリーが立ちあがった。「自分を見失っているようだね」厳しい声だった。「いつものおまえなら、そんな口のきき方はしない。いや、わたしはその場にいなかったよ。だがオルドハースト卿は、自分に頼りきった人の弱みにつけこむような、下劣なやからではない。おまえが信じないとしても、わたしは信じる」

ジェームズは凍りついたように立ちつくしていたが、ようやく口を開いた。「あんなふうに極端な形で真実を突きつけるのは避けたかった。自然に記憶が戻るのを待っていたんだ。だとしても、どうして……信じられない！　きみは本当に、ハザートンでのことをなにひとつ思いだせないのか？　いまだに？」

「思いだせないのよ！　さっきからそう言っているでしょう！　思いだしたくもないわ！」ジェームズが近づいてくると、彼女は避けるように身を引いた。

「アントニア、頼む」ジェームズは訴えた。「ぼくは最善を尽くしたつもりだ。それが間違っていたのなら、許してほしい。きみを愛している。ぼくを嫌わないでくれ」

アントニアの声は悲鳴のようにうわずった。「いや！　触らないで！　早く帰って！　顔も見たくないわ！　出ていって！」

「声が聞こえましたから」レディ・ペンデルが入ってきて、そう言った。「ごめんなさいね、オルドハースト卿。でも、明日までそっとしておいてやって。事情はわからないけれど、とにかくアントニアは混乱しているのよ。こんなときは静かに休ませなくては。わたしが寝室に連れていくわ。よかったら明日また、お見舞いに来てやってくださいな。おやすみなさい」

レディ・ペンデルはアントニアの肩に手をかけると、男性たちが何も言えずにいる間に、姪《めい》を連れて部屋を出た。

アントニアはおばに勧められるまま睡眠薬をのみ、こんこんと眠った。だが夜が白みはじめると眠りは浅くなり、悪夢のつけいる隙が生まれた。どの夢にもジェームズが登場した。初めての舞踏会で会ったジェームズ、ハイドパークのジェームズ、父の書斎でプロポーズするジェームズ……。今回は、ジェームズだとはっきりわかった。ジェームズが来てくれた。わたしにキスするために。そう思うと心が浮きたった。だが、近づいてきたジェームズは仮面をかぶっていた。アントニアはその仮面を奪い、恐怖に凍りついた。仮面の下の素顔には、目も鼻も口もなかった。未完成の人形のような、のっぺりとした白。アントニアは冷や汗をびっしょりかいて目を覚ました。脈が乱れ、もう一度眠る気にはなれなかった。朝の光が差しこむまで、アントニアは目を開けたまま横たわり、昨夜の出来事を頭の中で何度も反芻《はんすう》した。

アントニアが自室で朝食をとったあと身支度を終えて階下に行くと、父がキスで迎えた。

「アントニア、おはよう。よく眠れたかな」サー・ヘンリーは娘の青白い顔と目の下のくまに目を留めた。「そうでもないようだね」

「悪い夢を見たのよ、パパ。でも、それだけ」

「じゃあ、座りなさい。話をするとしよう」

「話し合わなくちゃいけないことが山ほどあるわ」アントニアは言った。「まずパパに聞きたいのは、行方不明だった間、わたしがオルドハースト卿と一緒にいたことを、いつから知っていたのかということ。その次に聞きたいのは、今まで教えてくれなかった理由よ」

「ふたつ目の質問に先に答えるほうがよさそうだ。オルドハースト卿はおまえの記憶喪失について専門家の判断を仰ぎ、記憶が自然に戻るのを気長に待つべきだという回答を得たそうだ。わたしも同じような患者をウィーンで見たことがある。そこで、われわれは待つことにしたんだよ」

「いつから知っていたの？」

「レディ・カータレットの舞踏会の翌日からだ。オルドハースト卿は舞踏会でおまえに気づき、すぐにわたしに会いに来た。おまえは……ひと晩寝て、何か思いだしたかね？」

「いいえ、何も。パパが教えてください」

「それはオルドハースト卿の口から聞いたほうがい

い。あとでここに来るから」

「会いたくないわ」

「何を言うんだ、アントニア！　彼はおまえを愛しているんだよ。ずっと紳士の名に恥じない行動をとり、おまえのために最善を尽くしてきた。公平に見ても――」

「公平なんてどうでもいいわ！　パパが言うとおり、彼は紳士的だったのかもしれないけれど、わたしは裏切られたとしか思えないのよ。ときどき、きみのことはきみ以上に知っていると言いたげな顔で見つめられることがあったけど、ようやく腑《ふ》に落ちたわ。実際、知っていたんだもの！　それに、触れられたときや……キスされたとき、おかしなくらい動揺してしまうのも不思議だったけれど、彼には不思議でもなんでもなかったのね。全部知っていたのなら、さぞかしおもしろい見ものだったと思うわ」

「わたしには、おもしろがっていたとは思えないね、アントニア。彼はおまえを愛している。その半分でもおまえが彼を愛していれば、わかるはずだ」

「愛しています！　愛しているのよ、パパ。でも、もうひとりのジェームズ――ハザートンにいたジェームズのことはどうしても思いだせないの。もうひとりの彼を知らないまま愛せというの？　両方の彼を信じろというの？　結婚しろというの？」

サー・ヘンリーはいらだち、強い口調になった。

「おまえのことはずっと、合理的な思考能力と、洗練されたマナーを身につけた娘として自慢にしてきたのだがね。感情に振りまわされずに、話を聞きなさい。ジェームズ・オルドハーストは高潔で、世界一厳格なロンドン社交界でも揺るぎない人望のある男だ。自暴自棄になって、彼をがっかりさせてはいけない。もしもおまえが彼に会うのを拒んだり、はやばやと婚約を破棄したりすれば、世間はクロックストンの中傷も事実無根ではなかったのだと思いはじめる。ジェームズ・オルドハーストは、おまえからそんな仕打ちを受けるいわれはない」

「でも……」

「お黙り、アントニア。オルドハースト卿に会いなさい。そして噂が静まるまでは、見かけだけでも婚約を続けると約束しなさい。そのあとなら、おまえが思うとおりにけりをつけてかまわない。だが、わたしだったら、オルドハースト卿ほど気高い精神を持つ男を、一時の感情で捨てはしないね。あれほどの男はめったに見つからないよ」

17

ジェームズがやってきて辛抱強く説得を始めると、アントニアは黙って耳を傾けたが、気持ちが変わることはなかった。そしてジェームズに手を握られそうになると、さっと引っこめた。

「ごめんなさい。でも、どうしても、あなたが知らない人のように見えてたまらないの。そんな状態で結婚できると思う?」彼女の声は悲鳴のようだった。

「わたしには無理だわ!」

その拒絶で最後の望みを絶たれたジェームズは、とうとう心が折れ、青ざめた顔で言った。「そういうことなら、こんな話し合いを続ける意味はない。ぼくが何を言おうと、きみはぼくを裏切り者としか見ていない。がっかりしたよ、アントニア。婚約をどうするかはきみしだいだが、すでに世間に公表された話だから、軽々しい真似《まね》はできない。破棄するなら、しばらく時間を置いてからのほうがいいだろう。せっかくここまで避けてきたスキャンダルの種をまくことになりかねないからね」

サー・ヘンリーが口をはさんだ。「オルドハースト卿《きょう》の言うとおりだ。わたしも父親として娘が婚約を破棄するのを黙って見過ごすつもりはない。おまえの評判が地に落ちることになるんだよ、アントニア。オルドハースト、娘と話す時間をくれないか。この子がまだ混乱しているのはわかるだろう」

ジェームズはためらった。「ぼく自身も、冷静とは言えない心境です。アントニアのぼくに対する信頼が、ここまで身も蓋もなく崩れてしまうとは予想もしていませんでした。ぼくたちの絆《きずな》は、あらゆる試練に耐えうると思っていたのですが……」沈黙があった。「しばらく距離を置くほうが、お互いにとって幸せというものでしょう。どうかご心配なく。ぼくのほうでスキャンダルにならないような口実を見つけます」彼はあえて感情を抑えた声でアントニアに言った。「次に会う日まで、婚約を続行してもかまわないね？」

アントニアが無言でうなずくと、ジェームズは続けた。

「結構。それでは失礼します。ぼくは、この小休止が、双方にとっての不幸を未然に防ぐことを願っています。まさか、こんなことになるとは……」言葉がとぎれた。「いや、やめておきましょう」ジェームズは父と娘にそれぞれ一礼した。「ミス・カルバリー、サー・ヘンリー、失礼します」

ジェームズの姿が見えなくなると、サー・ヘンリーは娘に向かって苦い声で言った。「おまえが今朝のことを一生後悔しながら暮らすことにならないように祈るよ」

レディ・オルドハーストは、外出から戻ってきた孫息子が、明日にもロンドンを離れると言いだしたので仰天した。

「ばかをお言いなさい！『ガゼット』紙があなたたちの婚約を報じたばかりなのに、アントニアを置いてどこかに行くなんて絶対にいけません」

「発表してすぐに破棄するという事態を避けるためにはこれしかないんです、おばあ様。ぼくが戻ってくるまで婚約が続くという保証はありません」

「まあ、いったいどうしたこと？　お似合いのふたりなのに」

「ぼくもそう思っていたんですが、彼女のほうは考えを変えたようです」苦い声だった。「ひょっとしたら彼女が正しいのかもしれない」

「破棄なんていけませんよ！　どんな騒ぎになるか考えてもごらんなさいな」

「相手がいやがっているのに、無理やり結婚するわけにはいかないでしょう！」ジェームズは黙りこみ、落ち着きを取り戻してから続けた。「そういうわけで、ぼくはしばらく出かけます。アントニアに頭を冷やしてもらうために」

それ以降、ジェームズはその話題については貝のように口を閉ざしてしまい、午後から金融街《シティ》で人と会う約束があるから今日は出発できないが、明日には必ず発《た》つと念を押しただけだった。

レディ・オルドハーストは孫息子の表情を見て、説得が通じないことを悟った。ジェームズは壁を築いてしまったのだ。深い傷を抱えたまま殻に閉じこもり、同情も忠告も届かない。事態を救うには、別の手を打たなくては。その日の午後、一計を講じたレディ・オルドハーストは、アッパー・グローブナー通りのミス・カルバリーを訪ね、内密の話があると伝えた。さすがのアントニアも、それを断ることはできなかった。

レディ・オルドハーストは前置きを省略して核心に触れた。「わたくしを甘い祖母だと言う人はいないと思いますよ、ミス・カルバリー。それでもジェームズはやっぱり特別のお気に入りだから、心配せずにはいられないの。あなたがもうあの子と結婚したがっていないというのは、本当なの？」

「彼がそう言ったんですか？」

「そうよ。だけど信じられるものですか！　誓ってもいいわ。あの子があなたを愛していたのと同じくらい、あなただってあの子を愛していたはず。あなたはあの子をひどく傷つけたわ、ミス・カルバリー。ジェームズは感情を顔に出すたちではないけれど、人一倍深く感じるのよ。いったい何が原因なの？」

「それは……お話しできません」

「できますとも！　だってあなた、あの子と同じくらい悲しそうだわ」

アントニアの顔が引きつった。「レディ・オルドハースト、もしもおっしゃるとおり、お孫さんがわたしを深く愛していてくれたのなら、再会してすぐにハザートンでのことを教えてくれたはずですわ。記憶にない一週間のことで、わたしがどれだけ悩み、苦しんでいたか、あの方はよくご存じのはずでした。それなのに話してくれなかったんです。ただのひとことも！　そのことがどうしても許せなくて」

「理由は、あの子が説明したでしょう」

「わたしのために、あえて黙っていたと？　ええ、たしかにそうおっしゃいました。でも結局、そんな配慮に意味があったのかしら？　ハザートンのことを教えられた今でも、わたしはそこで過ごした日々を思いだせないでいます。何を見て、何を感じていたのか……ジェームズがそこにいたかどうかさえ思いだせないんです！　わたしを破滅させたいというクロックストンの動機なら、まだ理解できますわ。本当の意味でわたしを裏切ったのは、わたしが愛し、信じていた人のほうじゃないかしら……」アントニアは言葉に詰まり、立ちあがった。「レディ・オルドハースト、わたしの力になろうとしてくださったのはありがたいと思いますけれど、こんな話を続けることに、意味があるのかどうかわかりません」

「おかけなさい、お嬢さん！」レディ・オルドハーストはアントニアが座るのを待った。「あなたがまだハザートンでのことを思いだせないでいるとは知りませんでしたよ。記憶が戻らないのなら、あなたが安心できないのも当然だわ。それなのに、まあ、ジェームズったら、何をぼやぼやしているのかしら。解決策ははっきりしているじゃありませんか。あなたはハザートンに戻ってみなくちゃいけないわ。わたくしと一緒に行けばいいのよ、あの子がロンドンを離れる間、あなただって暇つぶしがいるでしょうからね」

アントニアは疑わしそうだったが、レディ・オルドハーストの説得術には年季が入っていた。サー・ヘンリーの許可もすんなりおりて、レディ・オルドハーストはハザートンに戻る際、孫息子の婚約者も連れていくという話がまとまった。サー・ヘンリーはひとつだけ条件をつけた。アントニアのお供としてローソンがついていき、クロックストンがイギリスを離れたことが確認されるまで、護衛役をつとめることになったのだ。

その日の夜、ブルック通りに戻ってきたジェームズは祖母を問いつめた。「アントニアをハザートンに連れていくという話は本当ですか？」

「本当ですとも！　あなたがそれを思いつかなかったのが驚きだわ」

「思いつきましたとも。計画も立てたけれど、やっぱりやめることにしたんです」

「どうして？」

「おばあ様にはわからないでしょう」

「わかっていないのはあなたのほうよ、ジェームズ」レディ・オルドハーストはぴしゃりと言った。「年の功をばかにするものじゃありません。さあ、話してごらんなさいな」

「ぼくが〝アン〟と呼んだ女性は、とても……天真爛漫《らんまん》でした。ハザートンにいる間、アンはぼくを心から信頼してくれていました。だが……その信頼は完全に壊れてしまった。アントニアをハザートンに連れていったところで、一度壊れたものが元どおりになるとは思えません。それに……正直に言うと、ほかでもないあの場所で、アンと同じ瞳をした女性から――昨夜《ゆうべ》や今朝のような、拒絶と非難のまなざしを向けられるかと思うと、耐えられそうにないんです」

「そうね……あなたの気持ちもわかるような気がするわ」レディ・オルドハーストは沈黙のあと、慎重に切りだした。「でも、アントニアの立場にもなっておあげなさいな。あの子はロンドンに着いてからというもの、ずっと胸がつぶれそうな不安と闘いつづけてきたのよ。記憶にない日々を、自分がどこでどう過ごしたのか、いつだってそれを考えずにはいられなかったことでしょう。いつ、だれが口にするひとことで、斧《おの》が振りおろされるかわからなかった。実際、斧はひどく残酷な形で振りおろされたわ。クロックストンは前ぶれもなく、大勢の人間の前で、下劣な解釈まで加えて真相をぶちまけた。アントニアは耐えてみせたけれど、おそろしい衝撃を受けたことでしょう。あなたがずっと真相を知っていた――そのことがまたひどくこたえているのよ。あなたはあの子に心の準備をさせ、不安を軽くしてやることができたけれど、そういう方法は選ばなかった。もちろん、あなたは善意から真実を告げることを避けたのだけれど、あの子にすれば、それが裏切りに見えてしまうのよ。見当違いな怒りかもしれないけれど、それでもあなたを責めたくなる気持ちはわからなくもないわ」

「そう言われるとよくわかります、おばあ様。でも、今さらぼくに何ができるでしょうか？」

「決まっています！　アントニアに必要なのは、ハザートンがあなた方にとって、どういう場所だったかを思いだすことよ。あなたがあの子に与えた絶対的な安心感――それを回復してからでないと、あの子はあなたを許せないのよ」

「許す？　あのかたくなな態度を見ると、彼女がぼくを許す日がくるとは思えませんが」

「必ず許しますとも。あの子はあなたを愛しているのだから。いいから黙ってお聞きなさい。わたくしはアントニアをハザートンに連れていき、その数日後にサー・ヘンリーとレディ・ペンデルも招待します。あなたはどこに出かけるつもりか知らないけれど、ロードの修復の進み具合を見てくるのもいいんじゃないかしら？」

ジェームズは考えこんだ。「ぼくはロードに泊まりこんでもいいわけだ……」

「まあ、それは名案ね！　さあ、元気をお出しなさい、ジェームズ！　アントニアがあなたを愛しているということは、わたくしはみじんも疑っていませんよ。ロードに行って、新居の準備を進めておきなさい。そして彼女に会う覚悟ができたら、ハザートンにいらっしゃいな」

翌日、ジェームズはロンドンを出発し、レディ・オルドハーストは『ガゼット』紙に、ミス・カルバリーをハザートンに連れていくと通知した。記事にはオルドハースト卿も仕事が片づきしだい合流し、サー・ヘンリーおよびレディ・ペンデルも内々のお祝いのために駆けつける予定だと出た。

「これで噂好きは黙らせたわ！」新聞を読んだレディ・オルドハーストはひとりごちた。「あとは肝心のアントニアね」

レディ・オルドハーストとアントニアの出発日は好天に恵まれた。着いたときにはすでに日が傾きかけていたが、ハザートンは穏やかな日差しに包まれていた。レディ・オルドハーストはアントニアの腕に手をかけた。「使用人には、あなたをごくふつうの客人として扱うように言ってありますからね。ハザートンは気持ちのいい場所よ。無理に何かを思いだそうとせず、ゆったりくつろぐといいわ」

「ジェームズはいつ合流するんですの？」

「仕事がいつ片づくのか、わたくしは知らないのよ」レディ・オルドハーストはからかうように尋ねた。「会いたいの？」

「いいえ！　わたしはべつに……」

「だったら、結構！　あの子のことはしばらく忘れてしまいましょう。さて！　あなたを家政婦のミセス・カルバーに会わせなくちゃ」

この人が、おそるべきミセス・カルバーね。アントニアはそう思った。ジェームズが言っていたとおり、厳格で、まじめな忠義者らしい性格が外見にそのままあらわれている。

「ミス・カルバリー」ミセス・カルバーのお辞儀は少々ぎこちなかった。「きっと寝室をご覧になりたいでしょう。ご案内いたします」

寝室に入ると、アントニアは窓辺に歩みよって外を眺めた。

「お嬢様」後ろからメイドの声がした。「ミセス・カルバーに言われて、お着替えの手伝いに参りました」

アントニアは何気なく振りむいた。「ありがとう」

そしてうわの空で答えた。「緑のモスリンにするわ、ローズ」

「まあ、ミス・アン！　ミセス・カルバーはあなたがあたしたちを忘れていると言ってましたけど……おぼえていらっしゃったんですね！」

「そうなのかしら？」アントニアは相手の顔をじっと見た。「わたし、あなたをローズと呼んだわね。おぼえているわ……。あなたはいつもわたしを助けてくれたわね」そして思いきったように付け加えた。「あなたの夢は侍女になること。合っているかしら？」

ローズはうれしそうに笑い、それからまじめな顔をした。「そのとおりです、ミス……カルバリー。戻ってきてくださって、本当にうれしいですわ。何より、ご無事でよかったこと！」

「無事？」アントニアは室内を見まわした。「そうね。そうかもしれない。ここにいれば安全だという気がするわ。わたしは前もこの寝室を使っていたのね？」

「はい、お嬢様」ローズは忙しくドレスの準備をしながら言った。「前にいらしたときは、ほとんどの時間をここでお過ごしでした。最初の夜は、とても体の具合がお悪かったんですよ」

「そうだったの？」

「ジェームズ様が徹夜で看病なさいました」

「わたし、ひどく喉が渇いていたわ……」ありありと記憶がよみがえってきた。あのときは熱に浮かされた体がほてり、干上がった喉がひりひりと痛んでいた……。男の人の優しい声がして、水を飲む間、力強い腕が体を支えていてくれた……。

一階におりていくと、玄関ホールの時計が六時を打った。アントニアは無人の食堂に入り、昔風の縞《しま》のドレスを着た若いレディの肖像画の前で足を止めた。

「その絵が気になるの、アントニア?」レディ・オルドハーストが入ってきた。「新婚のころに描かせた、わたくしの肖像画よ。真珠のネックレスはジェームズからの結婚の贈り物なの」そしてふっと頬をゆるめた。「わたしの夫のほうのジェームズよ。そのネックレスは今もしょっちゅうつけてるわ」

「とても……きれいな真珠ですわね。それに……ドレスも見事だわ」

「ええ。今も階上《うえ》の衣装棚にしまってあるのよ。どうしても処分する気になれなくてね。ジェームズがいつも褒めてくれた服だから」レディ・オルドハーストはさびしげな顔になったが、すぐに背筋をぴんと伸ばした。「ほら、ぼんやり立っていないで、お嬢さん。おかけなさいな! ミセス・カルバーが給仕の合図を待っていますよ」

夕食の席では記憶喪失に関係のない話題が選ばれ、ふたりはおしゃべりに熱中した。食事がすむころには、アントニアは心地よい疲れを感じていた。

レディ・オルドハーストはお客の眠たげな目を見て、しわがれた笑い声をあげた。「ベッドに入ったほうがよさそうね、お嬢さん! 今夜はよく眠れることでしょう。あなたとのおしゃべりは楽しいから、つい時間を忘れてしまうのね。さあ、もうお休みなさい。その椅子で眠りこんでしまう前にね」

アントニアは喜んで女主人の言葉に従った。眠れない夜が続いていたところに、旅の疲れと、この屋敷と人々を知っているような、それでいて知らないような不思議な違和感が重なり、抑えられないほどの眠気がやってきた。ローズはよけいな口をはさまずに着替えを手伝ってくれた。アントニアはまもなくベッドに入ってうとうとしはじめた。

闇のとばりに包まれた部屋に、暖炉のおき火だけがぼんやりと明るかった。「あなたの名前はジェームズ・オルドハースト」唇が勝手に動いた。「ここは、あなたのおばあ様の家」ぬくもりと安らぎがいっぺんに押しよせ、アントニアは眠りに落ちた。

翌朝目を覚ますと、ローズがカーテンを開けている最中で、窓からまばゆい朝日が差しこんでいた。

「おはようございます、お嬢様。朝食を運んできました」

アントニアが食べている間、ローズはてきぱきと部屋の中を片づけてまわった。

「ミセス・カルバーも、お嬢様に会えてほっとしてると思いますわ」ローズはドレスの皺《しわ》を伸ばしながらしゃべりはじめた。「心配してましたからね。とくにジェームズ様にうんと叱られてからは。あたし、見ててかわいそうになったくらいでした。だってジェームズ様があんなに怒ったのは、あとにも先にもあのときだけ、お嬢様が出ていかれたときだけですもの。ミセス・カルバーは危険なことなんかないからって何度も言ったんですが、ジェームズ様はまるで耳をお貸しにならなくて。それから、つむじ風みたいな勢いで、あなたを捜しに出ていかれたんですわ。だれが見たって、あのころからジェームズ様は、それはもう……」ローズは口をつぐみ、頬をぽっと染めた。「お嬢様がジェームズ様と結婚されることになって、あたしたちはみんな大喜びしてるんですよ」

朝食をすませると、アントニアはレディ・オルドハーストの寝室を訪ねた。女主人はまだベッドの中にいて、枕の山にもたれていた。

「あら、まあ！　ずいぶん早起きなのね。昼までぐっすりかと思ったわ。昨日はよく眠れたこと？」

「おかげさまで、よく眠れましたわ」

「そう」レディ・オルドハーストは相手の顔を興味深そうに見つめた。「さて、わたくしに昼前のおもてなしを期待するのは禁物ですよ。それまでどうします？」

「そうですね……お庭をひと歩きしてきたいわ。かまいませんか？」

「もちろんですとも！　うちの庭なら絶対に安全ですからね」レディ・オルドハーストは気持ちよさそうに枕にもたれると、ほほえんで付け加えた。「あなたなら迷子にはならないでしょう。だれかに会えるかもしれないわね」

アントニアは階下におりていき、玄関ホールで立ちどまったものの、裏口に通じる廊下を間違えることなく選んで歩きだし、ハーブ園に出た。しばらくそこにたたずんで、さわやかな香りを楽しんだあと、長い石畳の小道の果てにある門に目を留めた。施錠されていない門をくぐると、その先には予想どおり花園が広がっていたが、アントニアが心のどこかで期待していた春の花の饗宴《きようえん》はすでに終わっていた。それでも、今が盛りの蔓薔薇《つるばら》に覆われた灰色の石壁には、たしかに見覚えがあった。あそこにはラベンダーの鉢があるような気がする……。やっぱり！　それにスイカズラも……。アントニアはしゃがみ、ユリの群れの下につつしみ深く隠れた小さな葉っぱを調べた。ここには青紫のスミレが咲いていたはずだ。花は終わってしまったけれど、繊細な香りのなごりがある。アントニアは葉っぱを見つめたまま、もの思いにふけった。だからジェームズはロンドンでスミレを贈ってくれたのかしら？　わたしがこの花園のスミレを思いだすことを期待して？　あの花束にはどれだけ心を慰められたかわからない……。

足の向くまま、花園をさまよっていると、ふと力強い手の感触がよみがえった。あたたかな、安心させるような声も聞こえた。その手はもちろんジェームズの手で、声はジェームズの声……。あのころわたしが何よりも必要としていたのは、ジェームズの慰めだった。〝自分すら頼れない心境なんて、あなたにはわからないでしょう。まるで地獄よ〟

抱きよせられたときのぬくもりもおぼえている。〝ぼくを頼ってくれていい。頼りない男だが、いないよりはましだろう？〟ひとりでにほほえみがこぼれた。ジェームズの人柄がよく出ている言葉だわ。思いやりがあって、あたたかくて、ユーモアに満ちている。その同じ日の夜、わたしがチェスを知らないふりをしてからかったときの、ジェームズの怒った顔……。アントニアは思わずくすりと笑った。ジェームズはキスをした――罰だと言って。でも、わたしには罰だと思えなかった。あれからふたりでどれだけ笑ったことだろう。

小道の果てにはベンチがあり、アントニアはそれを見つめたまま立ちつくした。夢に何度も出てきたけれど、座っている人の顔はわからなかった。でも、今ならわかる。いつだってジェームズだったんだわ。頭の中に並ぶ鍵のかかったドアが、次々に開きはじめていく。アントニアは日だまりの中に腰をおろし、レディ・オルドハーストの花園の香りと色彩に囲まれて、とりとめもなくわきあがる追憶に浸った。チェスの次の日は、ジェームズと馬でロードハウスに出かけた。象牙色の石でできた美しい館は、ジェームズにとっては見捨てられた子供時代を思いださせる荒涼とした場所だった。その記憶を塗り替えてあげたい――わたしはそう思ったんだわ。また住みたくなるような、幸せな思い出のある場所に変えてあげたいと。願いはすぐにかなった。わたしたちは無人の大広間で踊り、部屋じゅうに耳に聞こえない音楽と魔法のような空気が満ちあふれた。突然、アントニアは歓喜とともに、自分こそが〝緑のレディ〟

だったのだと悟った。ジェームズはあのときわたしを愛していたし、今も変わらずに愛してくれている。ハザートンでわたしを守ったように、ロンドンでも守ってくれた。その彼にわたしは怒りをぶつけ、裏切り者と責め、結婚を断った。ジェームズはどんなに深く傷ついたことかしら！

アントニアははじかれたように立ちあがった。ジェームズに会いたい。今すぐ会って、どんなに愛しているかを伝えて、許しを請わなければ。

息せき切ってハーブ園を駆け抜けたアントニアは、裏口でずんぐりした体の男と鉢合わせした。

農民ふうの男は焦っているようだった。「どうも、おはようございます」男が帽子に触れて挨拶した。「ジェームズ様のお耳に入れたいことがありましてね。おれはホルフォードって者ですが」

「オルドハースト卿は、ここにはいないわ。申し訳ないけれど、わたしも急いでいて……」

ホルフォードはもじもじと落ち着かなさそうだった。「お留守ってのは、たしかですか？　おれは二、三日前、ジェームズ様がこのあたりの道を通るのを見かけたんですよ。こりゃ、ちょっと大事な点でして」

アントニアは何事かとやってきたローソンに尋ねた。「こちらのミスター・ホルフォードが、オルドハースト卿にお話があるそうなの。どこにいらっしゃるか知っているかしら？」

「この家にはおられませんな」ローソンが言う。「サム・トロットもいませんよ」

馬係の名前が出ると、ホルフォードはほっとしたようだった。「サム・トロットがついてるんなら、そう危ないこともないですな。ただ、念のためにお知らせしといたほうが……」

レディ・オルドハーストが家の中から声をかけた。

の?」

「おはよう、ホルフォード。何を知らせておきたい

「ご無沙汰してます、奥様。実は、しばらく前のことですが、このあたりでふたり組の怪しい男を見かけたことがありまして。そいつらは、うちの近くで馬車を引っくり返して壊したあげく、一目散に逃げちまったんですよ……」

アントニアが小さな悲鳴をあげたので、ホルフォードは口をつぐんだが、彼女が黙ると続けた。

「昨日の晩、〈薔薇と王冠亭〉で、またそいつらの姿を見かけたんです。ジェームズ様のことを聞きまわってるようだったんで、おれは黙って耳を澄ませてました。ふたりには連れがひとりいました。どうやら紳士のようで、個室を使ってました。〝閣下〟と呼ばれてましたな」

アントニアはローソンと顔を見合わせた。「ブリッグスたちの連れの〝閣下〟? クロックストンだわ! こんなところで何をしているのかしら?」

ホルフォードはレディ・オルドハーストをちらりと見た。「間違いなく、悪事でしょうな。おれはジェームズ様にくれぐれも用心しなさってと言いに来たんです。あの三人の話しぶりだと、どうもジェームズ様に含むところがあるようなんで」

「そのとおりよ! 復讐《ふくしゅう》をたくらんでいるんだわ」

アントニアはレディ・オルドハーストに向き直った。「でもジェームズは安全ですわね。どこか遠くにいるんでしょう?」

レディ・オルドハーストは青い顔で首を振った。「安全じゃないわ。あの子はロードにいるのよ」

「ロード? わたしはてっきり……」アントニアははっと息をのんだ。「クロックストンに見つかってしまうわ! ジェームズのほうは無防備なのに」

アントニアは屋敷の中に駆けこんでいったが、レディ・オルドハーストにはそれに目を留める余裕す

らなかった。

「ホルフォード、あなたのところの男手を駆り集めて、ロードに向かってちょうだい。急いで！」

「やってみます、奥様。ですが、すぐってわけにはは……。うちの者は、今日はあちこちに散らばって野良仕事をしてるもんで」

「わかったわ。とにかく急いで。さあ、行きなさい！　ローソン、厩舎《きゅうしゃ》には何人いるの？」

「ひとりもいません。サム・トロットはジェームズ様に同行していますし、ほかのふたりも朝から市場に出かけていますから」

「まったく、どうして必要なときにかぎって！　ローソン、あなた、だれか戻っていないか見ていらっしゃい！」強い語調とは裏腹に、レディ・オルドハーストは震えていた。「アントニア！」あたりを見まわす。「どこに行ったのかしら？　ローズ！　ミス・カルバリーを呼んでいらっしゃい！」

厩舎から駆け戻ってきたローソンはかぶりを振った。「だれも戻っていません」

レディ・オルドハーストは深々と息を吸った。「だとすると、ホルフォードが思ったより早く人手を集められるように祈るしかないわ」

ローソンが言った。「わたしがひとっ走り行って、ジェームズ様に警告してまいります」

「あなたひとりじゃ足りないわ。ああ、もう、どうすればいいのかしら。アントニアには馬車でギルフォードに行ってもらって、治安判事に急を知らせてもらいましょう。あの子はどこに行ったの？　あら、いたわ！　まあ、アントニア、察しのいい子！　着替えてきたのね」

アントニアはモスリンのドレスとサンダルを、乗馬服とブーツに替えていた。「馬を二頭よ、ローソン」てきぱきと指示を出す。「わたしもロードに行きます。ホルフォードたちは早くても三十分はかかるでしょう、それまで手をこまねいているわけにはいきませんから」

アントニアはレディ・オルドハーストの制止を振り切り、厩舎に走りながら肩越しに振り返って叫んだ。

「ごめんなさい、奥様。議論はあとで。相手はクロックストンですから、一刻も早くジェームズに警告しなければ。ローソン、準備はいいわね?」

レディ・オルドハーストはアントニアとローソンがロードへの乗馬道を疾走していくのを呆然《ぼうぜん》と見送ってから、ミセス・カルバーを大声で呼んだ。だれかをギルフォードにやって、法の執行を求めなければ。

18

ジェームズはけげんな顔で馬をおりた。橋を渡っていたとき、大広間の中で人影が動いたような気がしたのだが……。管理人のアグニューはギルフォードにいるはずだし、作業員は館の裏手で離れ家の修繕を進めているはずだ。館内は無人で、家具さえないはずだった。ジェームズは大股で玄関ホールを抜け、馬用のムチと手袋を無造作に床に投げ捨てた。大広間に通じる大きな両開きのドアまで来ると、立ちどまった。クロックストンが窓辺に立っている。

「おや、お出ましだな!」クロックストンが言った。

「ここで何をしている?」ジェームズは静かに尋ねた。

「わからないかね。きみに会いに来たんだ。われわれの間には未解決の問題があるからな」

「残念ながら、ぼくのほうに用はない。出ていってもらおう！」ジェームズが招かれざる客に詰めよりかけたとたん、ドアの陰に隠れていた男ふたりが背後から襲いかかった。ジェームズは果敢に闘ったが、二対一ではかなうはずもなく、両腕を背中にねじあげられたままクロックストンに対面させられた。締めあげられた腕がぎりぎりと痛んだが、ジェームズは苦痛を顔に出さず、軽蔑の目で数歩先にいる男をにらみつけた。

痩せて顔色の悪くなったクロックストンは、以前の気取りもうぬぼれも失い、凶暴な憎悪をむきだしにしていた。そして勝ち誇ったように言い放った。

「ざまを見ろ！　どうだ、勝手が違うだろう？　ここにはきさまを褒めたたえる観衆もいなければ、娘をくれてやろうとする偽善者もいない」空っぽの部屋を見わたす。「ここにあの娘を連れてきたのか？　愛人を連れてくるには貧相な場所だ。がっかりしたぞ、オルドハースト。もう少し洗練された趣味の持ち主だと思っていたが」

「そのけがらわしい口を閉じろ、クロックストン！　一度は紳士と呼ばれた身だろう。ミス・カルバリーは、おまえとはなんの関わりもない存在だ」

「口を閉じるのはきさまのほうだ」憎しみに満ちた声だった。「あいにくミス・カルバリーこと貞淑なアントニアは、わたしと深い関わりがある。あの出しゃばり父娘《おやこ》がわたしの破滅の元凶なのだからな！　きさまには、あいつらの代わりに報いを受けさせてやる」クロックストンは拳銃を抜いた。

ジェームズは気持ちを奮いたたせた。助けが来る見こみはない。裏手の離れ家には作業員が大勢いるが、館内は無人だ。サム・トロットも門番小屋に残してきた。だとしても、このままおとなしく殺されはしない。

「おまえはぼくを殺して無事に逃げおおせるかもしれないな、クロックストン。西インド諸島に発《た》てばいいのだから。だが、このふたりはどうなる？　一緒に連れていく気か？　ブリッグスは名の知れた悪党だ。この先イギリスでのうのうと暮らせるとは思えない」

ブリッグスが何か言いかけたが、クロックストンが制した。「耳を貸すな！　自分の面倒をみられるくらいの金は払ってやる！」

「いや、ちょっと待ってもらいてえんだ」

そう言ったブリッグスの手がゆるむのを、ジェームズは感じた。まだ希望はある。

「おまえと議論している暇はない！　もう邪魔はさせんぞ！」クロックストンは吠《ほ》え、銃口をジェームズに向けた。そして撃鉄を引く音がした……。

アントニアは馬を駆りたて、ロードを目指して一心不乱に急いだ。クロックストンはジェームズを殺す気でいる。そのことに疑問の余地はなかった。ジェームズはクロックストンのかつてのとり巻きの前で、彼にこれ以上ないほどの屈辱を与えたのだ。どうせイギリスを追放されるのなら、最後に復讐《ふくしゅう》を遂げていくつもりでいるのだろう。

館の周囲に人の姿はなかったが、裏手のほうから槌《つち》やのこぎりの音が響いていた。アントニアはポーチの前で馬を止め、鞍《くら》から飛びおりた。手綱をローソンに投げ渡すと、自分は玄関に直行し、考えるまもなく大きな玄関ホールを駆け抜けた。

両開きのドアの手前まで来ると、心臓が止まりそうになった。警告は間に合わなかったのだ。ジェームズはアントニアを誘拐したふたり組の男に押さえこまれていた。ジェームズが何か話している。〝殺して〟という物騒な言葉。そして彼の目の前にいるのはクロックストンだ。

アントニアは必死にあたりを見まわした。何か武器になるものは？　ほどなくジェームズが投げ捨てたムチを見つけて拾いあげ、急いでドアの前に戻った。

ブリッグスがクロックストンに食ってかかるような気配を見せ、アントニアは一瞬、仲間割れが起きるのではないかと期待した。だがクロックストンは拳銃を持ちあげ、ジェームズに狙いをつけた。撃鉄を引く音が響きわたる……。

ジェームズを死なせはしない！　彼がわたしにとってどんな存在なのか、わかったばかりなのに！　アントニアは無我夢中で飛びだし、勢いよくムチをふるった。革のムチはうなりをあげて空を切り裂き、大きな弧を描いてクロックストンの手首を打った。クロックストンの悲鳴とともに発射された銃弾は、あさっての方向に飛んでいった。手負いの野獣を思わせる憤怒《ふんぬ》の声をあげたクロックストンは、ムチの先端をつかみ、アントニアを思いきり引きよせた。抵抗する余裕もないアントニアの首に、鉤爪《かぎづめ》のような手が食いこみ、窒息させようと締めつける。

場の混乱に乗じたジェームズがふたり組の悪漢をはねとばしてクロックストンに駆けより、凶暴な手をアントニアの首から引きはがした。クロックストンはアントニアを突きとばすと、猛然とジェームズに襲いかかった。

アントニアは床に倒れたまま、もうろうとした意識の中で、広間になだれこんでくる足音を聞いた。ローソンとサム・トロットという心強い味方が駆けつけたのだ。新手のふたりが戦意を喪失したブリッグスとその仲間を捕まえ、アントニアの目の前で、ジェームズのこぶしをあごに食らったクロックストンが崩れ落ちた。ジェームズはすぐにアントニアのもとに駆けつけ、背中に手をまわして抱きあげた。

「大丈夫か?」せっぱ詰まった声だった。

喉が痛くて声を出せないアントニアはうなずいた。

「よかった!」きつく抱きしめたまま、ジェームズは周囲に目を走らせた。

ローソンがクロックストンをニワトリよろしく縛りあげている。配下のふたりはすでに拘束されていた。

「サム、作業場の監督に言って、荷車を一台、玄関前にまわさせろ。この三人組はハザートンに運んで、逮捕されるまで地下室に閉じこめておく。ミス・カルバリーがひとりで残れるようなら、ローソンとぼくで三人を玄関まで引ったてていこう。アントニア、一分か二分、ひとりで残していってもいいかい?」

アントニアはもう一度うなずいた。

ジェームズはそっと彼女を床に立たせて言った。

「すぐに戻るよ」そして安心させるようにほほえんだ。

アントニアはジェームズが戻ってくるまでに、何をどう切りだせばいいのか決めようとした。だが、実際に彼が戻ってくると、愛情と後悔と不安がいっきにこみあげ、胸が詰まって何も言えなくなった。

ジェームズがこちらを見つめている。

アントニアはしゃくりあげ、彼をめがけて駆けよった。言葉がひとりでに出てくる。「ジェームズ、愛しているわ!」

ジェームズは突ったったままだった。「今のはアントニアがしゃべったのか? それともアンかい?」

「両方よ。全部思いだしたの。ねえ、ジェームズ、お願い。わたしに許してもらう価値はないけれど、それでも許して! わたし……あなたなしでは生きていけないのよ」

返事の代わりに返ってきたのは、息もつけないほどの抱擁だった。「ぼくを愛してくれるなら、どんなことだって許すよ、アン、アントニア。いとしいアン、アントニア」

熱いキスが雨のように降りそそぎ、アントニアは彼にしがみついてこたえた。

キスが一段落すると、ジェームズはアントニアを抱いたまま、だれもいない広間でワルツのステップを踏みはじめた。「ロードでは、オルドハースト一族はいつも乗馬靴で踊る」アントニアが笑いながら抗議すると、彼はまじめな顔で答えた。「これは一族に伝わる古い伝統でね」

実のところ、そのワルツはしょっちゅうキスやら愛のささやきやらで中断され、しかも踊り手たちはぴったりと体を寄せ合っていたので、お目付役がいたらさぞかし憤慨したことだろう。

最後にジェームズはアントニアを抱きあげてキスした。「ロードにぼくと住んでくれるかい？　ぼくと一緒に、子供たちが幸せに暮らせる家庭を築いてくれるかい？　ぼくがきみを愛しているのと同じくらい、ぼくを愛してくれるかい？」

「ええ、それよりもっと愛するわ」

ジェームズが笑いだした。「それは無理だ。ぼくは今みたいなきみでさえ、愛しているからね」

「どういう意味？　〝今みたいなきみ〟って」

ジェームズはアントニアを鏡の前に連れていった。

「ダーリン、きみの目は斜視じゃないが、目のまわりに大きな黒あざがついている！」

アントニアが悲しそうな叫びをあげると、ジェームズはもっと大きな声で笑いだした。

「それでもぼくは、きみを愛さずにはいられないんだ！」彼はもう一度キスした。

レディ・オルドハーストが入ってきたときも、ふたりはまだしっかりと抱き合っていた。「あなたたちの無事をたしかめに来たのだけれど」レディ・オルドハーストは言った。「ローソンを連れてこなくてよかったわ。いたら、アントニアのお父様にどう報告すればいいかと頭を抱えたでしょうからね！　ところで、あなた方はやっぱり結婚することに決めたのね？　ね、そうでしょう。その様子を見ると、今すぐ式を挙げてもよさそうだもの！　おめでとう、アントニア。あら、その目はどうしたの？　まあ、いいわ！　さあ、こっちに来て、わたくしにもキスをして。ロードは二十年以上もあなたを待っていたのよ。オルドハースト家は一族を挙げて、あなたという花嫁を歓迎するわ」

ハーレクイン®

ハーレクイン・ヒストリカル・スペシャル　2014年6月刊（PHS-88）

ふたりのアンと秘密の恋
2024年5月5日発行

著　　者	シルヴィア・アンドルー
訳　　者	深山ちひろ（みやま　ちひろ）
発 行 人	鈴木幸辰
発 行 所	株式会社ハーパーコリンズ・ジャパン 東京都千代田区大手町 1-5-1 電話 04-2951-2000（注文） 0570-008091（読者ｻｰﾋﾞｽ係）
印刷・製本	大日本印刷株式会社 東京都新宿区市谷加賀町 1-1-1
装 丁 者	橋本清香［caro design］
表紙写真	© Irina Kharchenko ❘ Dreamstime.com

造本には十分注意しておりますが、乱丁（ページ順序の間違い）・落丁（本文の一部抜け落ち）がありました場合は、お取り替えいたします。ご面倒ですが、購入された書店名を明記の上、小社読者サービス係宛ご送付ください。送料小社負担にてお取り替えいたします。ただし、古書店で購入されたものについてはお取り替えできません。®とTMがついているものはHarlequin Enterprises ULCの登録商標です。

この書籍の本文は環境対応型の植物油インクを使用して印刷しています。

ISBN978-4-596-53991-5 C0297

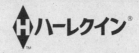

祝

ハーレクイン日本創刊45周年！

大好評！！

巻末に特別付録付き

～豪華装丁版の特別刊行 第4弾～

ヘレン・ビアンチンの全作品リスト一挙掲載！著者のエッセイ入り

「純愛を秘めた花嫁」

「一夜の波紋」…ヘレン・ビアンチン

つらい過去のせいで男性不信のティナは、ある事情からギリシア大富豪ニックと名ばかりの結婚をし、愛されぬ妻に。ところが夫婦を演じるうち、彼に片想いをしてしまう。

「プリンスにさらわれて」…キム・ローレンス

教師プルーの自宅に侵入した男の正体は、王子カリムだった！
妹が彼女の教え子で、行方不明になり捜索中らしく、
彼は傲慢に告げた。「一緒に来なければ、君は後悔する」

「結婚はナポリで」…R・ウインターズ

母が死に際に詳細を明かした実父に会うため、
イタリアへ飛んだキャサリン。そこで結婚を望まない
絶世の美男、大富豪アレッサンドロと出逢い、
報われぬ恋に落ちるが…。

5/20刊

※表紙デザインは変更になる可能性があります

(PS-116)

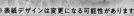